猫武士

二部曲 新的预言 新译本

① 午夜追踪
Midnight

［英］艾琳·亨特◎著
于小宝◎译

中国少年儿童新闻出版总社
中国少年儿童出版社
北京

特别感谢基立·鲍德卓

Midnight
Copyright © 2005 by Working Partners Limited
Series created by Working Partners Limited
Simplified Chinese edition Copyright © 2018 by
China Children's Press & Publication Group
All rights reserved.

图书在版编目（CIP）数据

猫武士二部曲. 1，午夜追踪/（英）艾琳·亨特著；于小宝译. —北京：中国少年儿童出版社，2018.10（2025.4 重印）
ISBN 978-7-5148-4936-3

Ⅰ. ①猫… Ⅱ. ①艾… ②于… Ⅲ. ①儿童小说—长篇小说—英国—现代 Ⅳ. ① I561.84

中国版本图书馆 CIP 数据核字（2018）第 204164 号

WUYE ZHUIZONG
（猫武士二部曲）

出版发行：中国少年儿童新闻出版总社
　　　　　中国少年儿童出版社

执行出版人：马兴民
责任出版人：缪　惟

责任编辑：何强伟	责任校对：杨　宏
执行编辑：赵　勇	美术编辑：缪　惟
	责任印务：厉　静

社　　址：北京市朝阳区建国门外大街丙 12 号　　邮政编码：100022
编辑部：010-57526271　　总编室：010-57526070
发行部：010-57526568　　官方网址：www.cppg.cn
印刷：北京盛通印刷股份有限公司

开本：880mm×1230mm　1/32　　印张：9.75
版次：2018 年 10 月第 1 版　　印次：2025 年 4 月第 28 次印刷
字数：165 千字

ISBN 978-7-5148-4936-3　　定价：32.00 元

图书出版质量投诉电话：010-57526069　　电子邮箱：cbzlts@cppg.com.cn

目　录

森林地图 …………………………… 2
猫族成员 …………………………… 6
引子 ………………………………… 1
第一章 ……………………………… 7
第二章 ……………………………… 23
第三章 ……………………………… 39
第四章 ……………………………… 56
第五章 ……………………………… 69
第六章 ……………………………… 81
第七章 ……………………………… 95
第八章 ……………………………… 108
第九章 ……………………………… 115
第十章 ……………………………… 127
第十一章 …………………………… 137
第十二章 …………………………… 145
第十三章 …………………………… 152
第十四章 …………………………… 162
第十五章 …………………………… 175
第十六章 …………………………… 188
第十七章 …………………………… 194
第十八章 …………………………… 207
第十九章 …………………………… 219
第二十章 …………………………… 237
第二十一章 ………………………… 252
第二十二章 ………………………… 266
第二十三章 ………………………… 281
第二十四章 ………………………… 288
尾声 ………………………………… 299

高石山

巴利的农场

风族营地

四棵树

瀑布

猫头鹰树

河

太阳石

河族营地

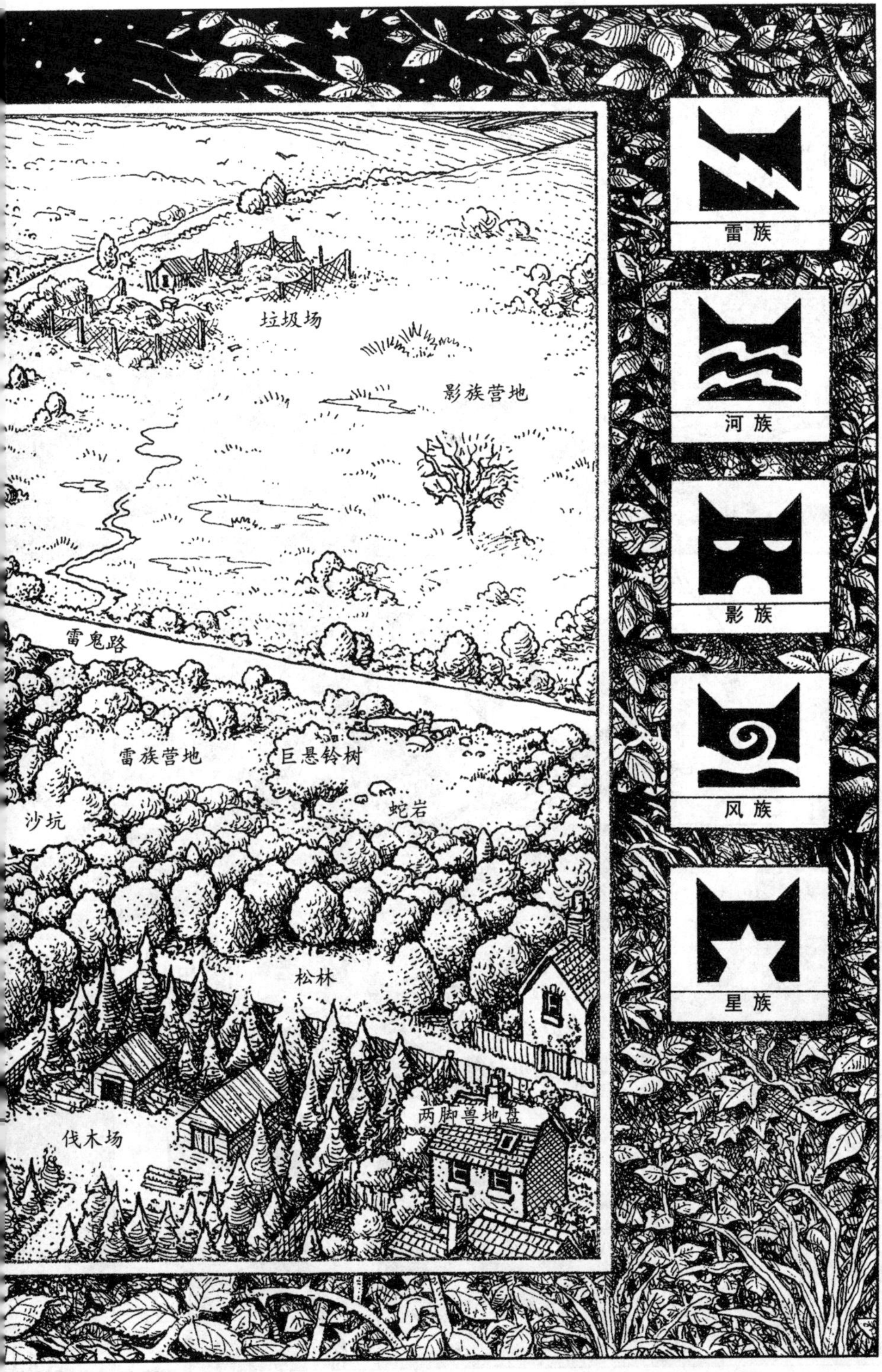
垃圾场
影族营地
雷鬼路
雷族营地
巨悬铃树
蛇岩
沙坑
松林
两脚兽地盘
伐木场
雷族
河族
影族
风族
星族

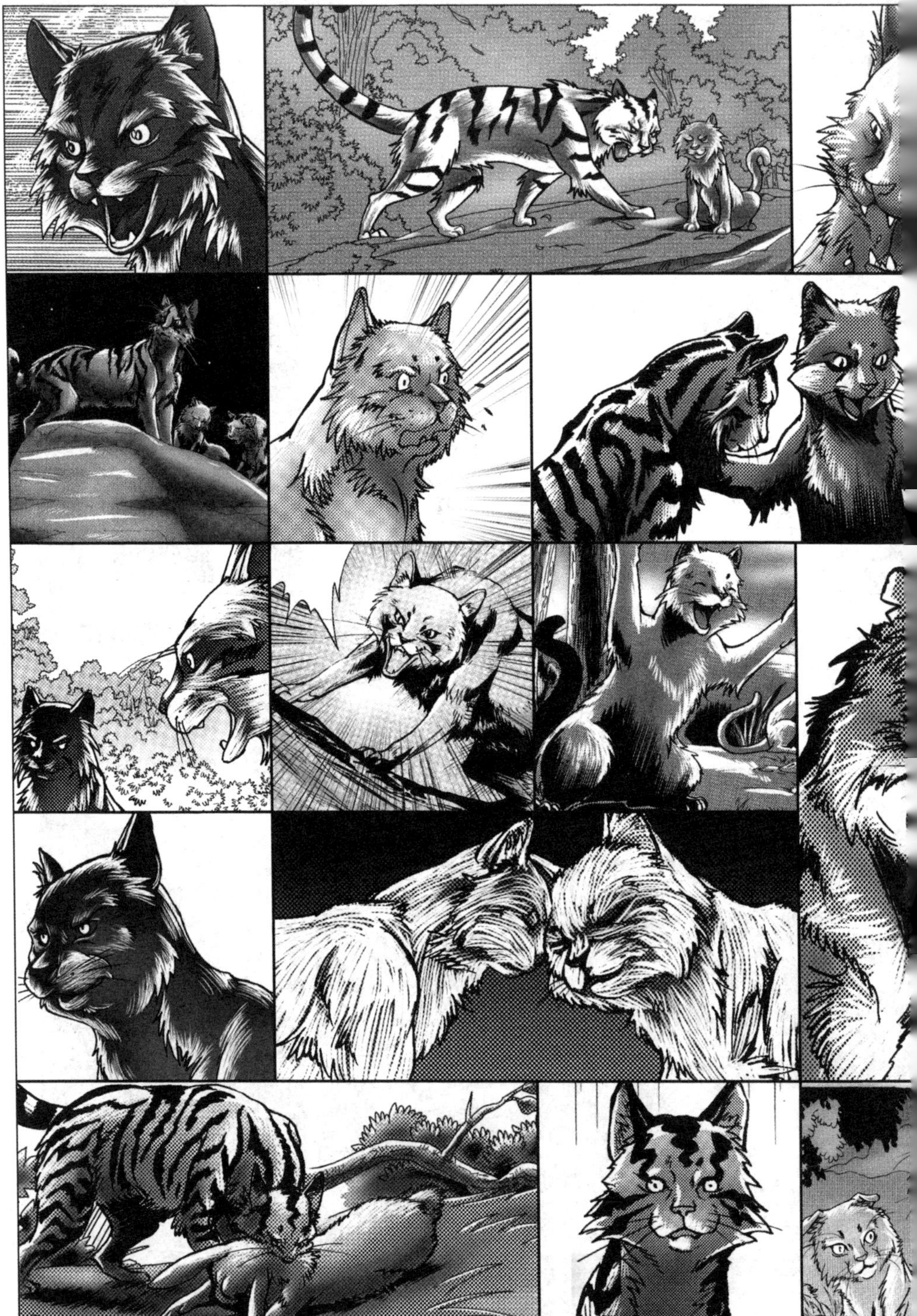

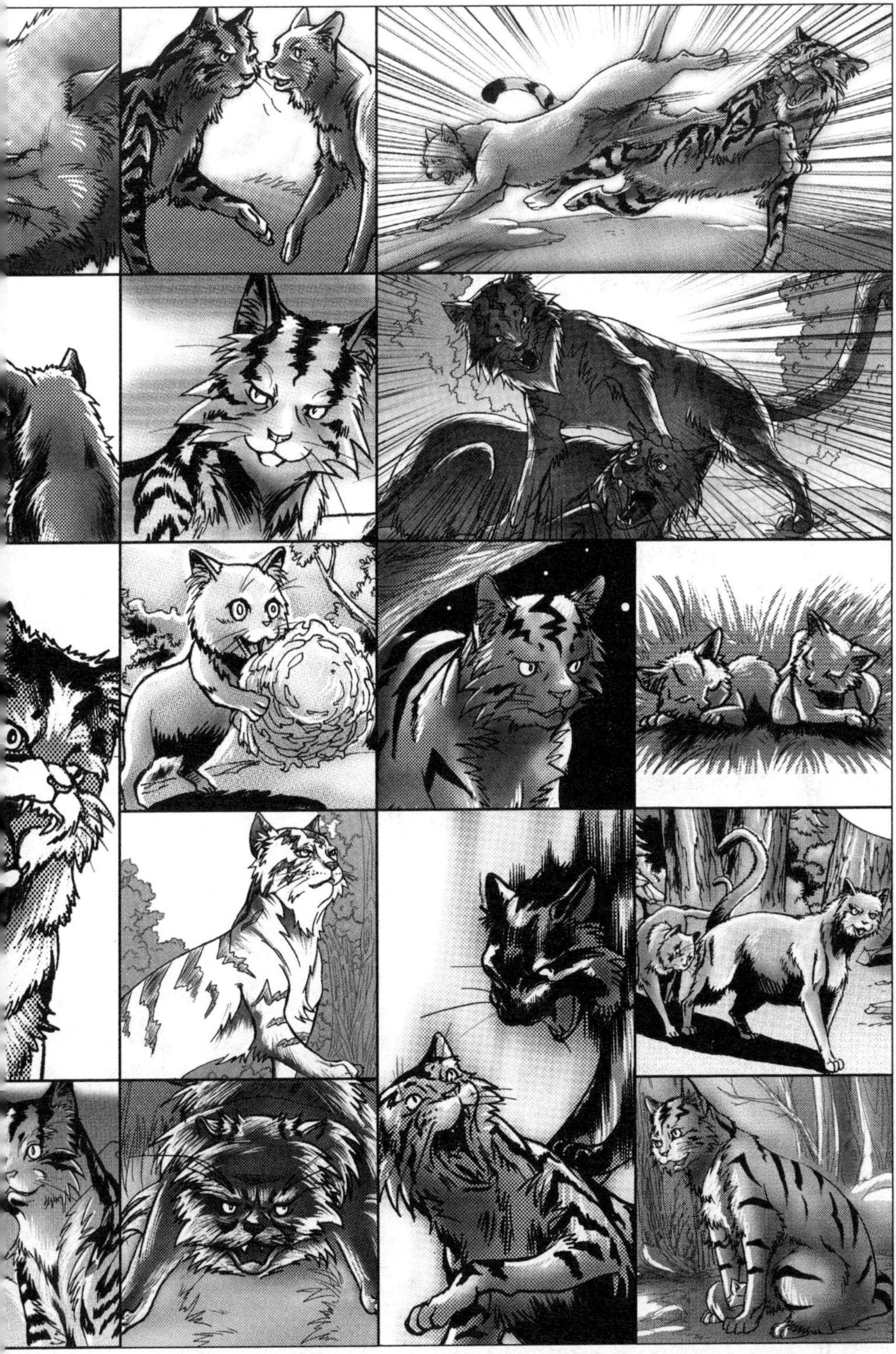

猫族成员

雷　族

族长

火星——姜黄色公猫，身上的毛是火焰色的，绿色眼睛

副族长

灰条——灰色长毛公猫，琥珀色眼睛

巫医

炭毛——暗灰色母猫

（所指导的学徒是叶爪）

武士（公猫和不在育婴期的母猫）

鼠毛——小个头的深棕色母猫

（所指导的学徒是蛛爪）

尘毛——暗棕色虎斑公猫

（所指导的学徒是松鼠爪）

沙风——姜黄色母猫

（所指导的学徒是栗爪）

云尾——白色长毛公猫

蕨毛——金棕色虎斑公猫

（所指导的学徒是白爪）

刺掌——金棕色虎斑公猫

（所指导的学徒是鮈鲭爪）

亮心——白色带姜黄色斑块的母猫

黑莓掌——暗棕色虎斑公猫，琥珀色眼睛

蜡毛——淡灰色带深色斑点的公猫，深蓝色眼睛

雨须——深灰色公猫，蓝色眼睛

烟毛——浅灰色公猫，琥珀色眼睛

学徒（六个月以上的猫，正在接受武士训练）

栗爪——玳瑁色母猫，琥珀色眼睛

松鼠爪——暗姜黄色母猫，绿色眼睛

叶爪——小个头浅褐色虎斑母猫，白色脚掌，琥珀色眼睛

蛛爪——四肢修长的黑色公猫，肚子是棕色的，琥珀色眼睛

鼩鼱爪——小个头的深棕色公猫，琥珀色眼睛

白爪——白色母猫，绿色眼睛

猫后（正在怀孕或照顾幼崽的母猫）

金花——淡姜黄色母猫，也是最年长的猫后

香薇云——浅灰色母猫，身上有深色的斑点，绿色眼睛

长老（从武士岗位上退休的老年猫）

霜毛——漂亮的白色母猫，蓝色眼睛

斑尾——玳瑁色花斑母猫，曾经很漂亮，是雷族最年长的猫

纹尾——淡色虎斑母猫

长尾——淡色黑纹虎斑公猫，因视力减退提前退休的武士

影　族

族长

黑星——白色大公猫，脚爪巨大黑亮

副族长

黄毛——暗姜黄色母猫，曾为泼皮猫

7

巫医

小云——个头非常小的虎斑公猫

武士

橡毛——小个头棕色公猫

（所指导的学徒是烟爪）

褐皮——玳瑁色母猫，绿色眼睛，是雷族黑莓掌的妹妹

花楸掌——姜黄色公猫

（所指导的学徒是鹰钩爪）

高罂——淡棕色的虎斑母猫，四肢修长

长老

奔鼻——小个头的灰白花色公猫，是前任巫医

风　族

族长

高星——黑白花色的公猫，尾巴很长

副族长

泥掌——毛色斑驳的暗棕色公猫

（所指导的学徒是鸦爪。鸦爪是一只接近黑色的深烟灰色公猫，蓝色眼睛）

巫医

青面——棕色公猫，尾巴很短

武士

一根须——棕色虎斑公猫

网脚——暗灰色虎斑公猫

裂耳——虎斑公猫

白尾——小个头白色母猫

长老

晨花——玳瑁色母猫

河 族

族长

豹星——身上长有别致斑点的金黄色虎斑母猫

副族长

雾脚——灰色母猫，蓝色眼睛

巫医

泥毛——浅棕色长毛公猫

（所指导的学徒是蛾翅。蛾翅是一只漂亮的金色虎斑母猫，琥珀色眼睛）

武士

黑掌——烟黑色虎斑公猫

巨步——强壮的虎斑公猫

暴毛——深灰色公猫，琥珀色眼睛。是羽尾的哥哥

羽尾——浅灰色母猫，蓝色眼睛
鹰霜——深棕色虎斑公猫，肩膀很宽，冰蓝色眼睛。是蛾翅的哥哥
藓毛——玳瑁色母猫

猫后
曙花——淡灰色母猫

长老
荫皮——深灰色母猫
响肚——暗棕色公猫

族群以外的猫

巴利——黑白花色的公猫，住在距离森林不远的一处农场里
乌爪——瘦长的黑色公猫，尾巴尖儿是白色的，和巴利一起住在农场里
波弟——年长的虎斑公猫，住在海边的树林里

引 子

夜幕笼罩整座森林。夜空中没有月亮,只有银毛星带散发着清冷的光辉照在树丛上。在满是岩石的山谷底部,一个水潭反射着点点星光。空气中散发着绿叶季末期的浓郁气息。

风儿轻叹着拂过树林,吹皱了沉静的水面。山谷高处,一只猫在蕨叶间时隐时现。她在岩石间跳跃腾挪,动作轻灵,很快就下到了水潭边,一身蓝灰色的皮毛泛着微光。

一块扁平的石头凸出于潭水之上,这只猫坐在上面,仰起头打量着四周。犹如收到了什么信号似的,只见一只接一只的猫现身了,从四面八方进入这片山谷。他们迈步走下来,靠着水潭边坐下,猫儿们轻盈的身影很快占据了潭边低矮的斜坡,众猫目光向下,投入潭水之中。

最先出现的那只猫站起身来,说道:"新的预言已经来临!一场劫难在所难免,星族之前预言的一切都将改变。"

水潭对岸,一只黄褐色的猫低头附和道:"我也看出来了。未来会怎样很难说,我们面临巨大挑战。"

"黑暗、空气、水流和天空将会齐聚,撼动整座森林的根

基。"最先到场的那只猫继续说道,"届时,一切都会改变,变得既不同于现在也不同于以往。"

"一场大风暴就要来了。"另一个声音说道。于是围坐在一起的猫全都开始重复"风暴"这个词,众猫的吟诵声汇聚起来,犹如隆隆雷声从猫群中升起。

待众猫的低语声停歇,一只精瘦黑亮的猫从水潭边开口说道:"难道就没有办法阻止这一切吗?连最伟大的武士所具备的勇气与精神,都改变不了事态发展吗?"

"劫难无可避免。"那只蓝灰色的猫答道,"但如果族群都用武士的精神来面对这场劫难,他们或许能幸存下来。"她抬起头,目光炯炯地扫视全场。"你们全都看到了森林将蒙受的劫难,"她继续说道,"你们也知道该怎么做。我们必须挑选四只猫,将族群的命运交到他们的脚掌中。你们准备好在星族全体成员面前做出选择了吗?"

话音刚落,潭水的表面忽然荡起波澜,又很快平复下来,而此时并无微风吹过。

那只黄褐色的公猫站起身,星光把他肩膀上的皮毛映照成了银色。"就从我开始吧。"他眼神斜睨,与一只下巴歪斜的浅色虎斑猫目光相接,然后说道:"钩星,你是否允许我代表河族发言?"钩星点头表示同意。于是,黄褐色的公猫继续说:"那么,就请大家来见证我的选择。"

他低头凝视着潭水,如周遭岩石一般纹丝不动。水面上现出

午夜追踪
WUYEZHUIZONG

一个浅灰色的模糊身影。所有的猫都抻长了脖子，想看得更清楚。

"就是那只猫吗？"蓝灰色的猫凝视着水中的影像，低声问道，"橡心，你确定？"

黄褐色公猫前后甩动着尾巴尖。"蓝星，我还以为你会赞同这个选择呢。"他声音里透着戏谑，"你不觉得她训练有素吗？"

"她的确训练得很出色。"蓝星脖子上的毛都竖了起来，好像对方说了什么挑战她的话似的。但她随即就冷静了下来，问道："星族其他成员同意吗？"

在场观望的猫都表示同意，水中那个浅灰色的身影渐渐淡去消失了，只剩下一片清澈的潭水。

这时，那只黑猫站了出来，走到水潭边。他大声宣布："现在轮到我了，请大家一同见证，也希望能赞同我的选择。"

这一次，潭中出现了一只玳瑁色猫的身影，她身材精瘦，肩膀肌肉发达。蓝星盯着水中的影像看了一会儿，接着点点头道："她很坚强，也有胆识。"她同意了。

"但是夜星，她是否忠诚？"另外一只猫大声发问。

黑猫猛地转过头，爪子愤怒地抠进土里："你在质疑她的忠诚？"

"我既然这么说，自然是有原因的。"对方立时反驳道，"她不是在影族出生的，是不是？"

"如此说来，就更应当选择她。"蓝星冷静地说，"现在各族群若不能齐心协力，势必全军覆没。也许那些与两个族群都有

关的猫,更能帮助各族理解当前最应该做什么。"她顿了顿,见没有别的猫反对,于是问:"大家都同意吗?"

众猫迟疑了片刻,但没过多久,表示赞同的轻柔喵声从猫群中纷纷响起。水面上泛起涟漪,待到恢复平静时,那个玳瑁色的身影也消失了。

另一只黑猫起身向水潭边走去。他有一只粗短扭曲的脚掌,只能一瘸一拐地走近潭水。"我想该轮到我了,"他的嗓音很粗哑,"见证并同意我的选择吧。"

这次,水面上浮现的是一个深烟灰色的身影,在潭水映射的夜色中显得十分模糊。众猫观望片刻,皆是默然。

"什么?"黄褐色的猫终于喊道,"那是个学徒啊!"

"多谢提醒,橡心。"黑色公猫冷冷地回答道。

"坏脚,你不能把学徒置于那么危险的境地!"另一只猫从猫群后方叫道。

"他的确只是个学徒。"坏脚反驳道,"但他的胆识和能力足以与许多武士相媲美。说不定哪一天,他会成为风族优秀的族长。"

"说不定哪一天不等于现在。"蓝星直截了当地说,"族群现在需要的是能够拯救各族的猫,而他不一定需要具备首领特质。你要不要重新挑选一个?"

坏脚愤怒地甩动着尾巴,颈毛都竖了起来,他瞪着蓝星。"我选中的就是他!"他不肯让步,"你——或者随便哪只猫——有

午夜追踪

谁敢说他不够资格？"

"各位意见如何？"蓝星环视全场，"星族成员都同意吗？记住，我们挑选的猫，只要有一只畏惧或是失败了，都会累及整个猫族的命运！"

场上没有出现呢喃的同意声，众猫反而开始相互窃窃私语，将不安的目光投向水中的那个身影和水边那只猫。坏脚怒气冲冲地瞪着大家，全身的毛都竖了起来，让他的身体显得涨大了一倍。如果谁敢质疑他，他显然准备好了要冲上去打一架。

终于，场内的抱怨声渐渐消失了。蓝星又问了一遍："大家都同意吗？"总算有表示同意的，但声音很小，似乎很勉强。还有些猫只是保持缄默。坏脚转身，一边瘸着脚走回自己原来的位置，一边发出暴躁的怒吼。

潭水再次恢复清澈。橡心说道："蓝星，你还没帮雷族挑出一个武士呢。"

"是的，我现在就要选了。"蓝星答道，"请看我选中的武士，希望大家能够赞成。"她骄傲地看向水潭中，那里，现出了一个深色虎斑猫的身影。

橡心直视着那个身影，张大了嘴，脸上露出无声的笑意："他？蓝星，你总是出其不意啊！"

"什么意思？"蓝星的语气显然很不高兴，"他是只品行高尚的年轻猫，非常适合这次预言将带来的挑战。"

橡心抽动了一下耳朵："我说他不合适了吗？"

蓝星开口询问，但眼睛仍然死死盯着橡心不放："大家都同意吗？"现场发出坚定的赞同声。她冲着橡心轻蔑地弹动尾巴，这才转开了视线。

"星族的众猫们！"蓝星提高声音说道，"你们已经做出选择。征途即将开始，为了迎接即将降临到森林里的可怕风暴，请回到各自的族群，确保每只猫都已经做好了准备。"

蓝星停顿了片刻，眼中闪出犀利的银光："我们只能帮各族挑选出适合的武士，剩下的就全要靠他们自己了。愿我们所有武士祖灵的灵魂与他们同在——无论繁星会把他们带往何处。"

第一章

叶片窸窣,两丛灌木的缝隙间钻出一只年轻的虎斑猫。他张开嘴,深吸了一口气,试图捕捉猎物的气息。这是绿叶季末期一个温暖的夜晚,森林里到处都是小动物蹄蹄而行留下的痕迹。他眼角的余光里总有动静,但当他转过头时,却什么都没发现,只有浓密的蕨丛和黑莓丛,月光在枝叶上洒下斑驳的光影。

他走出灌木丛,忽然发现自己来到了一片开阔的空地上。他带着困惑四处张望。他不记得森林里有这么一处地方。月光如洗,冷冷地照在整齐的草地上,泛出一片银色清辉。草地在他面前一览无余,延伸到远处一块圆润的岩石旁。岩石上端坐着另一只猫,星光在她的皮毛中闪闪发亮,一双眼睛则如同两轮小月亮。

年轻的虎斑猫认出了她,心里更加疑惑。"蓝星?"他问道,怀疑令他声音尖厉。

雷族的这位伟大族长殒命时,他还只是一位学徒。就在四个季节之前,她舍命与一群追逐她的嗜血恶犬一道跳下断崖。他和其他族猫一样,对她的辞世哀痛无比,同时也对她舍命保全大家的举动充满敬佩。他从没想到会再见到她,这才意识到自己一定

是在做梦。

"走近点,年轻的武士,"蓝星道,"我有消息要传递给你。"

虎斑猫满怀敬畏,紧张得发抖。他蹑足穿过反射着月光的草地,蜷伏到岩石下方,抬头仰望着蓝星的眼睛。

"请说吧,蓝星。"他说道。

"劫难就要降临到森林中了,"蓝星对他说,"族群要想生存下去,必须完成新的预言。你已经被选中,要在新月时分和另外三只猫会面,你们一定要听从午夜传递的信息。"

"你的话是什么意思?"年轻的猫顿觉恐慌,一股寒意犹如融雪,沿着脊梁淌遍全身,"是怎样的劫难?午夜又怎么能传递给我们信息?"

"到时候你自会明白。"蓝星回答道。

她的声音渐渐消失,话音如同从地底深处的洞穴里传来一般诡异地回荡着。月光开始变得昏暗,周围的树木投下的浓重阴影从四面包围过来。

"别走,等等!"虎斑猫大喊,"不要走!"

当漫天的黑暗将他吞没时,他恐惧得叫出声来,不断拍打着自己的爪子和尾巴。有什么东西在捅他的身侧,他猛然睁开眼睛,只见雷族的副族长灰条站在他面前,正抬着一只前掌准备再杵他几下。原来自己是在武士巢穴里的苔藓间胡乱踢打,金色的阳光从头上的叶缝间洒下来。

"黑莓掌,你这个疯毛球!"副族长说道,"瞎叫唤什么?

午夜追踪

你声音大得能把从这儿到四棵树的猎物全都吓跑。"

"对不起。"黑莓掌坐起来,清理着身上的苔藓,"我刚刚在做梦。"

"做梦!"另一只猫嘀咕道。

黑莓掌一转头,看到白色的武士云尾。他的窝就在旁边,此时他刚从铺满苔藓的窝里出来,伸了个大大的懒腰。

"说实话,你跟火星德行差不多,"云尾接着说,"以前他睡在这儿的时候,也老说梦话,睡个觉动不动抽一下。他要是晚上睡不好觉,怎么抓得到森林里的猎物啊!"

黑莓掌听见白色武士随意拿族长开玩笑,耳朵不由得抽动了一下。他提醒自己这是云尾,火星的外甥兼前任学徒,是以牙尖嘴利、趾高气扬著称的一只猫。尽管他言辞放肆,但这并不妨碍他成为一位忠心耿耿的雷族武士。

云尾抖了抖身上的白色长毛,轻盈地走出巢穴,路过黑莓掌身边时,还友善地用尾巴弹了他一下,以此弥补他刚才的出言不逊。

"走吧,"灰条招呼道,"你们该动身了。"他躲着巢穴地上散落的苔藓走过去拍醒蜡毛,"狩猎巡逻队准备出发了,蕨毛正在组队呢!"

"好的。"黑莓掌应了一声。蓝星的身影渐渐从他脑海中消失,但那不祥的信息依旧在他耳中回荡。星族真的送来了新的预言吗?貌似不太可能。从一开始,黑莓掌就觉得纳闷,雷族

9

猫武士
MAOWUSHI

这么多猫，蓝星怎么就偏偏把预言告诉他？巫医们经常从星族那里收到各种信息，雷族族长火星也常被自己的梦境所指引。但星族的信息可不是普通的武士能收到的。黑莓掌只好将这场不可思议的梦归咎于昨晚吃得太饱。他最后舔舔肩膀，跟着云尾穿过蔓生的枝丫走出洞外。

太阳刚刚爬到营地四周的荆棘篱笆上，外面就已经很暖和了，空地角落光秃秃的土地上洒满了蜂蜜一般的阳光。栗爪是年龄最大的学徒，这会儿正四仰八叉地躺在遮盖着学徒巢穴的蕨丛下，与同巢伙伴蛛爪和鼩鼱爪分享舌抚。

云尾已经在武士们进餐的荨麻丛那里了，正狼吞虎咽着一只椋鸟。黑莓掌注意到猎物堆就快见底了。灰条说得没错，他们得赶快去捕猎才行。他正打算走过去和白色武士一起，这时，栗爪突然从地上弹起，穿过空地，朝他连蹦带跳地飞奔过来。

"就是今天了！"她兴奋地大叫道。

黑莓掌眨眨眼问："什么事啊？"

"我的武士命名仪式啊！"这只玳瑁色母猫发出欢快的轻声咕噜，扑向黑莓掌。这猝不及防的攻势令黑莓掌一下子翻倒在地。两只猫在满是尘土的空地上摔起跤来，就像他们小时候在育婴室那样。

栗爪用后肢猛踢黑莓掌的肚子，让黑莓掌感到庆幸的是，栗爪的爪子是收着的。毫无疑问，她肯定会成为一位勇猛而危险的武士，一位广受尊敬的武士。

"行了，行了。"黑莓掌轻轻拍了拍栗爪的耳朵，撑起身说，"既然你要成为武士，就不能再表现得像只幼崽那样了。"

"幼崽？"皮毛纷乱、沾满灰尘的栗爪一屁股坐到黑莓掌面前，愤愤不平地开口说道，"说我？才不是呢！这一刻我已经等很久了，黑莓掌。"

"我知道，你配得上武士这个称号。"

在新叶季的时候，栗爪为了追一只松鼠太靠近雷鬼路，被一只两脚兽的怪物撞上身侧，肩膀受伤，在巫医炭毛的巢穴里养了三个多月伤。巫医悉心照料她的那些日子里，她的两个兄弟烟毛和雨须都当上了武士。栗爪下定决心，只要炭毛认为她的伤可以承受重新开始训练了，她就要跟手足们一样成为一位武士。黑莓掌看着她在老师沙风的教导下，进行艰苦的训练，肩膀也完全康复了。她不得不比一般学徒多训练了几个月，但她从没叫过苦。她的确配得上得到自己的武士命名仪式了。

"我刚把新鲜猎物拿去给香薇云了。"她对黑莓掌说，"她的幼崽好可爱！你去看过了吗？"

"还没呢。"黑莓掌答道。香薇云前一天刚产下第二窝幼崽。

"现在就去看看吧！"栗爪催促道，"离出去捕猎的时间还早。"她跳起身，又朝旁边轻巧跃开几步，好像浑身有使不完的劲儿一样。

黑莓掌朝育婴室走去。育婴室就藏在营地中央附近黑莓丛深处。他挤进狭窄的入口，荆棘上的刺扎到了他宽阔的肩膀，令他

11

不由得瑟缩。

　　育婴室里既温暖又安静。香薇云侧卧在铺着厚厚苔藓的窝里，一双绿眼微光闪动，慈爱地望着三只幼崽舒适地蜷伏在她身边。有一只幼崽跟她一样是浅灰色的，另外两只棕色虎斑猫则像他们的父亲尘毛。尘毛也在育婴室里，他缩着脚掌蹲在香薇云旁边，不时用舌头怜爱地舔舔香薇云的耳朵。

　　"嗨，黑莓掌，你来啦！"尘毛跟年轻的武士打了声招呼。

　　"是来看幼崽的吧？"他洋溢着自豪，平时刻薄挑剔、不情不愿的样子一扫而空。

　　"好可爱的幼崽！"黑莓掌跟香薇云碰了下鼻子表示问候，"给他们取名字了吗？"

　　香薇云摇摇头，睡眼惺忪地看着他说："还没呢。"

　　"取名的时间多得是。"雷族年纪最大的猫后金花在铺垫上开口道。她也是黑莓掌的母亲，不过现下并没有自己的幼崽需要照顾，但她早就决定不再担任武士之职，要留在育婴室里帮忙照顾族群新成员。她已经快到可以入住长老巢穴的年龄了，也坦然承认听力和视力已大不如前，没办法再胜任捕猎队的工作。"几只幼崽都很健康，也很强壮，这才最重要，香薇云的奶水也很充足。"

　　黑莓掌尊敬地向母亲点了一下头："多亏有你帮忙照顾他们。"

　　"毕竟，你这么小的时候也被我照顾得不错。"金花骄傲地说道。

午夜追踪
WUYEZHUIZONG

黑莓掌正准备离去,尘毛对他说:"我想请你帮我一个忙。"

"行啊!只要我帮得上。"

"帮我盯着松鼠爪,好吗?我想再陪香薇云待一两天,孩子们太小了,但松鼠爪又不能长时间没有老师管教。"

松鼠爪!黑莓掌暗暗叫苦。她是火星的女儿,八个月大,最近刚当上学徒,却是雷族里的大麻烦。

"等到你自己有学徒的时候,这样的经验会很有用的。"尘毛像是觉察到了他的勉强,赶紧又补充了一句。

黑莓掌知道尘毛说得没错。他也希望不久以后火星能指定他当老师,让他可以依照武士守则训练自己的学徒,但他同样希望自己的学徒不要是某些觉得自己无所不知、自以为是的暗姜黄色母猫。他很清楚松鼠爪不会乖乖听他的话。

"好吧,尘毛,"他说,"我尽力。"

黑莓掌走出育婴室,看到空地上已经有了很多猫。亮心是一只母猫,她一身白毛,但身上点缀着姜黄色斑块,乍看上去像几片落叶掉在身上。她从猎物堆里挑了一样新鲜猎物,叼在嘴里,朝荨麻地那边坐着的云尾走去。黑莓掌看到的正好是她没受伤的半边脸,这让他几乎忘了她那可怕的另半边脸。曾在森林中横行的野狗群给她留下了丑陋的伤痕,她的半边脸布满了大大小小的伤疤,耳朵被撕得稀碎,还失去了一只眼睛,只剩一个凹陷的眼眶。

虽然亮心在这样残暴的攻击下活了下来,但族群担心她再也

成为不了武士。是云尾陪她训练,想尽办法弥补她一侧失明的弱点,将之反而转为优势。如今,她跟其他猫一样,打斗、捕猎都不在话下。

她在云尾身边坐了下来,云尾弹了弹尾巴与她打招呼。

"黑莓掌!可找到你了!"

黑莓掌转过头,看到一位金棕色的长腿武士从武士巢穴那边朝他走来。他迎上前去:"嗨,蕨毛!灰条说你在组织狩猎巡逻队。"

"没错。"蕨毛回答道,"今天上午能不能烦劳你带松鼠爪一起出去?"

黑莓掌的耳朵朝学徒巢穴那边转过去,这才发觉松鼠爪正半躲在蕨丛的阴影里。她挺身盲坐,尾巴盘绕着脚掌,绿色的眼睛正盯着一只亮闪闪的蝴蝶。蕨毛向她摆摆尾巴,于是她站起身,从空地上溜达过来,尾巴竖得老高,暗姜黄色的皮毛在阳光下闪闪发亮。

"狩猎巡逻的事,"蕨毛简单解释道,"尘毛有事情,你跟黑莓掌一起去吧。你也可以另找一只猫一起去。"

没等松鼠爪回答,蕨毛便急急忙忙朝沙风和栗爪那边去了。

松鼠爪打着哈欠,伸了个懒腰,说道:"好吧,我们要去哪儿?"

"去太阳石。"黑莓掌说,"然后我们可以……"

"太阳石?"松鼠爪打断他的话,不敢相信地瞪大了眼睛,

午夜追踪

"你是鼠脑子啊？天气这么热，猎物都躲到石头缝里了，我们一根毛都抓不到！"

"现在天还早，"黑莓掌不高兴地说道，"这时候猎物还会在外面。"

松鼠爪长叹一口气："黑莓掌，说真的，你总以为自己懂得很多。"

"毕竟，我是武士。"黑莓掌提醒她，但马上就发现自己不该说这话。

松鼠爪深鞠一躬，夸张地表示尊敬。"是啊，好伟大的武士！"她说道，"我全听你的。等我们一无所获地回来，也许你就会承认我是对的。"

"好吧，"黑莓掌答道，"既然你这么聪明，那你觉得我们该去哪里狩猎？"

"沿着河边，往四棵树方向走。"松鼠爪立刻说，"那里可适合多了。"

黑莓掌更加恼怒了，他知道她说的是对的。尽管酷热的天气持续了整个绿叶季，但四棵树那条小河依旧水深清凉，还长着能让猎物藏匿的稠密的芦苇丛。他犹豫着，心想该找什么借口改变原先的想法又不至于在这个学徒面前丢脸。

"松鼠爪！"有猫来了，正好帮他解了围。是松鼠爪的母亲沙风。她走到他俩跟前说道："别再找黑莓掌的麻烦了。你聒噪得跟一窝寒鸦似的。"

猫武士

她一双绿眼睛又转向黑莓掌,不悦地补了一句:"你也一样。你们两个这么爱斗嘴,我看你们还没离开营地,就会把从这儿到四棵树的猎物全都吓跑了,还怎么结伴狩猎?"

"对不起。"黑莓掌低声回答,尴尬从耳朵到尾巴尖地冲刷过他的皮毛。

"你是武士,应该比她更懂事才对。去问问云尾,看你能不能和他一起狩猎。至于你——"沙风对女儿说道,"你还是跟我和栗爪一起去狩猎吧,蕨毛不会反对的。就照我说的去做,不然看我怎么收拾你!"

说完,她头也不回地朝通往营地外的金雀花通道走去。松鼠爪又站了一会儿,绿眼睛里满是不高兴,两只前爪在地上蹭来蹭去。

栗爪跑过来,友好地推了她一下。"走吧!"她催促道,"今天是我最后一次以学徒的身份去狩猎,我们要干得漂亮点!"

松鼠爪勉强点点头,两只猫跟着沙风离开了。暗姜黄色的学徒经过黑莓掌身边时,狠狠地瞪了他一眼。

黑莓掌耸耸肩。比起跟着自己,松鼠爪跟着沙风,能学到更多经验。尘毛交代他要盯着松鼠爪,这也不算辜负尘毛的嘱托。他总算不必一个上午都听她在耳边聒噪了。但他不明白,为何自己会因为被派到另一个巡逻队去而感到有点失落。

黑莓掌决定不再多想,径直往荨麻地走去。云尾和亮心就要吃完了,他俩的独生女儿白爪刚好走了过来。黑莓掌走近时,听

午夜追踪
WUYEZHUIZONG

见白爪问:"你们要去狩猎?带我一起去可以吗?"

云尾摆摆尾巴说:"不行。"白爪顿时一脸失望,这时云尾又加了一句:"蕨毛说他带你去。毕竟,他才是你的老师。"

"蕨毛跟我说你表现得很棒,他为你感到骄傲。"亮心咕噜着说道。

白爪听了眼睛一亮:"那太好了,我去找他!"

云尾爱怜地用前掌拍拍女儿的耳朵。白爪兴奋地摇着尾巴冲了出去。

黑莓掌希望云尾和亮心不是想要单独出去。"我能跟你们俩一起去吗?"他问。

"好啊,一起来吧。"云尾回答道,他跳起身,向亮心点点头。于是三只猫一起快步穿过空地,往金雀花通道走去。

就在黑莓掌快要走入浓密的尖刺间时,他回头看了一眼身后的营地。整个营地十分安详,每只猫看起来肚子都饱饱的,一个个毛光水滑,深信自己的家园安全无虞。蓝星跟他说的话又在他脑子里响起。真的会有大灾难降临到森林里吗?不祥的预感令他皮毛倒竖。关于那个梦,他决定不跟任何猫提起。他只能说服自己,那场梦没什么意义,根本不会有什么新预言来打乱森林里他们习以为常的平静生活。

赤日炎炎,在树梢上空吐出烈焰般的光热,投下横穿空地的长长树影。黑莓掌伸了个懒腰,心满意足地长出了一口气。经过

猫武士

一天漫长的狩猎，他累坏了，但填饱肚子万事足。新打来的猎物够全族吃饱，还有富余。今年的绿叶季持续的时间比大家记忆中的任何一年都要久，也要更热。幸好森林里猎物多的是，四棵树周边的小溪里水源也很充沛。

真是美好的一天！黑莓掌心满意足地想，生活就应该这样。

族猫都开始往空地上走，围在高岩下，黑莓掌知道举行栗爪的武士命名仪式的时间快到了。他径直往高岩走去，坐在香薇云的兄弟蜡毛身边。蜡毛冲他友好地点点头。灰条也早已在岩石下方坐定，一脸骄傲，好像是他自己的学徒要被授予武士称号似的。灰条有两个孩子，但他们都在河族长大，因为他们的妈妈是河族猫。灰条在雷族没有孩子，但他乐于关心年青一代的成长。

黑莓掌看着巫医炭毛带着学徒坐到副族长的身边，她的学徒叶爪，是松鼠爪的姐姐。她跟松鼠爪长得一点也不像，叶爪更娇小轻盈，有浅褐色的皮毛，脚掌是白色的。姐妹俩的个性也完全相反。此时，叶爪安静地坐在那儿侧头听老师和副族长讲话。黑莓掌不止一次忍不住想，她的妹妹松鼠爪从来都是喋喋不休，她怎么会这么安静和专注。

终于，族长火星从高岩另一侧的巢穴里出现了。他是只强壮精瘦的武士，皮毛在落日余晖的映衬下，散发着火焰般的光芒。他和灰条说了几句话，便绷紧肌肉，纵身跃到高岩顶端。

"雷族同胞们！"他大声宣布，"请所有能独立狩猎的猫到高岩下集合，参加族群大会。"

午夜追踪
WUYEZHUIZONG

大部分猫已经在场了。随着火星的声音在会场上空回荡,少数未到场的猫也赶紧走出巢穴,参加大会。

最后出来的是栗爪和她的老师沙风。栗爪玳瑁色的皮毛显然刚刚精心梳理过,白色的胸脯和四爪如雪闪耀。她穿过空地,琥珀色的眼里透着骄傲与掩饰不住的兴奋。沙风站在学徒身边,洋溢着同样的骄傲。黑莓掌知道,当年,这只姜黄色母猫看到自己的学徒受重伤倒在雷鬼路上时,是多么的心痛。师徒俩靠着极大的勇气与毅力,才迎来了这场武士命名仪式。

火星从高岩上跳下来,迎接学徒与她的老师。"沙风,"他遵照族群传承下来的仪式语句,郑重开口,"你认为这位学徒够资格成为雷族武士吗?"

沙风低下头回答道:"她会成为一位能让整个雷族引以为荣的武士。"

火星抬头仰望银毛星带在夜空中现出的第一批星辰,说道:"我,火星,雷族族长,恳请武士祖灵低头看佑这位学徒。"他洪亮的声音在场地上空回荡,整个族群肃穆寂静。

"她通过艰苦训练,完全理解了崇高的武士守则。现在,我将她作为武士推荐给你们。"然后,他转身与栗爪目光相接:"栗爪,你愿意遵守武士守则,保卫这个族群,即使牺牲生命也在所不惜吗?"

黑莓掌回忆起当年自己在武士命名仪式上的心情。他看到栗爪全身颤抖,充满期待地仰起下巴,清晰地答道:"我愿意。"

"那么，我以星族的名义，授予你武士名号。栗爪，从现在开始，你的名号叫栗尾。星族将以你的勇气和毅力为荣。让我们欢迎雷族的这位全能武士！"

火星上前口鼻轻触栗尾的头顶，栗尾则满怀敬意地舔舔他的肩膀，然后慢慢退后。

其他武士全部拥上前来向她道贺，呼唤她的新名字："栗尾！栗尾！"她的两个哥哥烟毛和雨须最先围过来，眼里闪烁着骄傲——他们的妹妹终于也加入他们的行列，成为武士了。

火星等到喧闹声平息后，又开口说道："栗尾，依照传统，今晚由你来守夜，保卫整座营地的安全。"

"就在我们睡得正香的时候。"云尾加了一句。

族长警告性地瞪了他一眼，但没说什么。其他猫纷纷让出一条路，簇拥着栗尾走到空地中央。栗尾坐下，尾巴盘过来包住脚掌，仰望着夜幕笼罩的苍穹，银毛星带的光芒越发耀眼了。

仪式结束后，其他猫都走进了阴影里。黑莓掌伸展身体，打了个哈欠。他本来也打算回到自己舒适的巢穴里，转念又想，在空地上享受一下温暖的夜色也不错。迄今为止，没有迹象表明别的猫做过那个令他心烦意乱的梦。但蓝星说过，除了他，还有另外三只猫会参与到这场新预言中来。黑莓掌感到有咕噜声就要从喉咙里升起，带着些自嘲地想，自己怎么会这么快就相信在梦中被星族猫造访了。至少，这给了他一个教训，叫他睡前别多吃。

"黑莓掌！"族长火星轻轻走过来，在他身旁坐下，"听云

午夜追踪

尾说,你今天狩猎战果很不错。"

"谢谢你的夸奖,火星!"

族长望着自己的两个女儿。此时,叶爪和松鼠爪正往那堆新鲜猎物走去。

"你想念褐皮吗?"火星突然冒出一句。

黑莓掌惊讶地眨了下眼睛。褐皮是他的妹妹。以前的副族长虎星是他们的父亲,因为意图篡取当时族长蓝星的位置,虎星被从族群中流放。后来,虎星谋得了影族族长之位,但是在图谋夺取整个森林时失败了,被一只泼皮猫所杀。褐皮一直觉得雷族的其他猫将虎星的罪责怪在自己头上。于是在虎星当上族长后不久,褐皮就投奔了影族。

"想,"黑莓掌回答,"很想,火星,我每天都在想念她。"

"我以前不知道你对你妹妹所怀有的感情会是什么样子,直到看见她们两个有多亲近我才明白。"火星朝那对学徒姐妹的方向点点头,她俩正在猎物堆里挑选食物。

"火星,你这样说对自己不公平。"黑莓掌不安地说。"毕竟,你也会想念你的姐姐,是不是?"他大胆地加了一句。

火星出生时是一只宠物猫,直到后来加入雷族。他的姐姐公主至今仍和两脚兽生活在一起。火星偶尔也会去探望她。黑莓掌了解他们有多关心彼此。公主把她的第一个孩子交给了火星,让他将幼崽抚养为一位武士。那只幼崽就是云尾——亮心最忠实的伴侣。

猫武士

　　族长把头偏向一侧，想了一会儿。"我当然也想念公主，"他最终开口道，"但她是宠物猫，永远不可能过我们这种生活。你不一样，你一定很希望褐皮留在雷族。"

　　"也许是吧，"黑莓掌承认道，"但她在影族那边比较快乐。"

　　"的确是。"火星点点头，"最重要的是，你们都找到了自己愿意效忠的族群。"

　　黑莓掌顿时觉得一股暖流涌上心头。火星曾怀疑过他的忠诚，因为他长得太像他的父亲虎星了——同样强壮的体格、暗棕色虎斑纹的皮毛，甚至连眼睛都是同样的琥珀色。

　　黑莓掌忽然心想，一只真正忠诚的族群猫是不是应该将那场令他不安的梦，以及梦中蓝星关于大祸临头的预言向族长和盘托出？还没等他想好怎么开口，火星就已起身，迅速地向他点头告别，朝待在高岩旁边的沙风和灰条走去。

　　黑莓掌差点就跟过去，但脑子里有一个声音在提醒他，如果星族真的想向大家发出大祸将临的预警，绝不会挑他这样年纪最轻、最没经验的武士。他们会先告诉巫医，或直接告诉族长。火星和炭毛显然都没接到任何预警，不然，他们一定会告诉大家该怎么办。别再胡想了，黑莓掌再次对自己说，没什么好担心的。

第二章

太阳还没升起，黑莓掌已经跟着黎明巡逻队出发了。栗尾的武士命名仪式结束后没过几天，树叶就开始转黄。尽管一个多月都没下雨了，但落叶季的第一缕寒意已经在森林间弥漫开来。野草长得很深，沉甸甸地沾满露水，打湿了他身上的皮毛，令年轻的武士禁不住打了个寒战。蜘蛛在灌木丛间拉起灰色的丝网，空气中充满潮湿的树叶气息，早起的鸟儿在不停地啁啾，遮盖住了众猫轻盈的脚步声。

亮心的兄弟刺掌在前方带路。他忽然停了下来，回头看看黑莓掌和蜡毛。"火星要我们去巡查蛇岩，"他说，"要留意蝰蛇。天气变热以来，它们的数量越来越多了。"

黑莓掌本能地伸出了爪子。蝰蛇现在应该还躲在石缝里，等太阳出来，升高的气温就会让它们爬出洞穴。要是不小心被它们的毒牙咬上一口，就算有巫医抢救，也得送命。

还没走出多远，黑莓掌就听见身后有轻微的声响，四周的灌木丛里好像有什么东西。他停下来回头张望，期待能看到一只容易得手的猎物。一开始，他什么也没看见，接着注意到浓密的蕨

丛摇摆不休——可此时并无一丝风拂过,他嗅了嗅空气,张嘴吸入,又一声长叹呼出来。

"出来吧,松鼠爪。"他说道。

片刻寂静之后,蕨丛再次摇晃起来,茎叶分开,一只暗姜黄色的母猫从中走出,绿眼里带着抗拒。

"怎么回事?"刺掌走向黑莓掌,蜡毛跟在后面。

黑莓掌摆摆尾巴指向那个学徒。"我听见后面有动静。"他解释说,"大概我们一出营地她就跟上我们了。"

"说话注意着点,别好像我不存在似的!"松鼠爪强烈抗议道。

"你本来就不该在这里!"黑莓掌反驳道。不知何故,只要松鼠爪一开口,他就觉得身上的每根毛都不对劲儿。

"别吵了,你们两个都少说一句!"刺掌吼了一声,"都已经不是幼崽了。松鼠爪,说清楚你在干什么,是有谁派你来传话吗?"

"如果是来传话,她就用不着偷偷摸摸地躲在香薇丛里了。"黑莓掌忍不住说道。

"不是,没有谁派我来。"松鼠爪恨恨地瞅了一眼黑莓掌,脚爪刨着地上的草,"我只是想和你们一起去。太久没有出来巡逻了。"

"所以,你没经过允许就跑了出来?"刺掌问道,"老师尘毛知道你出来了吗?"

午夜追踪
WUYEZHUIZONG

"不知道。"松鼠爪承认,"昨晚他本来说好带我训练的,可谁都知道,他现在整天待在育婴室里陪香薇云和他们的孩子。"

"早该陪完了。"蜡毛说道,"只需陪到幼崽睁开眼睛就好了。松鼠爪,万一尘毛在找你,你就有麻烦了。"

"你最好马上回去。"刺掌替她做出决定。

怒火从松鼠爪的眼中涌出,她向前跨出一步,鼻子几乎抵上刺掌的鼻子:"你又不是我老师,别想命令我!"

刺掌尽量耐着性子叹了口气,但掩不住鼻翼翕张。黑莓掌实在佩服他的克制力。如果松鼠爪敢这样对他说话,他早一爪给她个耳光了。

松鼠爪似乎也觉得自己太过分了。"对不起,刺掌。"她道歉了一声,"可是,我真的好多天没外出巡逻了。请带我一起吧,求你了!"

刺掌与蜡毛和黑莓掌交换了一下眼神,然后说道:"好吧,但回去万一尘毛要把你揍成鸦食,那你可别怪我!"

松鼠爪高兴得小跳了起来:"谢谢你,刺掌!我们要去哪儿?是要找什么特殊的东西吗?会不会遇上麻烦?"

刺掌嗖地挥起尾巴堵住松鼠爪的嘴。"去蛇岩。"他回答,"会不会遇到麻烦,这就是应该由我们去搞清楚的问题了。"

"不过要小心蝰蛇。"黑莓掌又补上一句。

"这个我知道!"松鼠爪马上回他一句。

"我们必须保持安静。"刺掌命令她,"除非有事要向我报告,

否则,不要再让我听到你们叽叽喳喳的吵闹声。"

松鼠爪刚张嘴要回答,但想到刺掌说的话,赶紧重重地点了点头。

巡逻队再次出发。黑莓掌不得不承认,此时松鼠爪真有自己的一套。她行动妥帖,一路轻巧而安静地跟在领队的后面,对草堆树丛里的任何声响动静保持着警惕。

四只猫走出树林,看到光滑圆润的蛇岩出现在面前时,太阳已经升得老高了。石堆之下有一个黢黑的洞穴,是以前野狗群藏身的地方。黑莓掌打了个冷战,他记得自己的父亲虎星曾试图把这群凶残的动物引到雷族营地,以对他从前的族猫实施致命报复。

松鼠爪注意到他表情有异,嘲弄地说:"你怕蝰蛇啊?"

"当然。"黑莓掌回答道,"你也该怕的。"

"随你怎么说。"她耸耸肩,"没准它们更怕我们。"

黑莓掌还来不及制止,松鼠爪就连蹦带跳地冲进空地,显然是想把鼻子伸进那个黑洞里。

"站住!"刺掌大喝一声,总算及时让她停下了,"难道老师尘毛没教过你,在不确定是否危险时,绝对不可贸然行事吗?"

松鼠爪满脸尴尬:"当然教过。"

"那你就做出曾经认真听你老师讲过那么几次课的样子。"刺掌走到这名学徒身旁。"先嗅一嗅,"他对松鼠爪说道,"看你能闻到什么。"

年少的小母猫仰起头,用力吸入一口早晨的空气。"有老

午夜追踪

鼠!"片刻后,她开心地说道,"我们可以去抓老鼠吗?刺掌?"

"稍等一下,"武士回答道,"集中注意力,再闻一次。"

松鼠爪又嗅了嗅空气。"雷鬼路在那边,"她挥动着尾巴指了指,"有一只两脚兽带着一条狗,不过气味不新鲜。"她补充说,"我猜它们昨天来过这里。"

"非常好。"刺掌听起来很满意,松鼠爪开心地卷起尾巴。

"还有别的东西,"她继续说道,"气味很难闻……我觉得以前没闻到过。"

黑莓掌也抬头嗅闻。他马上分辨出松鼠爪提到的那些气味,还有一种新的似曾相识的味道。"是獾!"他说道。

刺掌点点头:"没错。看来它搬到野狗以前住的洞穴里了。"

蜡毛抱怨道:"运气真背!"

"为什么这么说?"松鼠爪问道,"獾长什么样子?它们很难对付吗?"

"从来都不好对付!"黑莓掌低吼道,"獾对猫从来不怀好意。一看到你就会弄死你。"

松鼠爪双眼瞪得溜圆,不过她似乎是惊讶多于惊恐。

蜡毛小心翼翼地靠近那黢黑的洞口,一边闻一边往里面窥探。"里头黑得和狐狸心肠一样,什么都看不到。"他报告说,"我觉得獾这会儿不在洞里。"

他话音未落,黑莓掌忽然又闻到那股气味,这次味道强烈得多,从他们身后席卷而来。他跳转过身,只见附近一棵树的树干

看到光滑圆润的蛇岩出现在面前时，太阳已经升得老高了。

你怕蝰蛇啊？

当然！

你也该怕的。

随你怎么说。

松鼠爪连蹦带跳地冲进空地，显然是想把鼻子伸进那个黑洞里。

站住!

当然教过。

难道老师尘毛没教过你,在不确定是否危险时,绝对不可贸然行事吗?

那你就做出曾经认真听你老师讲过几次课的样子。

先嗅一嗅。

稍等一下,集中注意力,再闻一次。

看你能闻到什么。

有老鼠!我们可以去抓老鼠吗,刺掌?

后露出一张尖嘴的条纹面孔，它巨大的脚掌压塌了地上的青草，边走边用鼻头嗅着地面。

"小心！"黑莓掌大喊一声，他惊恐得身上的每根毛都立起来了。他以前从没跟獾这么近距离相遇过。他嗖地一转身冲向空地，狂喊道："松鼠爪，快跑！"

黑莓掌一发出警告，蜡毛便飞身藏进矮树丛里，刺掌则朝安全的树枝跳过去，只有松鼠爪还愣在原地，直盯着那硕大的怪物。

"松鼠爪，往这边跑！"刺掌喊叫着，开始跑回来。

松鼠爪还在犹豫——黑莓掌猛冲过去，把松鼠爪往树林里推："我叫你快跑！"

松鼠爪的绿眼睛闪烁着恐惧与兴奋，瞬间与黑莓掌的眼睛交汇。獾笨拙地挪着步子，小眼睛闪闪发亮，好像闻到有猫侵入它的领地。松鼠爪冲到空地边，纵身跳上离她最近的那棵树，一够着一根矮枝，就立马抓稳了爪子，蜷缩起来，身上暗姜黄色的毛支棱着。

黑莓掌紧随她，也抓住一根树枝不放。獾就在他们脚下笨拙地来回走动着，像是不知道猫都跑去了哪里。那黑白相间的脑袋威慑地从一边晃到另一边。黑莓掌知道它看不太清——一般獾只在天黑后外出觅食。很显然，这只獾刚忙乎一夜吃饱了虫子，正准备回家。

"它会把我们吃了吗？"松鼠爪屏住呼吸问。

"不会。"黑莓掌答道，竭力平复狂跳的心脏，"狐狸追杀

午夜追踪

我们是想吃掉我们,但獾杀死你,可能只因为你挡了它的路。它们不拿我们当猎物,但无法容忍自己的地盘里有任何入侵者。我们都叫你快跑了,你刚才为什么还在下面一直愣着?"

"我从没见过獾,想仔细看看。老师尘毛说要尽可能多地积累经验。"

"包括一身的毛被撕下来的经验吗?"黑莓掌冷冷地反问道。松鼠爪头一次没有回嘴。

黑莓掌说着话,眼睛仍紧盯着树下的那只野兽。那只獾搜寻无果,只得作罢,它转身走向它的洞穴,身体挤进窄小的洞口,从他们眼前消失了。黑莓掌这才长出了一口气。

刺掌从躲藏的树上跳下来,说道:"这次靠得可真太近了。"黑莓掌和松鼠爪也从树上爬了下来,向他靠拢。刺掌问道:"蜡毛呢?"

"我在这儿。"蜡毛从荆棘丛里探出淡灰色的脑袋说,"你们说这只獾会不会是上个秃叶季杀死柳带的那只?"

"可能是吧。"刺掌回答,"云尾和鼠毛把那只獾轰出了营地,我们就不知道它后来去哪儿了。"

想起那只银灰色母猫,黑莓掌一阵伤感。柳带是栗尾、烟毛和雨须的母亲,却没等到自己的孩子们当上武士的这一天。

"那我们应该怎么对付它?"松鼠爪急切地说,"我们是不是应该冲进洞里,杀了它?我们四个对阵区区一只獾,应该不难吧?"

黑莓掌皱起眉头，刺掌则闭上了眼睛，过了会儿才说："松鼠爪，绝对不能走进獾或狐狸的洞穴。一旦进入，它们会立马发动攻击，你根本没有足够的空间反击，而且你连自己在做什么都看不见。"

"可是……"

"我说不行。我们回营地报告此事，让火星来决定怎么做。"

不等松鼠爪再争辩，刺掌转过头朝着来时的方向走了。蜡毛紧跟在他身后，但松鼠爪在空地边上没有动。

"我们本来可以收拾它的。"松鼠爪回头渴望地盯着那洞口，嘟囔道，"我可以把它引出来，然后……"

"然后它就一掌拍死你，然后我们还是得回去跟火星报告，"黑莓掌嘲讽地说，"你觉得我们该怎么说呢？'对不起，火星，我们一不小心没看住，你的女儿就被一只獾打死了。'他会把我们的皮给扒了。反正遇到獾就没好事，就是这样。"

"你们等着看好了，火星绝不会置之不理，任由那只獾在雷族地盘上撒野。"松鼠爪轻蔑地摇着尾巴，钻进树丛，跟上蜡毛和刺掌。

黑莓掌翻了个白眼，嘀咕道："伟大的星族啊！"然后也跟了上去。

黑莓掌穿过金雀花通道，走到营地空地，第一眼就看到了尘毛。这只暗棕色虎斑猫正在学徒巢穴外来回踱步，尾巴左右直甩。

午夜追踪

另外两位学徒——蛛爪和白爪，则缩在蕨丛的阴影底下，担心地望着他。

尘毛一看到松鼠爪，立刻大步穿过空地，朝她走来。

"这下惨了。"松鼠爪咕哝道。

"你还有什么可说？"虎斑武士冷冰冰地问。黑莓掌禁不住身体一缩，他知道尘毛的脾气有多坏，这世上唯一没领教过他火暴脾气的猫，大概只有香薇云了。"你有什么要给自己辩护的？"松鼠爪硬着头皮迎接他的目光，但回答的时候声音却有些颤抖："我去巡逻了，尘毛。"

"噢，巡逻去了！我知道了。谁命令你去的？灰条？火星？"

"没有谁命令我，可是我想……"

"你想什么想？"尘毛的声音很严厉，"我跟你说过，我们今天要训练。鼠毛和蕨毛都带着学徒去沙坑练习格斗技巧。我们本来可以和他们一起去，但是没有，因为你不在。你知不知道，为了找你，每只猫都把营地搜了个遍？"

松鼠爪摇摇头，前掌在地上蹭来蹭去。

"结果谁都找不到你，火星就组织了一支巡逻队去外面追踪你的嗅迹。你们有没有碰到他们？"

松鼠爪又摇摇头。黑莓掌知道，清晨的露水很重，要在其间追寻嗅迹几乎是不可能的事情。

"你的族长本来应该有更重要的事做，而不是去寻找不听话的学徒！"尘毛继续骂道，"刺掌，你为什么让她跟着去？"

"对不起,尘毛。"刺掌抱歉地回答道,"我觉得让她跟我们一起,总比她在树林里乱闯安全得多。"

尘毛冷哼一声说:"这倒是。"

"我们现在还是可以去训练啊。"松鼠爪提议道。

"你可想得美。在你学会什么是学徒的本分之前,什么训练都别想。"尘毛停顿了一下,"今天,你去照顾那些长老。确保他们吃饱,更换他们的铺垫,帮他们捉捉身上的虱子。"他眼睛一眨,"我相信,炭毛一定会给你准备很多老鼠胆汁。"

松鼠爪沮丧地瞪大眼睛:"呃,好恶心!"

"你还站在这里做什么?"

年轻的学徒又盯着尘毛看了一会儿,像是不相信他是在说真的一样,没想到老师生冷的眼神始终没变。松鼠爪扭过身子,气呼呼地穿过空地,往长老巢穴走去。

"既然火星出去找松鼠爪了,我们只能等他回来再向他报告獾的事情了。"刺掌说道。

"獾?什么獾?"尘毛问。

于是刺掌和蜡毛开始跟尘毛讲述蛇岩附近发生的事情,黑莓掌趁此机会穿过空地,刚好在长老巢穴外赶上了松鼠爪。

"你要干吗?"松鼠爪不高兴地问。

"别生气。"黑莓掌说道。虽然松鼠爪的确应该为私自离营接受惩罚,但黑莓掌还是忍不住要同情她。

"你要是愿意的话,我可以帮你一起照顾长老。"黑莓掌继

续说道。

松鼠爪张开嘴,正要粗暴地顶嘴回去,但显然又想到这对自己有好处。"也好,谢啦!"她没好气地说。

"你去拿老鼠胆汁,我先开始整理铺垫。"黑莓掌说道。

松鼠爪睁大眼睛做出一副可爱的表情:"你难道不想去取老鼠胆汁吗?这点小事你一定愿意帮忙的吧!"

"别想了。老师尘毛可是把这事特别交代给了你。你以为他不会来检查吗?"黑莓掌坚定地说。

松鼠爪耸耸肩:"试试总没坏处。"她弹了弹尾巴,去找炭毛了。

黑莓掌朝长老巢穴走去。长老巢穴位于一块草地中,上面遮着一根被烧成空壳的倒木。四个多季节前,他还是一只幼崽的时候,一场火灾席卷了整个营地,他现在还闻得到呛鼻的焦煳味儿。如今,树干周围已经重新长出了青翠的绿草,又厚又软,给退休的长老们提供了一处安逸的居所。

他穿过草地时,看见长老们正在被压平了的小空地上晒太阳。雷族最年长的斑尾,蜷成一团在打瞌睡,斑驳的玳瑁色皮毛随着呼吸一起一伏。魅力不减当初的白毛猫后霜毛,正懒洋洋地把玩着草叶上的一只甲虫。纹尾和长尾趴在一块儿,好像在聊天。每次看到长尾,黑莓掌心中总忍不住泛起同情——这只淡色黑纹虎斑公猫其实仍是一位盛年的武士,只是视力越来越差,无法再胜任狩猎和巡逻任务。

"嗨,黑莓掌!"黑莓掌刚踏进空地,长尾就转过脑袋来,张开嘴巴捕捉新访客的气味,"来找我们有事吗?"

"我来帮松鼠爪的忙。"黑莓掌解释道,"尘毛要她今天过来照顾你们。"

纹尾发出刺耳的笑声:"我听说她失踪了,为了找她,整个营地都被翻了个遍。但我一猜就知道她准是自己偷跑出去了。"

"她跑去加入了黎明巡逻队。"黑莓掌回答。

他还没来得及多说什么,就听见另一只猫穿越草地的动静,是松鼠爪回来了。她叼着一根树枝,树枝下挂着一团浸满老鼠胆汁的苔藓。闻到苦味,黑莓掌不禁皱起鼻子。

"好吧,谁身上长虱子了?"松鼠爪叼着树枝,含糊不清地问。

"应该是你去帮他们检查。"黑莓掌指正她。

松鼠爪瞪了他一眼。

"先给我看看吧。"霜毛提出,"我肩膀上肯定有一只,痒死我了,可是我够不着。"

松鼠爪走到那只母猫身边,用前掌翻开她的白毛,找到那只虱子时,嘴里嘀咕了一声。松鼠爪用那团浸湿的苔藓在那个部位点蘸着,一只虱子随后落了下来。虱子显然和猫一样厌恶老鼠胆汁的味道。黑莓掌心想。

"别担心,小年轻。"松鼠爪继续给霜毛找虱子时,纹尾说道,"你父亲做学徒时,也常常受罚。即使在他当上了武士以后,

也动不动就闯祸。我从没见过像他那么爱闯祸的猫,可是,你看看他现在的成就。"

松鼠爪转头看着这位长老,绿色的眼睛闪着光,显然是在企求更多的故事。

"那好吧。"纹尾换了个姿势,在草垫上坐得更舒服些,继续说道,"有一次,火星和灰条被逮到,他们竟然把我们的猎物送给河族……"

这个故事黑莓掌早就听过了,于是他开始把长老们用过的铺垫收到一起,然后将苔藓全部卷成一团,搬到空地上。这时,他看到火星从金雀花通道那儿走出来,身后跟着沙风和云尾。刺掌连忙穿过空地,向他们走去。

"感谢星族,松鼠爪没事。"黑莓掌还没走到他们近前,就听火星说道,"她迟早会惹出大麻烦。"

"她现在就有大麻烦了。"沙风低吼着说,"等着我好好修理她。"

"尘毛已经惩罚她了,"刺掌好笑地咕噜着说,"他派松鼠爪去照顾长老了。"

火星点点头说:"很好。"

"还有一件事,"刺掌又说,"我们在蛇岩发现了一只獾,就躲在以前那群野狗住的洞穴里。"

"我们觉得它很可能就是杀死柳带的那只獾。"黑莓掌放下苔藓,插了一句,"我们在森林里其他地方从没见过獾的影子。"

云尾咆哮一声:"最好就是它。说什么我都要用爪子拍死那个畜生!"

火星转头看着他道:"没有我的命令,不准轻举妄动。"他顿了顿,又说:"我们先观察一段时间。传话下去,暂时不要去蛇岩那边狩猎。运气好的话,那只獾会在秃叶季前离开,那时候猎物会变少。"

"除非刺猬也会飞!"云尾不满地顶了一句,他与黑莓掌擦身走过,朝武士巢穴走去,"獾和猫放不到一块儿去,没什么好说的。"

第三章

"松鼠爪不高兴了。"看见妹妹齿间紧咬着个裹着苔藓的树枝离开巫医巢穴，走出巫医室，叶爪说了一句。

炭毛本来在数杜松果，这时也抬起眼来："她理当受点教训。"她语气坚定，但也非毫无同情，"要是每个学徒都不经批准，擅自行事，那会乱成什么样子？"

"我知道。"叶爪在准备老鼠胆汁时，一直听着自己的妹妹气冲冲地抱怨说这个处罚有多不公平。松鼠爪的怒气在叶爪的肚子里翻搅个不停，仿佛她的妹妹搅乱了平静的池水，把不满的涟漪往巫医巢穴里送。

她们姐妹俩从小就有这种心理感应。叶爪记得，松鼠爪刚当上学徒时，自己常兴奋得皮毛刺痛。而她在月亮石被任命为巫医学徒那次，松鼠爪也是一整夜睡不着。有次，她一只脚掌突然疼痛难忍，从日高一直疼到日落时分，在营地里走动时都是一瘸一拐的。等到松鼠爪跟着狩猎队回来时，才知道松鼠爪的脚底深深地扎了一根刺。

叶爪像是皮毛里扎了刺果一样甩了甩脑袋，想摆脱掉妹妹传

给她的坏情绪，把注意力放在挑拣草叶上。

"松鼠爪会好的，"炭毛一再安抚她，"她明天就都给忘干净了。你身上有没有沾到老鼠胆汁？有的话，最好赶紧去洗掉。"

"没有，炭毛，我没沾到。"叶爪知道不管自己再怎么掩饰，声音里仍透露出不安的情绪。

"开心点。"炭毛跛着腿从窝里走出，来到叶爪身边。她用鼻头轻轻碰了碰叶爪的身侧，问道："你今晚想去参加森林大会吗？"

"我可以去吗？"叶爪转身看着老师，但突然犹豫起来，"松鼠爪不准去，是吗？"

"她今天闯了祸，当然不能去！"炭毛的蓝眼睛闪烁着体谅，"叶爪，你和她都不是幼崽了。你已经选了一条和松鼠爪完全不同的路，你终究要成为一位巫医。你们会陪伴着彼此，但不可能做什么事都黏在一起，趁早认清这一点，对你们俩都有好处。"

叶爪点点头，弯身继续挑拣草叶。她尽力压抑着参加森林大会的兴奋心情，以免让松鼠爪更难过。炭毛说得对，但她依然忍不住希望松鼠爪可以跟她一起参加森林大会。

夜空中高挂着一轮圆月，火星带领着雷族猫攀上山坡，向四棵树进发。叶爪走在炭毛身旁，因为充满期待，她兴奋得轻轻战栗。此处是四大族群领地交会之所。每到月圆之夜，各族族长都会遵照星族的休战协议，带领各族的武士来这里交换情报，共

午夜追踪

同做出和整座森林有关的重大决策。

火星在坡顶停下脚步,俯视下方的空地。叶爪跟在队伍的最后,只能看见使此处得名的四棵巨橡的树顶,却可以听见许多猫的声音。一阵微风吹过,她嗅到掺杂着影族、河族和风族的混合气息。

在第一次参加森林大会之前,叶爪只在自己月半之夜前往月亮石、被正式任命为巫医学徒时,见过三位来自其他族群的巫医。在第一次参加森林大会时,她和松鼠爪看到那么多陌生猫,着实有些反应不过来,只得紧紧跟着她们的老师。不过这次,叶爪已经自信多了,她希望能多认识一些其他族群的武士和学徒。

叶爪蹲伏在矮树丛里,等待父亲发出进入空地的信号。黑莓掌站在她的正前方,跟鼠毛和栗尾在一起。这只年轻的虎斑猫绷紧了全身肌肉,叶爪能看出来他正热切期待着森林大会开始。第一次以武士身份参加森林大会的栗尾兴奋得全身发抖。在更前面的是灰条和沙风,他们正在交头接耳。云尾则不耐烦地变换着站姿。叶爪突然一阵难过,因为松鼠爪不能和他们一起来。好在松鼠爪对于被留在大后方并不在意,她说自己一整天都忙着照顾长老们,巴不得好好睡上一觉。

终于,火星扬起尾巴,示意他的族猫前进。叶爪从山谷边缘一跃而起,跟在黑莓掌身后沿着斜坡往下冲,她在灌木丛间迂回穿梭,最后来到了空地上。

闪耀的月光映照着群猫,有些猫已经围坐在空地中央的巨岩

下,有的猫在场地上来回溜达,跟一月未见的其他猫打招呼,还有些猫躺在灌木丛的阴影下聊着天,时而相互舌抚。黑莓掌一下子就钻进猫群里不见了,炭毛去找影族巫医小云说话。叶爪迟疑着,仍然有些胆怯,眼前有这么多武士,这么多陌生的气味,这么多双亮晶晶的眼睛,似乎都在打量着自己。

这时,叶爪瞥见灰条正和一群带有河族气味的猫说话。她认出其中一位长着浓密的灰色皮毛的武士,叶爪在上次大会上见过她,还记得她叫雾脚,是河族的副族长。另外两位年轻的武士她不认识,但灰条亲密地和他们打招呼,还和他们互相碰了碰鼻子。

叶爪左思右想,不知她是否该走过去和他们打招呼。这时,雾脚也看到了她,扬起尾巴示意她过来:"嗨,你是叶爪,对吧?炭毛的学徒?"

"是的。"叶爪走了过去,"你们好吗?"

"我们都很好,族群也兴旺。"雾脚回答道,"他们是暴毛和羽尾,你见过吗?"

"我的小崽子们。"灰条骄傲地补上一句,虽然这两位健壮的武士早已离开育婴室不知多少个月了。

叶爪于是跟这两位年轻武士碰了碰鼻子。她早该想到暴毛和羽尾是灰条的血亲,这两只猫都有着同样结实的身躯和灰色的长毛。羽尾的毛色较浅,是一只浅灰色的虎斑母猫。她跟叶爪打招呼时,蓝色的眼睛里闪着温和的微光。

"我也认识炭毛,"羽尾说道,"有一次我生病了,是她悉

心照料我。能当她的学徒,你一定很骄傲吧?"

叶爪点点头说:"是的,深感荣幸。但她的学问太渊博了,有时我都怀疑自己永远也学不完!"

羽尾认同地轻声咕噜:"以前接受武士训练时,我也是这样想。相信你没问题的。"

"雾脚,你不是说你们族群正兴旺吗?"灰条轻声问道,"可你看起来忧心忡忡的。发生什么事了吗?"

被他这么一问,叶爪也发现河族副族长的眼神有些不安。雾脚迟疑了几个心跳的时间,然后耸耸肩回答道:"可能也没什么大不了的……待会儿森林大会开始,你就知道了。"

她边说边向巨岩那边瞄了一眼。叶爪看见巨岩顶上已经站着两只猫了。满月的光辉下清晰地映出风族族长高星的黑色轮廓,他长长的尾巴很容易辨认。站在他身旁的是河族族长豹星,她不耐烦地看着巨岩下方的猫群。叶爪看见火星正在往岩石上跳,加入两位族长的行列。

"影族族长呢?"豹星大喊道,"黑星,你还在等什么?"

"我来了。"说话的是一只高大的公猫,他全身雪白,四掌乌黑,正从叶爪附近的猫群中挤出一条路来。他大步走到巨岩下方,拱起背纵身跳上巨岩,轻盈地落在河族族长身旁。

黑星脚爪刚一碰上巨岩,豹星便昂首大吼一声。空地上的嘈杂声顿时安静了下来,每只猫都把脸转向巨岩。羽尾友好地看了叶爪一眼,在她身边坐下,叶爪也很喜欢有这位温柔的年轻武士

做伴。

"四大族群的众猫们,欢迎参会。"最年长的族长高星走到巨岩的前方,提高声音对所有猫说道。他看看其他族长,问道:"谁想先发言?"

"我先说吧。"火星走向前,火焰般的皮毛在月光下闪着银光。

叶爪听见父亲报告说蛇岩附近有獾出没。这个消息并未引起多少骚动——只要森林里还有足够的猎物,这只獾就不大可能搬进别族的领地。

"另外,我们新增加了一位武士,"火星接着说,"雷族的学徒栗爪,已经获得了自己的武士名号——栗尾。"

赞美声在空地上荡开来。栗尾一向受大家喜爱,在别的族群也小有名气,她还比其他学徒多参加了几次森林大会。叶爪瞥见她坐在沙风旁边,身板挺得笔直,一副自豪的样子。

火星退后,黑星走上前来。虎星死后,他接任了影族族长。在他的领导下,影族的声望好过以往,但很多猫还是认为,凛冽的寒风吹冷了影族猫的心,让他们变得阴狠冷酷。

"影族强盛,猎物也很充足。"黑星高声说道,"因为绿叶季天气炎热,我们领地上的部分沼泽已经干涸,但我们仍有充足的水喝。"

他挑衅地扫视了空地一周。叶爪想,就算影族领地里连一滴水都没剩下,黑星也不会在森林大会上承认。

高星用尾巴点了点豹星,请她发言。但豹星往后退了几步,

午夜追踪
WUYEZHUIZONG

把机会让给了高星。风族族长迟疑了一下,叶爪注意到他的眼中愁云密布。

"黑星刚刚提到绿叶季高温干旱问题,情况确实有点严重。"高星开口说道,"已经有好些日子没下雨了,风族领地的荒原上的河流在过去的四分之一月里全部干涸。我们一点水也没有了。"

"但你们风族领地的边界上就是一条河。"有只猫在巨岩下的阴影里大声说道。叶爪抻长脖子,认出说话的是影族副族长黄毛。

"那条河流经边界的河段,沿途都是陡峭深险的峡谷。"高星答道,"下到那里去喝水太危险了。武士们都试过,一根须还不小心掉下去过,感谢星族没有让他受伤。幼崽和长老们就更没办法爬下去喝水了。他们都快渴死了,我担心再这样下去,那些最小的幼崽会夭折。"

"你们的幼崽和长老不能嚼些青草吮吸点水分吗?"有只猫提议。

高星摇摇头:"连草都被晒干了。直接说吧,我们领地现在什么水都没有。"他转头面对河族族长,非常不情愿地说:"豹星,看在星族的分上,我只能请求你,希望你允许我们到你们领地的河里喝口水。"

豹星上前一步,站在风族族长身边,她那斑斓的金黄色皮毛在月光下起伏着。"河流水位很浅。"她提醒高星,"我的族群同样也遭受干旱的威胁。"

"可是你们的水仍有富余啊。"高星回答道,话音里有一丝绝望。

豹星点点头说:"此话倒不假。"她走到巨岩边上俯视着空地,大声问道:"我的武士们意下如何?雾脚,你觉得呢?"

河族副族长站起身,还没来得及开口,同族的另一只猫高声喊道:"我们不能相信他们!风族猫一踏入我们的领地,猎物和水都会被染指。"

叶爪看到说话的是一只烟黑色公猫,离她大约有几只狐狸身长那么远,但叶爪并不认识他。

"那是黑掌。"羽尾在她耳边低声说,"他对河族忠心耿耿,只是——"羽尾没再说下去,显然不想在叶爪面前说自己族猫的坏话。

雾脚转向黑掌,清澈的蓝眼睛直视着他说:"你可别忘了,以前河族也有遇到困难,需要其他族群仗义相助的时候。"她继续说道:"如果不是他们的帮助,今天坐在这里的就不会有我们。"她又转头对豹星说:"我认为应该帮忙。我们的水有富余,足以分给他们。"

空地上一片静默,大家都在等豹星的决定。"好吧,高星。"她终于开口道,"你的族猫可以进入我们领地喝水,但只能在两脚兽的桥下,不得进入其他地方,也不得带走猎物。"

高星向豹星低头致意。当他开口时,叶爪听得出他松了口气:"豹星,我代表整个风族,从初生幼崽到垂危长老,向河族表示

万分感谢。河族拯救了我们。"

豹星说道:"旱灾不会永远持续下去,不久你们就会有水喝了。下次森林大会的时候,我们再讨论这件事。"

"他们肯定会再讨论的。"灰条悄声嘀咕道,"以我对豹星的了解,她一定会要风族回报些什么。"

"但愿到时候星族能给我们带来充沛的雨水。"高星说完便退到一旁,让河族族长豹星发言。

叶爪越来越好奇,早前让雾脚心事重重的原因到底是什么?但一开始,河族族长带来的消息平平无奇,只是说他们最近有一窝幼崽出生,两脚兽在河边丢了很多垃圾,结果引来一群老鼠,被黑掌和暴毛捕杀了。灰条听见自己儿子受到表扬,浑身都洋溢着骄傲,暴毛却将脚爪在地面上蹭来蹭去,难为情地将双耳平贴在脑边。

最后,豹星说道:"你们中的有些猫以前见过我们的学徒,鹰爪和蛾爪。现在他们都已经晋升为武士了,分别叫鹰霜和蛾翅。"

叶爪周围的猫都伸长脖子去看河族族长提到的那两位武士。叶爪也扭头去看,但在猫群中根本分辨不出他们来。按照惯例,每次宣布新晋武士时,现场总会发出赞美的低语声。但让叶爪感到奇怪的是,这次的赞美声中居然掺杂了一些不和谐的咆哮声。叶爪发现这些声音是从河族那边传过来的。

豹星站在岩石上俯视着下方,尾巴一甩,示意大家安静下来。

"我是不是听到抗议声了？"她愤怒地啐道，"那好吧，我干脆一次说个明白，免得谣言一传再传。"

"六个月前，刚刚步入新叶季的时候，一只泼皮猫带着她仅剩的两个孩子来到河族。这只泼皮猫叫莎夏，生育幼崽令她身体大为虚弱，急需其他猫帮忙猎食和照顾幼崽。她一度想加入族群，我们也很欢迎她成为我们的武士。但最终，她还是认为她的生活方式与我们的武士守则相冲突，所以选择了离开，但她的两个孩子决定留下来。"

岩石附近的猫群发出一波抗议。其中有个声音特别突出："泼皮猫？被族群接纳？河族是不是疯了？"

灰条朝雾脚投去质疑的目光，雾脚只是耸了耸肩。

"那两只猫是很称职的武士。"她低声维护着他们的声誉。

豹星没有试图制止喧闹声，一动不动地盯着下面的众猫，直到会场终于安静下来。

"他们年轻而强健，熟练掌握了各项武士技巧。"豹星一直等到自己的声音能被众猫听见时，才接着说，"他们发过誓，坚决保卫我们的族群，万死不辞——跟你们当初的誓言别无二致。"她看了一眼黑星，补充说："影族是不是有一些武士也曾是泼皮猫？"不等黑星回答，豹星又把目光移到火星身上，"而如果宠物猫都能成为族长，为什么就不能欢迎泼皮猫成为武士呢？"

"她说得有道理。"灰条承认说。

火星向豹星点头致意。"没错。"他说道，"我将很乐于能

午夜追踪
WUYEZHUIZONG

看到他们履行承诺,就像他们族群的那些忠诚武士一样。"

豹星点头回应——显然她对火星的回答很满意。

"雾脚,你就是在为这件事担心吗?"灰条问,"既然他们都安定下来了,就没什么事了。"

"我知道。"雾脚叹了口气,"说实话,对于外来者担任武士,我最不可能反对了,可是……"

羽尾轻声问叶爪:"你知道雾脚的亲生母亲就是你们以前的族长蓝星吧?"

叶爪点点头。

雾脚接着说:"可是豹星还并没有告诉你们全部内情。"这时,豹星再次说话了,这位灰色的武士赶紧闭上嘴。

"蛾翅选择在我们族群担任一个很特别的角色。"豹星解释道,"我们的巫医泥毛年纪越来越大了,他是时候要收一个学徒了。"

这次,她的声音完全被场内抗议的号叫声湮没了。巨岩上的另外三个族长也凑在一起不安地商量起来。高星在豹星同意分享水源之后,显然不太愿意开口反对她。最后,是黑星站出来发话。"我可以接受一只泼皮猫在认真学习族群武士守则后,升任武士。"他用粗哑的声音说,"但当巫医?泼皮猫怎么懂得星族的事?星族会接受她吗?"

雾脚轻轻对灰条说:"我担心的正是这件事。"

叶爪感到一阵刺痛传遍全身。她想起在自己还只是一只幼崽

猫武士 MAOWUSHI

时，就已经很确信，治疗和安抚族猫，向他们解释星族的征兆就是她应当做的事情。蛾翅也有这样的感觉吗？叶爪很想知道，非族生的她能有这样的感觉吗？就连炭毛之前的巫医黄牙也是出生在族群的森林里的，虽然雷族并非她出生时所在的族群。

黑星的质疑在空地里引起一阵附和。巨岩下，一只浅棕色老公猫站起身来，等待嘈杂平复。他正是河族的巫医泥毛。

声浪渐渐平息，泥毛提高音量开口了。"蛾翅是一只很有天分的年轻猫。"他说道，"但因为她是泼皮猫出身，所以，我还在等星族指示，确认她就是应当成为河族巫医的猫。得到指示后，我才会在月半之夜带她去母亲嘴。如果我一意孤行，背弃星族的庇佑，你们谁都可以责怪我——但那时候还没到呢。"说完他一屁股又坐了下去，胡须恼火地不住抖动着。

这时，猫群刚好散开，叶爪这才看见泥毛身边蜷伏着一只年轻的猫。她极为美丽，一双明亮的琥珀色眼睛镶嵌在三角形的脸上，金色长毛上分布着波浪般的虎斑条纹。

"她就是蛾翅？"叶爪低声问羽尾。

"是的，"羽尾舔了下叶爪的耳朵说，"你要是愿意的话，等族长讲话结束，我带你去见她。你跟她熟了以后，会发现她很好相处。"

叶爪热切地点点头。她相信泥毛很快就会收到星族的指示，同意他收蛾翅为徒。森林里没有其他的巫医学徒了，她很期待能尽快交上这个朋友。这样，她就有伴儿能一起交流训练的事，以

及和星族相关的各种谜团，毕竟，她对这些事还知之甚少。

泥毛发言后，抗议声终于平息下来。豹星也没再多说什么，于是，高星宣布大会结束。

羽尾跳起身来："快来，一会儿我们就得走了。"

叶爪跟着这位河族武士穿过空地，她已经开始同情起蛾翅了。从今晚其他猫的反应来看，不难想象，蛾翅在被族群完全接纳前，还有一段艰辛的路要走。

森林大会接近了尾声，众猫开始回到自己的族群队伍里。黑莓掌四下寻找他的妹妹褐皮的身影。他没看到褐皮，于是怀疑是不是影族这次没选她来参加大会。

黑莓掌看见火星在河族巫医泥毛附近一只年轻的虎斑猫面前站住了。

"恭喜你，鹰霜！"火星说道，"我相信，你会成为一位优秀的武士。"

原来他就是鹰霜，那位泼皮猫出身的河族武士。黑莓掌好奇地竖起耳朵，观察了起来。

"谢谢你，火星。"新晋的武士答道，"我会尽我所能为河族效力。"

"我相信你会的。"火星用尾巴尖碰碰鹰霜的肩膀鼓励道，"那些闲言碎语不用理会。一个月过后，谁都不记得那些话了。"

火星朝前走了，鹰霜抬头看着他的背影。黑莓掌正好看见那只公猫的眼神，竟不寒而栗。那诡谲的冰蓝色眼神仿佛一道轻烟，

穿透了雷族族长的身影。

"伟大的星族啊!"他喃喃说道,"我可不愿意在战场上碰到他。"

"碰上谁啊?"

黑莓掌猛一转身,发现妹妹褐皮正站在他身后。

"你在这里啊!"他惊呼,"我一直在到处找你呢。"他补上一句,以回答妹妹刚才的问题:"鹰霜。他看起来很难对付。"

褐皮耸耸肩:"你好对付吗?我好对付吗?这本就是武士之所以是武士的原因。就连在这样的月圆之夜,也可能因为一不小心巴掌拍错地方就打起来了,以前也不是没发生过。"

黑莓掌点点头说:"这倒也是。你还好吗,褐皮?在影族过得如何?"

"挺好的。"褐皮有些迟疑,仿佛想说什么却有些犹豫,"听着,我想问你一件事。"黑莓掌闻言坐下来,期待地竖起耳朵。"有天晚上,我做了一个奇怪的梦……"褐皮继续说道。

"什么?"黑莓掌忍不住惊叹道,褐皮一双绿眼睛立时瞪得溜圆。"没什么,你接着说。"黑莓掌说道,强迫自己镇定下来,"和我讲讲那个梦吧。"

褐皮开始讲述她的梦:"我在森林里的一片空地上,可我完全认不出来那是在哪儿。有只猫坐在一块岩石上,是一只黑猫——我觉得是夜星。你知道的,就是在我们的父亲之前的那个影族族长。我想,星族如果想派什么使者来影族传话,肯定不会

派虎星的。"

"他跟你说了什么？"黑莓掌嘶哑地问，其实他心里已经知道妹妹会说什么了。

"他告诉我说这座森林就要面临大劫难了，新的预言必须得被履行。我被选中，要在新月时分与另外三只猫会合，倾听来自午夜的信息。"

黑莓掌凝视着她，打了个冷战。

"你怎么了？"褐皮问，"怎么看起来那个样子？"

"我也做了一个跟你一样的梦，不过跟我讲话的是蓝星。"

褐皮眨了下眼睛，黑莓掌看到一阵激灵滚过她玳瑁色的皮毛。最终，褐皮问道："你有没有跟别的猫说？"

黑莓掌摇摇头说："我不知道该怎么讲。老实说，我还以为是我吃了什么不该吃的东西才出现了幻觉。我是说，星族为什么把这个梦托给我，而不是托给火星或炭毛？"

"我也是这么想的。"他的妹妹附和道，"我还以为，另外三只猫也都是影族的，而别的猫从未提起，所以……"

"我知道，我也是这么想的。我也以为另外三只猫会是雷族的武士，看来，我们都想错了。"

黑莓掌环顾眼前的空地，与会的猫都已各自散去，大会接近尾声。尽管反对鹰霜和蛾翅的声音很大，但当晚的整体气氛还是很好的。没有哪只猫看起来像是被大难临头的噩梦困扰的样子。会是怎样的劫难呢——要是真有其事，他和褐皮又能做些什么？

猫武士

"你觉得我们现在该怎么办?"妹妹的话正好说中他的心事。

"如果这场梦是真的,那么,应该还有另外两只猫也接收到这个信息。"黑莓掌回答道,"这两只猫一定是其他两个族群的武士才说得通,我们得想办法把他们找出来。"

"噢,当然啰。"褐皮嘲弄地说,"你打算走进风族和河族的领地,询问每只猫有没有做过某个奇怪的梦?我才不会这么做。如果这么做,就算他们不先把我们的耳朵撕下来,也会以为我们疯了。"

"那你有什么建议?"黑莓掌反问道。

"他们要我们在新月时碰面。"褐皮若有所思地说,"夜星没有说在哪儿碰面,但我想,应该就在这里,在四棵树。四个不同族群的猫,只有在四棵树才可能安全会面。"

"所以,你认为我们应该等到新月时分再到这儿来?"

"除非你想得出更好的办法。"

黑莓掌摇摇头说:"我只希望另外两只猫也会这样做。前提是……前提是那个梦是真的。"

突然听到有猫在叫他,他赶紧住了嘴。转过身,看见一群雷族猫簇拥着火星站在不远处。火星招呼他:"我们该走了。"

"马上就来!"他又转过身,急匆匆地对妹妹说:"那就新月时见。不要跟其他猫提起此事。要对星族有信心,相信另外两只猫也会来。"

褐皮点点头,跟在她的族猫后面钻进灌木丛里。黑莓掌小跑

午夜追踪

着追上火星，心里希望自己没有把震惊和恐惧摆在脸上。他竭力想忘掉那个梦，但如果褐皮也做了一样的梦，他就别无选择，只能认真面对它。大难将临，他却完全不知道该怎么办，也想象不出午夜能告诉他什么信息。

哦，万能的星族，他在心里默默祈祷，希望你们清楚自己在做什么！

第四章

黑莓掌走出武士巢穴,环顾空地。又过去了一个四分之一月,还是没有下雨,森林里又闷又热,营地附近的小溪都断流了。现在,族里的猫都要走到流经四棵树的那条河边才能喝上水。幸好那条河岸边全是沙砾,水流很深,即使在干旱的绿叶季,河水也很充沛。

从森林大会回来以后,黑莓掌就没睡过一个安稳觉。每天早上,他都忐忑不安地醒来,生怕夜里营地发生了什么可怕的事情。然而万事太平,一切如常。这天早上,白爪和鼬鼱爪在学徒巢穴外练习格斗动作。鼠毛嘴里叼着一只松鼠,从金雀花通道走了出来,后面跟着雨须和她的学徒蛛爪,他们嘴里也叼着新鲜猎物。火星和灰条在高岩下讨论什么事情,尘毛和松鼠爪在一边听着。

火星向黑莓掌点了下尾巴,示意他过来。"你想不想参加特别巡逻?"他问道,"我打算到与影族接壤的边界去看看,以防他们企图越界找水。"

"可黑星说他们的水源很充足啊。"黑莓掌提醒他。

火星抽了下耳朵说:"他是这么说的。但族长在森林大会上

说的话,我们不能全信。我一直不太信任黑星。如果他觉得我们领地这边猎物更多,他没准就会派武士过来偷猎。"

灰条发出赞同的低吼:"影族已经安分了好几个月。要我说,他们找麻烦的时候快到了。"

"我在想……"黑莓掌欲言又止,当众反对族长的意见让他觉得很为难,但他确实想到一件火星貌似没有考虑到的事情。

"有话直说。"火星催促他。

黑莓掌深吸一口气。看来他不得不说了。松鼠爪绿色的眼睛瞪着他,那意思是说他怎么敢不听她父亲的话。"我只是想,要说找麻烦的话,最有可能是风族。"他试探性地说,"如果他们的领地真的像高星说的那样,已经完全没水了的话,他们的猎物也会短缺。"

"风族!"松鼠爪脱口而出,"黑莓掌,你完全蠢成鼠脑子了是吗?河族答应让风族到他们领地上喝水,就算要偷捕猎物,也是偷河族的。"

"河族的领地很狭长,刚好夹在那条河流和我们的边界之间。"黑莓掌反驳道,"如果风族真的要偷猎,猎物极易越过边界,跑进我们的领地。"

"你当自己有多聪明啊!"松鼠爪跳起身来,身上的毛全都奓着,"火星叫你去巡逻影族边界,你就去巡逻好了,还啰唆什么!"

"当然,松鼠爪就从来不会不服从武士的命令,是吧?"尘

毛冷冷地插嘴补上一句。

　　松鼠爪没有理会老师。"影族总是给我们找麻烦，"她坚持己见，"而风族现在是我们的盟友。"

　　黑莓掌心中的怒火越燃越旺。他根本不是想质疑火星的权威。火星是英雄，曾经拯救过这座森林，不然森林早被野心勃勃的虎星和他率领的泼皮猫占领了。火星是谁也无法取代的。但黑莓掌是真心认为，雷族确实很可能受到来自风族的威胁。他本想和火星好好讨论这件事，但不管他说什么松鼠爪都要跟他抬杠，根本没法谈。

　　"自以为是的是你！"黑莓掌向前跨出一步，对她啐道，"你就不能老老实实地听着吗？"

　　松鼠爪一掌拍过来，黑莓掌敏捷地低头闪过。松鼠爪是伸着爪子的，这让黑莓掌再也控制不住脾气了。他顺势蹲下身子，前后拍打着尾巴，准备向松鼠爪扑过去。如果松鼠爪真想打架，他奉陪到底！

　　眼看这两只年轻气盛的猫要开打了，火星急忙挤到他们中间制止。"够了！"他龇齿咆哮道。

　　黑莓掌懊恼地停下动作。他直起身，恨恨地舔了下自己胸前的毛，低声说："对不起，火星。"

　　松鼠爪没吭声，满脸桀骜地瞪了黑莓掌一眼。这时，尘毛提醒她："你呢？"

　　"对不起。"松鼠爪咕哝着，但随即加了一句话使这道歉变

午夜追踪

了味儿,"反正他是个鼠脑子!"

"说实话,我觉得黑莓掌说得有道理,你觉得呢?"尘毛对火星说,"我也认为影族一直给我们制造麻烦,将来难免还会再生事端。但风族的猫若恰好在我们边界内看到一只肥美的田鼠或松鼠,你觉得他们抵制得了这种诱惑吗?"

"你们说得对。"火星让步了,"既然这样的话,黑莓掌,你带一支巡逻队沿着河族的边界走,一直巡逻到四棵树那儿为止。尘毛,你带松鼠爪也走那条路线。"他眯起眼睛,视线从自己的女儿转到黑莓掌身上,又转了回去,说:"你们俩给我好好相处,否则就给我个合理的理由。"

黑莓掌答道:"是,火星。"他松了一口气,幸好自己在差点拍扁松鼠爪之际及时停住了。

"那么就是分成两组巡逻队。"灰条高兴地说,"我再找些猫跟我到影族边界去。"他跳起来,转眼就消失在武士巢穴里了。

火星对尘毛点下头,示意由他带领巡逻队,然后就朝着自己位于高岩另一侧的巢穴走去。

"好了,我们走吧。"尘毛说道。他朝金雀花通道走去,又回头看了一眼站着没动的松鼠爪。"你又怎么了?"

"不公平。"松鼠爪咕哝着,"我不想和他一起巡逻。"

黑莓掌白眼一翻,但还保留着的理智告诉他,自己不能再和松鼠爪吵架。

"那你之前那些话就不该说。"尘毛告诉自己的学徒。尘毛

走回来站在松鼠爪面前,低头严厉地看着她:"松鼠爪,你迟早得学会什么时候可以说话,什么时候该保持安静。"

松鼠爪故意长叹一声说:"可你们让我感觉,就没有我能说话的时候。"

"这就对了,你可算懂了。"尘毛用尾巴轻弹她的耳朵,黑莓掌一时感觉得到他们的师徒情深。"走吧,你们两个都跟上。我们去那里更新一下气味标记。运气好的话,还能捉到一两只老鼠。"

松鼠爪在太阳石抓到一只肥硕的田鼠后,一脸乌云顿时消散。黑莓掌不得不承认,她确实是个优秀的猎手。她能耐心地潜行接近猎物,再猛扑上去,一掌将之了结。

"尘毛,我好饿,"松鼠爪大声说,"我能吃了它吗?"

她的老师犹豫了一下,然后点头同意了。"族猫都已经吃饱了。"他回复说,"况且我们也不是捕猎巡逻队。"

松鼠爪蹲在她的猎物面前,咬了一大口,向黑莓掌看了一眼。"嗯……真好吃。"她含糊不清地赞叹说,然后停下来,把眼前的美餐推到黑莓掌面前,"要不要来一点?"

黑莓掌本想说自己又不是不会逮老鼠,但话到嘴边,忽然意识到松鼠爪这是在借机跟他和好。于是说道:"谢谢!"也咬了一口。

尘毛从岩石顶端纵身跳下,说道:"等你们两个吃完了……

午夜追踪

松鼠爪,你闻到什么了吗?"

"田鼠的味道。你是说还有别的?"松鼠爪厚着脸皮问。她跳起来,品味空气。风是从河族那边吹来的,于是她很快回答:"是河族猫——气味强烈,很新鲜。"

"很好。"尘毛看起来很高兴,"他们有支巡逻队刚走过去。我们无须理会。"

没有风族来过的迹象。他们继续往前走时,黑莓掌心想。但这并不表示他的怀疑就是错的。他本来就没指望在这么远的下游会遇见风族猫,他们从自己的边界到这里,几乎要穿越整片雷族领地。

离四棵树越来越近了,穿过两脚兽的桥,三只猫同时停下脚步,扫视着前方的斜坡。一丝微风都没有,静止不动的空气里全是强烈的猫的气味。

"风族与河族都来了。"黑莓掌轻声对尘毛说。

经验老到的武士点点头。"可是河族允许他们下到这条河边喝水的。"他提醒黑莓掌,"现在还看不出风族猫有没有越过我们的边界。"

"就是说啊!"松鼠爪还是忍不住插嘴。

黑莓掌耸耸肩。他宁愿自己猜错了,他又不是一心想和风族猫起冲突。

尘毛正要继续向四棵树进发,黑莓掌突然又闻到一种气味——又是风族的,但这次的气味新鲜许多,也更浓烈。他不敢

出声，急忙用尾巴向尘毛示意，两只耳朵转向气味来处。尘毛在长草丛里伏下身子，示意同伴也跟着做。

星族一定要保佑，黑莓掌祈祷着，别让松鼠爪再自作聪明地开口讲话。

这次松鼠爪倒是沉住了气。她趴在地上，两眼紧盯着黑莓掌示意的蕨丛。静等了一会儿，他们没听见有任何声响，只有附近河流潺潺的流水声。接着就传来一阵窸窣，蕨丛里露出一只斑驳的暗棕色猫。他探头往外瞧，没发现什么情况，便从蕨丛中鬼鬼祟祟钻了出来，来到空地上，那里在雷族领地内，离边界线只有几尾长的距离。黑莓掌认出那是风族副族长泥掌，他身后还跟着一根须和一只小个头的深烟灰色公猫——大概是一名学徒，黑莓掌这样猜测——那只小猫的嘴里叼着一只田鼠。

泥掌回头看了一眼，低声说："回边界那边去，我闻到雷族的气味了。"

"我怎么一点都不惊讶？"尘毛低吼着，猛地从草丛里跃起。

泥掌身子一缩，蜷起嘴唇嘶声咆哮起来。黑莓掌马上跳出来站在族猫身边，松鼠爪也赶紧冲上前，站在老师另一边。

"你们在我们的领地上做什么？"尘毛质问道，"我看目的已经很明显了吧。"

"我们没偷你们的猎物。"泥掌反驳道。

"那这是什么？"松鼠爪用尾巴朝那个学徒嘴里叼着的田鼠弹了弹。

午夜追踪
WUYEZHUIZONG

"这不是雷族领地上的田鼠。"一根须解释道。火星的这位老朋友这次在雷族领地上被抓了个现行,神情极为尴尬地说道,"它是从河族那边越过界跑来的。"

"就算真是如此,也是从河族偷的。"黑莓掌犀利地指出,"你们只被允许喝水,偷猎可不行。"

那只深烟灰色的学徒放下嘴里的田鼠,穿过草地,来到黑莓掌跟前。"别多管闲事!"他啐道。

他猛冲上来,把黑莓掌掀倒在地。学徒的尖牙差一点就咬进黑莓掌脖子周围松散的皮毛里。黑莓掌惊呼一声,翻转身子,伸出利爪从对方的肩膀上划了过去。他发觉对方的后爪在抓他的腹部,黑莓掌怒吼一声,挣脱被卡住的脖子,扑向对手的咽喉。

就在黑莓掌将牙齿锁定目标之时,瞥见一根须一掌挥来。黑莓掌正准备以一对二,这位风族武士却一掌推开学徒,居高临下地瞪着学徒,眼睛里充满怒火。

"够了,鸦爪!"一根须怒吼道,"是我们先闯进雷族的地盘,你还敢攻击对方?你想怎样?"

鸦爪眯缝着眼睛,愤怒地瞪着他说:"他说我们是小偷!"

"他说错了吗?"一根须转过身,面对着离他几个狐狸身长远的尘毛。黑莓掌赶忙从地上爬起来,发觉尘毛正挡在松鼠爪前面,以防她贸然加入战局。

"对不起,尘毛。"一根须继续说道,"那的确是河族的田鼠,我也知道我们不该偷猎,但我们的领地几乎没有什么猎物了。"

63

长老和幼崽们都饥饿难耐,而且……"他好像意识到自己说得太多了,就没继续说下去,反而问道:"现在你们打算怎么办?"

"那只田鼠是你们跟河族之间的事。"尘毛冷冷地回答道,"我看没必要告诉火星这件事——除非你们再被逮到。现在就请你们离开我们的领地,别再踩进来。"

泥掌推着鸦爪站起身来,这位风族副族长显然还在因为被抓现行而一脸恼火。黑莓掌意识到他没有跟着一根须向雷族道歉。他一言不发地走向边界,一根须紧跟在后。鸦爪略微迟疑了一下,随后很不服气地瞪了一眼,叼起田鼠,追着他的族猫们跑了。

"我打赌这种事情永远没个头!"松鼠爪朝黑莓掌啐道。她眼睛里满是恼火,"你确实猜对了,现在得意了吧?"

"我可什么话也没说!"黑莓掌反驳道。

松鼠爪没再理他,扬着尾巴走开了。黑莓掌看着她的背影,叹了一口气。他是真的宁愿这次冲突从没发生过。灾祸逼近的预感令他不安得皮毛都竖起来了。族群猫们都已经饥渴到了这样的地步,不惜铤而走险,就连一根须这种正直的猫,也迫不得已准备着要越界偷猎,撒谎欺瞒。高温持续笼罩着森林,如一张沉重的皮毛一般压得大家喘不过气来,仿佛所有的生物都在等待一场风暴来袭。难道这就是星族所预言的劫难吗?

接下来的几天,随着夜空中的月亮变得越来越弯,最后弯成了天穹上一道细细的爪痕,黑莓掌简直觉得度日如年。一想到去

午夜追踪

四棵树跟褐皮见面时可能发生的种种情况,他就担心得每一根毛都立了起来。其他族群的猫会来吗?午夜时究竟会透露什么信息?也许星族会亲自下来与他们讲话也说不定。

夜幕终于降临,月亮几不可见,幸好夜空中银毛星带熠熠生辉,让黑莓掌没费什么劲就穿过金雀花通道,爬上了河谷。他穿行在矮树丛斑驳的树影下,树叶在耳边沙沙作响。他尽量放轻脚步,仿佛在追踪一只老鼠。其他雷族武士可能夜出未归,而黑莓掌不想被别的猫看见,更不想解释他要去哪里。他没有把那个梦和任何族猫讲过,也知道火星肯定不会同意他去四棵树与其他族群的猫会面,毕竟这时候可没有满月休战协议保护他。

此时空气凉爽,但仍然弥漫着一股大地干裂扬起的尘土味。地上的植物全都病恹恹地蔫着,要么就已经枯萎倒伏在土地上。整座森林都在渴求一场大雨,跟一只饿坏的幼崽没什么两样。要是再不下雨,恐怕缺水的就不止风族了。

黑莓掌到达四棵树的时候,周围还空荡荡的。星光照耀下,巨岩周边泛着青光,四棵老橡树的树叶在头顶上随风轻摇,沙沙作响。黑莓掌打了个激灵。他太习惯于山谷中挤满熙攘猫群的景象了,现在这番空寂,让空地显得前所未有的阴森——如此空旷,还有那么多不知是何物的黑影。他几乎觉得,自己已经踏入了星族的神秘世界里。

他踱步穿过空地,到巨岩底下坐下来。他竖起双耳,倾听黑夜的声音,连最细小的声音都不放过。从耳朵到尾巴尖,他的每

你们只被允许喝水,偷猎可不行。

别多管闲事!

他猛冲上来,把黑莓掌掀倒在地。

学徒的尖牙差一点就咬进黑莓掌的脖子。

黑莓掌惊呼一声,翻转身子,伸出利爪从对方的肩膀上划了过去。

够了，鸦爪！
是我们先闯进雷族的地盘，你还敢攻击对方？你想怎样？
他说我们是小偷！
对不起，尘毛。
那的确是河族的田鼠。我也知道我们不该偷猎，但我们的领地几乎没有什么猎物了。
长老和幼崽们都饥饿难耐，而且……
现在你们打算怎么办？
那只田鼠是你们跟河族之间的事。
我看没必要告诉火星这件事——除非你们再被逮到。现在就请你们离开我们的领地，别再踩进来！

一根神经都在期待中绷得紧紧的。另外几只猫会是谁呢?时间一分一秒过去,黑莓掌的兴奋慢慢被焦虑取代。连褐皮也没出现。也许她改变了主意,要么就是见面地点根本不在这里。

终于,他看见半山腰的灌木丛里有了动静。黑莓掌全身都绷紧了。风是从他这个方向吹过去的,所以他闻不到对方的气味。从动静的方向来看,对方要么是河族,要么是影族。

他目光跟随灌木间的动静移动,一直来到斜坡底部的蕨丛间。蕨叶猛烈摇晃,一只猫钻了出来,走进空地。

黑莓掌盯着对方,愣了一下,然后猛地跳了起来,气得颈毛倒竖——

"松鼠爪!"

第五章

黑莓掌腿脚僵直地穿过空地,站到学徒面前。"你来这儿干什么?"他咬牙嘶鸣道。

"你好啊,黑莓掌。"松鼠爪想装出镇定的语调,但闪烁的眼睛却出卖了她的兴奋之情,"我睡不着,又看到你出来,就跟上了你。"她得意地小声发出一阵咕噜:"我很厉害,是不是?我从森林里跟了你一路,你完全没发现我。"

那倒是真的,但黑莓掌宁愿去死也不会夸奖她,而是低沉地咆哮了一声,看着相距只有两只老鼠尾巴长的暗姜黄色母猫,黑莓掌恨不得扑过去在她那自鸣得意的脸上来两爪子。"你怎么那么爱多管闲事?"

母猫眯起眼睛,说道:"族群武士夜间偷偷溜出营地,任何猫都有责任过问。"

"我没有偷偷摸摸!"黑莓掌心虚地反驳道。

"哦,你没有?"松鼠爪嘲讽地说,"你离开营地,径直走到四棵树,然后坐在这里等了很久,看起来像是在等着森林里的其他武士跳到你面前来。不要告诉我,说你只是在欣赏美丽的夜

色。"

"我懒得跟你多说。"黑莓掌的声音听起来都有些绝望了——他现在只想赶在其他族群的猫到来之前,摆脱掉这个讨厌的学徒。松鼠爪没提到梦境,那她肯定根本就没有做这个梦,因此,她没有权利来这里探求接下来的预言——如果接下来真的会发生些什么的话。"这跟你一点关系没有,松鼠爪。你干吗不回去呢?"

"不。"松鼠爪坐了下来,尾巴盘在前爪上,绿色的大眼睛直盯着黑莓掌,"不弄清楚这是怎么一回事,我就不走。"

黑莓掌在强烈的懊丧中嘶叫一声,却又被身后的一声低吼惊得跳了起来:"她在这儿干什么?"

是褐皮,她从巨岩后面悄无声息地溜了出来。她穿过空地,眯起眼睛看向松鼠爪。"我记得我们说好了不能告诉别的猫?"

黑莓掌感到身上的毛都竖了起来:"我没跟她说!她看到我离开营地,偷偷跟出来的。"

"还好我有跟来。"松鼠爪站起身来,迎上褐皮的注视,她的耳朵平贴着脑袋,"你半夜溜出来,跑到这儿私会影族武士!如果我告诉火星,他会怎么想?"

黑莓掌感觉胃里一阵翻搅。或许他一开始就该把那个梦向火星和盘托出,但现在一切都太迟了。

"听着,"他急忙说道,"褐皮不只是影族的武士——她也是我的妹妹。这谁都知道。我们没有密谋什么。"

"那你们还保密什么?"松鼠爪质问。

午夜追踪

黑莓掌正在搜寻合适的答案时,褐皮打断了他。她朝斜坡弹了弹尾巴,说道:"快看。"

黑莓掌瞥见灌木丛里有个灰色影子一闪而过,一个心跳过后,羽尾和暴毛步入空地。他俩警惕地察看四周,羽尾一看到另外三只猫,就穿过空地向他们跑了过去。

"我猜对了!"她惊呼着,滑步停在黑莓掌和另两只母猫面前。她睁大眼睛,看上去充满了疑惑,又带着些胆怯,"你们也做了那个梦?就是我们四个吗?"

"我和褐皮都做了那个梦。"黑莓掌回答,松鼠爪与他同时开口,问道:"什么梦?"

"星族托来的梦,告诉我们说,有劫难就要到来了。"羽尾的语气仍然不是很肯定,她的目光紧张地来回看着眼前的这些猫。

"你们俩都做了那个梦吗?"黑莓掌看着暴毛问道,这位河族武士刚刚追上他妹妹。

暴毛摇摇头:"不,只有羽尾。"

"那个梦实在把我吓着了。"羽尾坦白地说,"我一直在琢磨这件事,吃不下也睡不着。暴毛看我有些不对劲,一直问我怎么了,我就和他讲了我梦到的东西。我们觉得我应该在今晚,新月时分到四棵树来,而暴毛怎么都不肯让我单独过来。"她亲密地舔舔哥哥的耳朵,继续说道:"他……他不想让我独处险境。但没有危险啊,不是吗?毕竟,我们互相都认识。"

"别这么快就相信其他猫。"暴毛低吼道,"我不喜欢这样

背地里约见外族猫。武士守则不是这么教导我们的。"

"可星族给我们几个都托了相同的梦,指引我们到这儿来的。"褐皮指出,"蓝星造访了黑莓掌,而夜星找上了我。"

"而我看到的是橡心。"羽尾说,"他说森林要有大劫难了,我必须在新月之夜会同其他三只猫,聆听来自午夜的信息。"

"我得到的指示也是这样。"褐皮进一步做证。她冲着暴毛抽动了一下耳朵,又补充说:"我也不喜欢这样半夜三更跑出来。但我们应该等等,看星族到底想要怎样。"

"等到午夜时分吧,我想。"暴毛说着抬头看了看天上的星星,"已经快了。"

黑莓掌注意到松鼠爪眼睛越瞪越大,他心里一沉。"你们的意思是,星族让你们几个到这里见面?"这只年轻的母猫忍不住了,"他们还说有劫难要降临,到底是什么样的劫难?"

"我们也不知道,"羽尾回答道,"至少橡心没有跟我说……"她声音越来越小,神情有些慌乱,但黑莓掌和褐皮也摇摇头,表示自己梦中的星族猫也没有与他们分享这样的信息。

暴毛眯起眼睛。"你的族猫没有做那个梦,"他对黑莓掌说道,"那她在这里做什么?"

"你不也没做那个梦。"松鼠爪毫不示弱地站在这位河族武士面前,"你能站在这儿,我就能站在这儿。"

"唯一的区别是我根本没邀请你。"黑莓掌咆哮出声。

"那就赶她走,"褐皮提议,"我来帮忙。"

午夜追踪

松鼠爪朝着影族武士踏出一步，身上的毛都奓开着，连尾巴上的毛都竖了起来："你动我一下试试……"

黑莓掌叹口气。"如果我们现在把她赶走，她会直接去找火星。"他说，"她已经听到很多内情，只能让她也留下好了。"

松鼠爪不屑地喷了一声鼻息，重新坐了下来。她伸出舌头舔舐前掌，开始若无其事地洗脸。

"黑莓掌，说实话，"褐皮低吼着说，"你应该多留点神的，竟然会让一个学徒给跟上了！"

"怎么回事？"一个新的声音从他们背后传来，声调尖锐，带着挑衅，"这不对劲啊——按坏脚说的，应该只有四只猫才对。"

黑莓掌跳起来往四周察看。等他认出来是谁后，立时眯缝起眼睛，怒气冲冲地瞪向来者。来的是一只四肢精瘦、头颅小而匀称的深烟灰色公猫。"是你！"黑莓掌啐道。

站在几只狐狸身长开外的正是风族的学徒鸦爪，就是他上次闯进雷族领地偷猎了一只田鼠。

"没错，就是我。"他回敬道，全身的毛都立了起来，仿佛随时都会跳起来把谁掀翻在地。

褐皮竖起耳朵。"是只风族猫，对吧？"她带着轻蔑，上下打量着鸦爪，"个头真不大，是不是？"

"他还是个学徒。"鸦爪嘴角一咧正欲吼叫，黑莓掌就解释道，"名字叫鸦爪。"

黑莓掌看了一眼松鼠爪，希望她不要在这时提起田鼠引发的

73

那场冲突。他也希望惩罚风族偷猎的行为，但得是在恰当的时候，比如在某次森林大会上，而不是现在讲出来，在这里引起一场恶斗，毕竟他们半夜外出在这里秘密见面，已经大大逾越武士守则了。松鼠爪的尾巴尖抖了几下，但没有说话，黑莓掌不由得松了口气。

"你也做了那个梦？"羽尾问道。黑莓掌注意到她蓝眼睛里的焦虑慢慢消失了，仿佛越确认那个梦是真的，她就越有勇气。

鸦爪随意地点了点头。"我和我们以前的副族长坏脚讲了话，"他说道，"他叫我在新月之夜来这儿跟其他三只猫碰面。"

"这么说，每个族群都有一只猫。"羽尾接过话头，"我们全到齐了。"

黑莓掌加了一句："现在，我们就等午夜到来吧。"

"你知不知道到底是怎么一回事？"鸦爪转身背对着黑莓掌，直接问羽尾。

"要是我，"松鼠爪抢在羽尾答话之前说道，"我才不会那么轻易就相信呢。如果真有什么大难来临，你们以为星族会越过族长和巫医，直接来找你们几个？"

"那你又怎么解释这些事情？"黑莓掌反诘道。他语调异常激烈，只因为松鼠爪一语中的地点出了他心中同样的疑虑，"为什么我们几个全都做了一模一样的梦？"

"说不定你们都往肚子里塞了太多新鲜猎物。"松鼠爪如此回答。

午夜追踪
WUYEZHUIZONG

鸦爪猛地旋身过来,恼火地嘶鸣着。"有谁要你回答了吗?"他质问道。

"我爱说什么就说什么,"松鼠爪呛声回去,"犯不着征求你的同意,你可连武士都不是。"

"你也不是武士,"深烟灰色公猫声色俱厉地说,"那你在这儿又是干吗?你又没做梦。我们不需要你在这儿碍事。"

黑莓掌忍不住开口,想要护着松鼠爪。尽管她跟踪自己让他很恼火,但怎么说也轮不到鸦爪来教训她。然而他立即意识到松鼠爪根本就不会感激他——她那尖牙利嘴,绝不会吃半分亏的。

"我也没看到他们伏地欢迎你大驾光临啊。"松鼠爪吼回去。

鸦爪冲她呸了一声,贴平耳朵,眼睛都要冒火了。

"没必要为这种事情生气。"羽尾开口道。

那只瘦小的深烟灰色公猫根本不理会。他用力地挥舞着尾巴,向松鼠爪扑过去。黑莓掌立刻也跳了起来,鸦爪的爪锋还没来得及碰上松鼠爪的侧腹,黑莓掌就撞上了他,将他掀翻在地。

"都住手!"他一只爪子扼住鸦爪的脖子让他动弹不得,嘶鸣着说道。他们都被梦中的预言联系在了一起,还在等候星族传来信息,他不敢相信这个风族学徒竟敢此时挑起战斗。要是星族真的选中了他们去完成某项神秘使命,自相残杀绝对会让他们失败。

鸦爪好战的眼神消失了,尽管他看起来还是恼怒不已。黑莓掌让他站起来后,他转过身捋了捋凌乱的毛。

"不用你瞎掺和！"黑莓掌意料之中地看到松鼠爪怒瞪着他，眼中的敌意不比鸦爪少半分，"我自己能打得过他。"

黑莓掌发出恼怒的嘶嘶声："在这儿不准打架。我们有重要的事情要考虑，如果那些梦是真的，星族会希望看到族群并肩进退。"

他扫视四周，有些希望星族哪个祖灵能现身，在下一次他不能阻止的冲突爆发之前，告诉他们该怎么办。但银毛星带照耀下的空地只有他们几个的身影。他能闻到的，除了夜色中寻常的植物和远方猎物的气味外再无别物，耳边也只有风吹过橡树枝发出的轻叹。

"现在肯定已经过了午夜了。"褐皮说，"我觉得星族不会来了。"

羽尾转头在空地上四下张望，焦虑让她的蓝眼睛瞪得溜圆："但他们必须来呀！如果那梦不是真的，为什么我们都做了一模一样的梦？"

"那为什么一点动静都没有？"褐皮反驳道，"新月时分，我们也都到齐了，星族就是这么说的。我们只能做到这一步了。"

"我们太蠢了，根本就不应该来。"鸦爪又冷冷地瞪了他们一眼，"那梦什么意义都没有。根本不存在什么所谓的预言，什么灾难——即便有，凭武士守则也足以保护整座森林了。"他大踏步穿过空地，向通往风族方向的山坡走去，同时丢下最后一句话："我回营地了。"

"走了更好！"松鼠爪冲着他后背大声说。

鸦爪没理睬，转眼间就消失在灌木之间了。

"褐皮说得对，什么都不会发生，"暴毛说，"我们也该回去了。羽尾，走吧。"

"再等一会儿吧，"黑莓掌说，"也许我们是理解错了——也许刚才打架惹怒了星族。我们不能装作什么事都没发生，假装我们没做过那个梦。我们应该一起商量接下来该怎么办。"

"我们还能做什么？"褐皮问，她用尾巴指了指松鼠爪，"也许她说得对。星族为什么会选择我们，而不是找我们的族长们呢？"

"我不知道。但我想它们已经选中了我们，"羽尾柔声说，"只是我们没有正确地领会星族的意思。也许它们会再托个梦给我们讲明白一点。"

"有可能。"她哥哥的声音听起来还是有些怀疑。

"我们都要想办法参加下次的森林大会，"黑莓掌建议道，"到那时，也许会有新的征兆出现。"

"鸦爪不知道我们要在那儿碰面。"羽尾望向风族学徒消失的灌木丛，轻声说道。

"不差他一个。"暴毛随口答道，但看着妹妹一脸忧虑，他又补上了一句，"我们可以留意着他什么时候到河边喝水，到时候再告诉他。"

"好吧，就这么决定了，"褐皮说道，"等下次森林大会的

猫武士

时候,我们四个再碰一次面。"

"那我们要怎么和族群说起这事?"暴毛问道,"有事隐瞒不报是违背武士守则的。"

"星族也没有交代说必须把这个梦保密啊。"褐皮插了一嘴。

"我知道,但……"羽尾犹豫一下,又说,"我总觉得把这件事说出去不太好。"

黑莓掌知道暴毛和褐皮说得没错——没把星族托梦的事汇报给火星和炭毛,早就让他有负罪感了。但同时他又跟羽尾一样,有着应当缄口不言的直觉。

"我也不太确定。"他说,"如果族长们禁止我们再碰面怎么办?那我们就得选择,是服从族长,还是服从星族。"看到他们几个不安的眼神,黑莓掌诚恳地说:"我们知道的也还不多,没办法和他们讲清。至少还是先等到下一次森林大会吧。可能到了那时候,我们已经得到了更多的征兆,可以解释清楚这一切。"

羽尾立刻就同意了,显然如释重负。稍过片刻,暴毛也勉强地点了点头。

"但也只是等到下次森林大会,"褐皮说道,"如果那时我们还是找不到任何别的线索,我就只能告诉黑星了。"她拱起脊背,伸长前腿,大大地伸了个懒腰,说:"好了,我该走了。"

黑莓掌用鼻子蹭蹭妹妹以示告别,闻到了她那熟悉的味道。他轻声说:"一定有什么特殊的原因,才会同时选中我们俩——你我血脉同源。"

午夜追踪

"也许吧,"褐皮的绿眼睛里透着不确信,"但其他猫都没有亲属关系。"她伸出舌头舔过黑莓掌的耳朵,这是她少有的亲昵举动,"星族的意愿谁能猜透。森林大会时再见!"

黑莓掌看着她一路跳着穿过空地走远,然后转向松鼠爪说:"走吧,我有话要对你说。"

松鼠爪耸耸肩,从他身边走开,朝雷族领地走去。

黑莓掌跟羽尾和暴毛道了晚安,然后跟着松鼠爪爬上斜坡。当他从山谷走出来的时候,一阵潮热黏湿的风扑面而来,吹乱了他身上的毛,也把树叶吹得上下翻腾。头顶上空,乌云密布,遮住了银毛星带的光芒。森林静寂,空气沉重。黑莓掌猜测,暴风雨终于要来了。

他开始朝着河边跑下去时,松鼠爪停下来等着他。她背上的皮毛完全放松了,绿眼睛光芒闪动。

"简直太刺激了!"她惊叹道,"黑莓掌,下次集会时你一定得带上我,求你了!我从没想到我会成为星族预言的一分子。"

"你根本就不是,"黑莓掌严肃地说,"星族并没有托梦给你。"

"但是我知道了整件事,不是吗?如果星族不想让我参与进来,它们会有办法不让我跟到四棵树那儿的。"松鼠爪迎面挡住他,迫使他停下脚步。她恳求地望着他,说道:"我会对你们有所帮助的,你要我做什么,我就做什么。"

黑莓掌忍不住咕噜着笑出声:"那可连刺猬都能飞了。"

"绝不食言,我一定做到,我保证。"她眯缝起一双绿眼,

79

"而且我绝不会告诉任何猫。至少这一点你可以相信。"

黑莓掌又盯着松鼠爪的眼睛看了一小会儿。他知道,松鼠爪若是将发生的事情告知火星,他就有大麻烦了。能让她对此默不作声,付出点代价也值得。

"好吧。"他最终同意了,"要是发生了什么新情况,我会告诉你的,但前提是你必须把好口风。"

松鼠爪高高扬起尾巴,眼睛高兴得发亮:"谢谢你,黑莓掌!"

黑莓掌叹了口气。不知为何,他总觉得刚刚达成的交易会让自己陷入更大的麻烦里。他跟着松鼠爪走进树木下面浓黑的阴影里,一想到或许有什么看不见的东西正紧盯着他们,就感到一丝丝寒意。但不管怎么说,森林里再怎么黑暗,再怎么可怕,也比不上那个说一半藏一半的预言。如果即将到来的劫难真的像蓝星所言的那样凶险,黑莓掌恐怕很可能会因为自己的一知半解,犯下致命的错误。

第六章

叶爪一整夜都没睡好，总是被各种奇奇怪怪、鲜活逼真的梦境所困扰。一开始，她还以为自己是在追踪一条通向四棵树的气味，沿着看不见的小径跑过森林。然后梦境一转，她竖起了颈上的毛，好似正与敌对峙，战斗一触即发。险境威胁渐渐淡去，但现在她又变得越来越冷，直到最后猛地惊醒过来，这才发现自己睡的蕨叶铺垫已经落满雨水，变得沉甸甸的。雨水落在周遭的森林间，轻柔地叮咚作响。

她四肢撑地站了起来，冲过那块四周长满蕨丛的小空地，躲进炭毛的巢穴里。巫医正酣睡在靠近后墙边的苔藓窝里，连叶爪进来抖落身上的水珠，她都没动一下。

年轻的学徒凝视着外面的空地，她眨眨眼睛，打了个哈欠。黎明的第一缕光线让天穹变灰泛白，她只能辨认出头顶天穹映衬下树木的黑色轮廓。漫长的旱季随着这场倾盆大雨终于结束了，她心中既有些高兴，又有些担心。昨夜做的那些梦到底意味着什么：是星族给她的指示，还是她又无意中感应到了松鼠爪的想法？这已经不是她第一次感应到自己的妹妹又在违背命令做什么了。

叶爪长长地叹了一口气。她一点也不愿意这么想，但她几乎可以肯定，松鼠爪多半夜里溜出营地捕猎去了，才让叶爪梦到飞跑着穿过森林的景象。松鼠爪参加的不可能是正规巡逻队。如果火星发现了松鼠爪夜里跑出营地的事情，她会遭到什么样的惩罚？

叶爪蜷伏在那儿，意识到雨小了一点，天上的云转成了浅黄色，渐渐消散开。她最后看了一眼熟睡的炭毛，然后又溜了出去。她顾不上雨水打湿了身上的毛，钻过蕨叶通道跑向空地。如果自己能赶快找到松鼠爪，说不定就可以帮松鼠爪掩盖她做的事情。

但当她来到空地中央，哪儿都找不见妹妹的影子。其他三个学徒刚从巢穴里出来，正急切地舔着地上浅坑里的雨水。香薇云的三只幼崽也爬出了育婴室，他们试探着触碰这种从天上降下来的陌生的新水，眼睛瞪得溜圆。香薇云骄傲地看着自己的孩子拍水玩儿。当晶莹的水珠从脚掌下飞溅起来时，他们发出兴奋的叫声。

叶爪看着他们，这时，金雀花通道入口处的动静让她转过身来。黎明巡逻队吗？她心想。运气不好碰上大雨了？或者，会是松鼠爪违规外出回来了吗？

然后，她意识到新来者并没有带着雷族的气味。她吸了一口气，正准备高喊出声警告族群时，却认出了那一身光滑的黑色皮毛——是乌爪，曾经的雷族学徒，现在他作为独行猫在风族领地边缘的两脚兽谷仓里生活。叶爪跟老师炭毛去高石山的路上遇到

过他一次。因为住的地方离两脚兽非常近,乌爪主要在夜间出来猎食,所以在黑漆漆的森林里穿行对他来说并非难事。也许他正好可以告诉叶爪,天亮以前是否有一个雷族的学徒在森林里狩猎。

来访者慢慢穿过空地,绕过深水坑,小心地抬起脚掌甩掉水珠。"嗨——是叶爪,对吧?"乌爪问道,朝着她的方向竖起耳朵,"好一场暴风雨啊!要不是我找着棵空心树躲在里面,恐怕全身都要湿透了。好在,这座森林确实该来场雨了。"

叶爪礼貌地向他回以问好。她刚想找个恰当的措辞问他,有没有在来营地的路上看到松鼠爪,就有个欣喜的声音打断了她:"嘿,乌爪!"

白爪和鼩鼱爪连蹦带跳地跨过空地朝他们跑来。香薇云的幼崽们见状也不和雨滴玩闹了,小跑着追了过来。

三只幼崽中最大的那只,滑步在乌爪面前停了下来,用力吸了一口气。"陌生的猫,"她尖声低吼,"陌生的气味。"

独行猫低头和她打招呼,尾尖戏谑地前后弹动着。

"小冬青,这是乌爪,"鼩鼱爪告诉她,"他住在两脚兽的农场里,他吃过的老鼠比你们三个这辈子见过的都多。"

小冬青睁大了琥珀色的眼睛:"每天都吃老鼠?"

"没错。"白爪一本正经地插话道,"每天都吃。"

"我也想去那儿,"另一只灰色幼崽说,"我们可不可以去?现在就去!"

"等你们长大些再说,小桦。"香薇云也走了过来,向幼崽

们保证道,然后转向独行猫,"乌爪,欢迎你。很高兴看到你——小冬青!小叶松!不可以!"

两只棕色斑纹的小家伙已经扑向了乌爪扭动不停的尾巴,伸着爪子拍打。乌爪瑟缩了一下。"不能这样哦,小家伙们。"他轻声教训他们说,"这是我的尾巴,不是老鼠。"

"乌爪,真不好意思,"香薇云抱歉地说,"他们还没学会怎么守规矩。"

"没关系的,香薇云。"乌爪这样回答着,却也把尾巴从幼崽们的那边摇开,紧紧收到身体另一侧,"幼崽总是淘气的。"

"这几只尤其淘气的幼崽在外面待得也够久了。"香薇云摇晃着尾巴好将三只幼崽聚到一起,然后带他们回育婴室去,"跟乌爪说再见。"

幼崽们跟乌爪再见后,蹦蹦跳跳地离开了。

"我们能帮你做什么吗,乌爪?"白爪体贴地问,"你想不想吃点东西?"

"不用,我出发前吃过了,谢谢。"黑猫答道,"我来是想见见火星。他在不在?"

"我想他在自己的巢穴里,"鼩鼱爪告诉他,"要不要我带你过去?"

"不用了,我带他过去就好。"叶爪说。她急着想问这位独行猫,在来的路上有没有在森林里见到过松鼠爪。正在这时,鼩鼱爪的老师刺掌从武士洞穴出来了。叶爪用耳朵朝他指了指,问

午夜追踪
WUYEZHUIZONG

鼩鼱爪:"呃……你老师是在找你吗?"

她正说着的时候,刺掌就呼唤鼩鼱爪了,于是学徒赶忙告别,飞快地朝老师那儿跑了过去。白爪也说了再见,跑到新鲜猎物堆那儿去找蕨毛吃东西了。

突然,金雀花通道上颤动了起来,叶爪看着松鼠爪从里面钻出来,还把一只兔子拖在她身后的泥地上,欣慰顿时涌上她的心头。叶爪三步并作两步朝她走过去,又一下想起了新来的访客,只好尴尬地退了回去。

"那是你的妹妹吧?"乌爪说道,"你要是找她有事的话,尽管去和她说话。我自己能找到火星的巢穴。"

叶爪如释重负,跳跃着跑向自己的妹妹。松鼠爪正要往蕨叶通道里钻,看到她过来了,就把兔子扔在爪下,停下来等她。兔子被一路拖过空地,皮毛上沾满了污泥,松鼠爪自己的皮毛也被大雨冲刷得紧贴在身体两侧,尽管模样颇为狼狈,她眼睛里却流露出凯旋的喜悦。"猎获不错吧?"她朝猎物点一下头,大声说道,"这是送给你和炭毛的。"

"你去哪儿了?我都急死了。"叶爪恼怒地问。

"怎么啦?"松鼠爪的绿眼中出现受伤的神情,"你以为我会去哪儿?我……我只不过趁着雨小了,悄悄出去狩了个猎罢了。你至少应该说声谢谢吧!"

没等叶爪回答,松鼠爪就叼起地上的兔子,直接冲进通往巫医巢穴的蕨丛。叶爪慢慢跟过去,拿不准是该松一口气还是该大发一顿脾气。她知道松鼠爪在对她撒谎，而且是平生第一次，这让她心里很不舒服。如果她在梦中感应到的真的是松鼠爪的想法，那么松鼠爪干的事情绝不只是溜出营地，抓一只兔子这么简单。

叶爪走到空地上的时候，看见松鼠爪已经把那只兔子放在炭毛巢穴的入口处。妹妹得意地闻了闻猎物，说道："你至少应该夸我一句干得漂亮吧。"她的语气听起来仍然有些不满，但说话时眼睛没敢看叶爪。

"你确实干得不错，"叶爪承认道，"战果赫赫啊！尤其还是在你经历了一个并不太平的夜晚的情况下。"她尖锐地补上一句。

松鼠爪愣住了，一双绿眼睛眼神四下游移，最后才看着自己姐姐的脸说："谁说的？"

"我说的。你几乎整夜没合眼。到底发生了什么事？你出去绝不仅仅是来了场麻利的狩猎，我很清楚。"

松鼠爪的目光垂向地面。"哦，我昨晚很晚的时候吃了一只青蛙，"她含糊不清地说，"可能吃坏了肚子吧，就是这么回事。"

叶爪伸出爪子，深深插进雨后松软的泥土里。她不断告诫自己保持镇定。她知道松鼠爪在跟她撒谎，而且她心中的一部分还很想像只幼崽那样大声哭叫：你是我的妹妹！你理应信任我啊！

"哦，青蛙啊。"她说道，"你该来找我弄点草药吃的。"

"是啦……"松鼠爪一只脚掌在地上划来划去。叶爪看见她耷拉着耳朵，满脸愧疚，知道她心里也不好受，但却没感觉到她

有丝毫悔意。松鼠爪为什么撒谎?

"我现在已经好了,"松鼠爪还在嘴硬,"不必大惊小怪的。"

这时,炭毛走出了巢穴,松鼠爪简直像看到了救星。炭毛身上灰色的毛凌乱地支棱着,嘴里还叼着一个用树叶扎起来的小包。"哦,是新鲜猎物。"她放下嘴里的小包说道,"松鼠爪,这只兔子真是肥美!谢谢你。"

松鼠爪飞快地舔了一下肩膀,两只眼睛因为得到巫医的赞扬而发亮,但她仍然躲避着来自姐姐的眼神。

炭毛再次叼起那个小包,摇摇晃晃穿过空地,把它放在叶爪面前。好些个季节以前,炭毛还是火星的学徒,结果她在雷鬼路上出了意外,伤到了后腿,导致无法完成武士的训练。但在当年雷族巫医黄牙的细心照料下,她不仅慢慢康复,还找到了另一种为族群服务的方式。

"叶爪,请你把这个给斑尾送去。"炭毛说道,"是罂粟籽,可以帮她入眠。她牙疼得厉害。记着告诉她,一次不要用太多。"

"好的,老师。"叶爪叼起小包,快步走出空地,临走时最后看了妹妹一眼。这下没机会再问松鼠爪了,而她的妹妹一直不敢看她一眼。她想知道发生了什么事让她们姐妹俩之间出现了一道鸿沟,一种不祥的预感袭上心头,她觉得自己身上的每一根毛都如针扎一样地痛。

"水!救命!到处都是水!使劲划!"黑莓掌大声喊着,接

着就被一道急浪呛了满口咸水。他全身的毛湿透了，沉甸甸地把他往水下拉。他胡乱划动着四肢，拼命让脑袋浮出水面。他抻长脖子，竭力张望，期待能看到标明对岸所在的芦苇丛，但视线所及，只有无边无际、一浪接一浪的蓝绿色波涛。他瞥见地平线那边的太阳就要沉入烈焰炽耀的滚滚浪涛中，余晖在他面前铺展开一条血红的道路。接着，他的头再度没入水中，冰冷的咸水又一次灌进他的嘴里。

我要淹死了！他拼命挣扎，心中无声地呼唤，星族救我！

他才把脑袋伸出水面，就被一股强大的水流裹挟着猛力旋转，他的两条后腿在身下无力地踢打。呛了满口的水，黑莓掌绝望地大口喘息着，却发现自己眼前出现了一面陡峭高耸的崖壁，圆滑的沙色岩石覆盖其上。难道大水把他冲到河谷里来了？不对，这里的悬崖要更高。悬崖底部，一个黑色的洞穴大口吞吐波涛，洞口是参差不齐的岩石，看起来就像是一张獠牙毕露的大口。黑莓掌内心的恐惧一点点加剧，他意识到打着旋的水流正将他冲向那张石嘴。

"不要！不要！"他大声呼喊，"救救我！"

他惊恐地拍打着海水，力气渐渐流失，湿透的皮毛沉甸甸的，拖着他不断下坠。大浪一波接一波地把他往前推，撞向岩石——现在，那个黑色的大洞渐渐将他笼罩，不断向外吐着咸涩的泡沫，好似要把他活活吞下……

接着，他猛地睁开了眼睛，头上只有树叶，没有悬崖峭壁，

午夜追踪
WUYEZHUIZONG

自己正躺在铺着苔藓的沙地上,而非沉溺在深不可测的水底。意识到自己正身处武士巢穴,正躺在自己的窝里,黑莓掌这才浑身颤抖着舒了一口气。耳边浪涛拍打的隆隆声已经变成了风吹过头顶树枝的声音。雨水从厚厚的树叶盖顶间渗下来,凝结成冰凉的水珠滴到他脖颈的皮毛上。他知道,期待已久的雨终于来了。他感觉自己像咽下了一大口咸水,咽喉疼痛,口渴得要命。

黑莓掌不安地坐了起来。尘毛抬起头迷迷糊糊地抱怨:"你犯什么毛病啊?就不能别闹腾了,让我们大家都安生地睡个觉吗?"

"对不起。"黑莓掌赶紧道歉。他清理掉身上沾的苔藓,心脏仍在扑通狂跳,好像要从胸腔里跳出来。他觉得精疲力竭,四肢无力,仿佛真的刚刚经历过一场生死搏斗,要从诡异的咸水中爬出来一样。

巢穴里越来越亮,太阳出来了。他用力撑起四肢站起来,从树枝间探出头,眨着眼向外打量,想找一个能解渴的水坑。

一阵清风吹散了乌云。黑莓掌眼前的空地洋溢着旭日洒下的淡黄色光线,地上的水洼还有树枝和蕨叶上的小水珠,全都在日光的照射下闪闪发亮。整座森林仿佛都在尽情吮吸生命之水,树木纷纷伸展开蒙尘的叶子,想要抓住每一滴亮闪闪的雨滴。

"感谢星族!"鼠毛钻出巢穴来到黑莓掌身边时说道,"我都快想不起雨水是什么气味了。"

黑莓掌蹒跚着穿过空地,来到高岩底部的一个水坑前。他

低头舔着，想洗掉满嘴的咸味儿。他从没想到水还能是那个味道——他和别的猫一样，有时也会舔岩石表面的盐分，也都在猎物的血里尝过咸味，但想起梦中喝下那样苦涩咸腥的水，却让他皮毛刺痛。一阵劲风带来了最后的雨滴，将水面扰乱，也总算洗去了黑莓掌皮毛中顽固的盐味。他仰起头，尽情享受着冰冷雨水的洗礼。他看见火星从高岩下的巢穴里走出来，正回头对另一只跟在他身后的猫说话。黑莓掌讶异地看到那只猫竟然是乌爪。

"两脚兽行事总是很奇怪，"黑莓掌听到火星说，"非常感谢你不辞辛苦来告诉我们这些情况，但我实在认为这件事跟我们没多大关系。"

乌爪看起来很不安："我知道两脚兽做事总是没什么道理，但这次的情况我从来没见过。雷鬼路上出现的两脚兽的数量要比以前多得多，它们都穿着亮色还闪着光的皮毛沿着路边走。而且它们还多了一种新的怪物——而且非常巨大！"

"是的，乌爪，我相信你说的话，"火星听起来对这位老朋友有点失去耐心了，"但在我们的领地里还没见到它们。我说这样吧……"他顿了一下，用鼻头亲切地碰了碰乌爪的身体，"我会吩咐巡逻队提高警觉，注意任何不寻常的情况。"

乌爪肩上的毛抽动了一下，说："我想，你们能做的也只有这些了。"

"你回去的时候可以顺便拜访一下风族。"火星建议道，"他们比我们离雷鬼路更近，如果有什么蹊跷，高星应该会知道。"

午夜追踪

"好的,火星,我会去风族转一圈的。"

"等一下,我有个更好的想法,"火星说,"干脆我跟你一起走一段吧!我也正好带一支巡逻队上四棵树那边。你在这儿等我一下,我去找灰条和沙风。"没等乌爪回话,他就奔向武士巢穴。

族长走了以后,乌爪看见了黑莓掌,于是冲他友好地点点头:"嗨,最近还好吗?狩猎还顺利吧?"

"挺好的。一切都很顺利。"黑莓掌清楚自己的声音还在发抖,所以乌爪靠近来仔细看他时,他一点也不奇怪。

"你看着像是被一群獾追着跑了一整晚似的。"这位独行猫问他,"发生什么事了?"

"真的没什么……"黑莓掌用脚掌轻刨着地面,"只是做了个梦而已。"

乌爪的眼睛里充满同情:"能跟我讲讲你的梦吗?"

"很荒谬的梦,不提也罢。"黑莓掌轻声说。耳边顿时又充斥着咸涩的波涛拍打峭壁的声音,他这才突然意识到自己正在跟乌爪倾诉梦中的情形:无边无际的水,灌进嘴巴里时呛口的咸涩;峭壁下张着黑洞洞的随时会吞没他的大嘴;最恐怖的是,太阳沉入了一潭如血殷红的烈焰中。"那个地方肯定是不存在的。"他最后说道,"我不知道我为什么会做这样的梦。我也不会闲着没事去想类似的东西啊。"他生硬地补上一句。

他没想到的是,乌爪并不觉得他只是做了一个毫无意义的梦,创造出了一个只存在于他胡乱的想象中的地方。相反,这只黑猫

沉默了好久，眼神似在思索着什么。

"咸水，峭壁？……"他喃喃自语道。接着又说："这个地方确实存在，我以前听说过这个地方，只是没有亲眼见过。"

"存在？你……你这话是什……什么意思？"黑莓掌瞪着他，全身的毛都竖了起来。

"泼皮猫们有时会到两脚兽的农场来，他们长途跋涉后，需要一个能过夜的地方，吃上一两只老鼠填饱肚子。"乌爪解释道，"其中有些猫就住在太阳落下去的地方。他们跟我和巴利讲过，有一个地方，那里的水域辽阔到你根本无法想象，就像一条只有一侧河畔的河，那儿的水咸得不能喝。每当夜幕降临的时候，太阳都会在烈焰的火光中被一口吞下，淌着鲜血，无声无息地没入浪涛中。"

黑莓掌不由得颤抖起来——独行猫的话让他觉得昨夜的梦更真实了，也让他更不安了。"是的，我也看到了太阳沉没的地方。长着獠牙的黑洞又是怎么回事？"

"这个我就不知道了，"乌爪承认道，"但你会做这个梦一定有其原因的。耐心点，也许星族会给你更多指示。"

"星族？"黑莓掌感觉胃里一阵翻腾。

"要不是星族有意这么做，你怎么可能梦到一个你从未听说过的地方？"乌爪明确说道。

黑莓掌不得不承认独行猫的话很有道理。"也就是说，是星族将这个太阳沉没之地托梦给我的？"他开口问道，"那你觉得

有没有可能,他们是想让我去那里?"

乌爪惊讶地瞪大了眼睛:"去那里?为什么?"

"好吧,其实是我先前做过另外一个梦,"黑莓掌不安地跟乌爪解释道,"我……我觉得我在森林里见到了蓝星。她跟我提到了一个新的预言,说大劫难即将降临到森林之中。她说我被选中了……"他没说其他族群也有猫被选中。尽管乌爪生活在武士守则的限制之外,他也不会赞成黑莓掌跟其他族群的猫私下见面,比如上次那样。"为什么不是火星呢?为什么选中我?"他最后困惑地问道,"为什么不是火星呢?火星会知道怎么做的。"

这位独行猫严肃地盯着他看了许久。"曾经也有一个预言是关于火星的,"他最后开口道,"星族预言只有火能拯救族群,但他们没有明说怎么救。火星也一直不清楚情况,也一直不知道这个预言跟他有关,直到蓝星临死之前,才告诉了他。"

黑莓掌回望着乌爪,不知道该说什么。他也听说过那个关于火的预言——每只族群猫都听说过,那是他们的族长传奇故事的一部分——但他从没想过,火星当初也会像他现在一样迷惑不已。

"当火星和你一样还只是位年轻武士的时候,"乌爪像是看穿了黑莓掌的心思一般继续说道,"他也经常怀疑自己做出的决定是否正确。没错,现在他是位英雄了,他拯救了整座森林,但刚开始的时候,他面临的困难就跟你现在要面对的一样——不管那是什么——看起来根本不可能完成。但最终,他的预言实现了。"他补充道:"也许现在就轮到你了。记住,星族不喜欢直

接明说。它们降下预言，但从不直接告诉我们该怎么做。它们希望我们展现出勇气和忠诚，完成我们应当承担的责任，就像火星那样。"

黑莓掌有些疑惑。乌爪，这位选择了不在族群中生活的独行猫，谈起星族时却满怀敬畏。乌爪有些窘迫地低声说道："虽然我生活在这片森林以外，但并不代表我反对武士守则。高贵的武士精神，是所有猫应该遵循的正道，我也会像其他武士那样捍卫它。"

这时，火星带着灰条和沙风回来了。乌爪冲黑莓掌友善地点头告别，黑莓掌也轻声跟他道了再见，看着四只猫穿过空地，消失在金雀花通道里。

如果这两场梦都是真的，那么，摆在眼前的将会是一项十分艰巨的任务。除了知道要向着日落的地方走，对于如何能找到那片咸水，他一点头绪都没有，也不知道距离有多远。只有一点毫无疑问——那里比森林里任何一只猫曾经到过的地方都远。

乌爪的那句话始终在黑莓掌耳边回响——也许现在就轮到你了。

另外三只猫也梦到了太阳沉没之地吗？如果乌爪所言非虚呢？黑莓掌问自己。那我接下来该怎么办？

第七章

　　黑莓掌警觉地从河边树林下的灌木丛里探出头。他深吸了一口气，探查猫的气息。雷族的嗅迹已经很陈旧了，但河对岸仍有新鲜的河族气息飘过来。黑莓掌暗自希望两族都没有猫看到自己。他敏捷地溜下河岸，来到水边。

　　褐色的河水没过他的脚掌，打着旋流走了。连日来下了很多雨，但此刻，天空中的云层渐渐散去，透出苍白的光，森林里雾气腾腾的。河水涨得很高，踏脚石被淹没大半。黑莓掌不得不鼓足勇气，才敢跳向第一块石头。

　　他要去找羽尾和暴毛。他整天都在想第二个梦。他越来越深信，他们必须去到那个太阳沉没的地方，才能领会星族的意图。那个梦太真实了，让他无法不去想——他现在仍能舔到嘴里的那股咸味，还在踏脚石溅起的水花落在他鼻头上时不由瑟缩，满心以为那种浓烈的气味又会扑面而来。而且他们还得立刻动身——有种异常的紧迫感令他全身刺痛，他总觉得来不及等到下次森林大会再做决断了。如果另几只被选中的猫也做了相同的梦，那说服他们应该不难。

猫武士

他还没有把第二个梦告诉松鼠爪。尽管他心里因为没有履行诺言而感到内疚，但他很清楚，松鼠爪要是知道他有远行的打算，肯定会想跟着他一起去的。要是他把火星的女儿也扯进了未知的险境里，火星会有何想法呢？

黑莓掌落到第一块石头上，河水冰凉，冲刷着他的脚掌。他蜷起身子，准备跳到下一块石头上。起跳前，他再次察看远方的河岸。尽管雷族和河族现在关系友善，但他并不确定自己私闯河族领地会不会受到欢迎。他更想在谁都不惊动的情况下找到羽尾和暴毛。

他成功跳上第二块石头，又落到第三块石头上。溅落到他皮毛上的冰凉水珠让他不由得打个寒战。接下来的那块石头完全淹没在水里，只有水流流过其上泛起的波纹，显示出石头的位置。他紧盯着那里跳了上去，脚掌却在落下时从边缘滑开，他立刻就水花四溅地掉进了河中。他惊恐地大叫一声，头就被水淹没。

恐惧在踩不到河底的那一瞬间涌过黑莓掌的全身，蓝绿色的波浪和他梦里的一模一样。他拼命蹬踏抓挠，向上挣扎。终于浮出水面时，他看到的是芦苇而非沙色的崖壁，灰褐色的水流荡着轻波，不是梦中的波涛汹涌。水流把他带往了对岸，黑莓掌昂着脑袋，奋力划动四肢在水流中前进。脚爪终于擦上了鹅卵石，他松了一口气。一个心跳过后，他总算是能站起来了，深一脚浅一脚地爬上浅滩。最后，他终于呼哧带喘地上了岸，用力抖了抖身子。

午夜追踪
WUYE ZHUIZONG

一股新鲜的河族猫气味突然飘进了他的鼻孔里。他一个箭步钻入一丛蕨叶里，从茎秆缝隙里向外看。他随后就默默感谢星族保佑——从远处河边走来的正是他想见的羽尾和暴毛。

黑莓掌从蕨丛中跳出来，颤抖着站在他俩面前。"嗨！"他说道。

"伟大的星族啊！"暴毛上下打量着他，说道，"你游泳了？"

"我从踏脚石上摔下来了。羽尾，我可以跟你说几句话吗？"

"当然可以。你确定没事？"

"没事，我很好。羽尾，你有没有再做梦？"

这只浅灰色母猫一脸茫然："没有。怎么了，你又做梦了？"

"是的。"黑莓掌说道。他们在草丛里坐下来，好安心说话。黑莓掌快速地把他梦到的太阳沉没之地和獠牙毕露的洞穴之类跟他们讲了一遍，一边说着，他的毛又因为害怕立了起来："今天早上，我把这事对乌爪讲了——你们应该知道，乌爪就是那位住在高石山附近的独行猫！他说太阳沉没的那个地方确实存在。他还说星族的预言总是很隐晦。我们需要靠武士的忠诚和勇气去解读，而且要相信星族想要我们做的是对的。"

暴毛问道："所以呢？"

"我……我认为我们应该到那个太阳沉没之地去，"黑莓掌答道。因为紧张不安，他的胃又开始抽紧了，"星族会在那里告诉我们该做什么。"

羽尾默默地听着，蓝眼睛定定地望着黑莓掌的脸。黑莓掌话

音刚落,她就缓缓点头:"我认为你说得对。"

"什么?"暴毛跳了起来,"你疯了?你连那地方在哪儿都不知道。"

羽尾用尾巴弹了一下他说:"确实不知道,但星族会指引我们的。"

黑莓掌紧张地等着暴毛表态。如果暴毛不同意,他就可能会把一切告知豹星,河族定会阻止羽尾跟他一起走。

这位深灰色武士在河岸边来回踱步,烦乱得尾巴都蓬了起来。"忠诚和勇气——如果真要去那个地方,当然需要忠诚和勇气。"暴毛嘀咕道,"我还是不相信你说的是对的,你别介意。"他苦笑着对黑莓掌说:"但是如果你想错了,星族应该会向我们发送别的信号,让我们回头的。"

羽尾的那双蓝眼睛亮了起来:"也就是说你会陪我们一起去喽?"

"别想阻止我。"她哥哥冷冷地说,然后转过来面对黑莓掌说:"我知道,星族没有托梦给我,但多一位武士总会有用的吧。"

"你说得没错。"没有多费口舌就征得他们的同意让黑莓掌如释重负,"谢谢,谢谢你们。"

"那我们什么时候出发?"暴毛问道。

"我想的是月半前一天,"黑莓掌提议道,"这样我们就有足够的时间去通知另外两只猫。"

黑莓掌抬脚走向河边。太阳快要落山了，透过乌云散出一片火红霞光。一阵微风吹来，吹乱了他半干的皮毛，让他又打了个寒战。与其说是因为冷，不如说是因为对未来旅途的担忧。

"褐皮我了解。只要我开口，她一定会来。"黑莓掌说道，"但鸦爪怎么办？他宁愿吃狐狸屎，也不会想跟我们一起远行。但如果星族选中的猫不能一起前往，那个预言就可能无法实现。"

"鸦爪会理解的。"羽尾试图安慰他，黑莓掌又何尝不希望自己也有这样的信心。

"我们会帮你一起说服他，"暴毛提议道，"他每天日落时分都会来河边喝水。现在太晚了，不如我们明天在这儿碰头，一起跟他讲这件事？"

"好吧。"黑莓掌满怀感激地眨了眨眼睛。不知怎的，跟这两位朋友分享了预言以后，他觉得预言带来的压力没有那么沉重了。"但下了这场雨以后，他还会来吗？毕竟风族现在应该有水了。"黑莓掌说道。

"如果他不来，"羽尾语气坚定地说道，"我们就想别的办法去找他。"

夜里，又下起了大雨。风族荒原上的河流无疑都会涨水，这使黑莓掌越发焦虑了：那位风族学徒很可能不会到河族领地去喝水了。他一整天都坐立不安，以至于跟他和尘毛一起狩猎的云尾好几次问他，是不是有蚂蚁爬进了毛里。

直到猎物堆重新堆满了新鲜猎物，黑莓掌总算能独自溜出营地。他特别不想碰到松鼠爪，因为她一定会问他要去哪儿。

赶到可以看到两脚兽桥的河族边界时，太阳马上就要落山了。没等多久，他就看到他要见的那两位河族武士爬上河岸，埋头跑过那座桥。暴毛用尾巴向他示意后，黑莓掌赶紧冲过边界，与等在桥头的羽尾和暴毛会合。

"最好先躲起来。"暴毛说道，"我们不知道会来多少只风族猫，而且你本来不该出现在这里。"

黑莓掌点点头。三只猫轻步来到河边靠近风族饮水地的荆棘丛下躲了起来。河水在他们躲藏处的下方哗啦啦流过，棕黄的水裹挟着泡沫，一路翻腾着冲出峡谷。

没过多久，黑莓掌闻到一股强烈的风族气味。一群猫随后从四棵树的方向走了过来。族长高星走在最前头，后面跟着一根须，还有一位黑莓掌不认识的姜黄色武士。他们后面还跟着其他几只猫。看见鸦爪和老师泥掌也在其中，黑莓掌的心跳不由自主地加快了。

风族猫顺着斜坡来到河岸边，伏下身子开始喝水。黑莓掌懊恼地看着鸦爪被夹在众猫中间，他离得太远了，根本不可能不惊动其他猫把他叫过来。

"我去把他叫过来。" 羽尾小声说了一句，然后悄悄从灌木丛下溜出去，走向河边。

黑莓掌看着她走过去跟风族猫打招呼，然后在风族长老晨花

午夜追踪
WUYEZHUIZONG

面前停下脚步,说了两句话。双方礼数周到地交流,但貌似并不怎么友好。现在干旱已经结束,如果风族还是继续来这里喝水,黑莓掌很好奇这两个族群间在水源上结成的脆弱同盟还能维持多久。

很快,羽尾走到鸦爪身边,也伏下身子做喝水的样子。看着羽尾再度直起身子,摆头抖掉胡子上的水珠,转身走回灌木丛,黑莓掌紧张得爪子都抠进了土里。鸦爪没有跟着她——难道这位风族学徒已经决定不再管这件事情了?还是说羽尾根本没能叫他来见面?

"怎么样?"黑莓掌等羽尾钻进灌木丛的藏身处后,轻声嘶叫着问,"你跟他说了吗?"

"说好了。"羽尾用鼻头碰碰黑莓掌侧腹说,"他很快就来,只是不想被别的风族猫看见而已。"

正说话间,鸦爪离开了河边,爬上河岸,向灌木丛这边走过来。他的族猫仍在喝水。走到离他们几只狐狸身长的地方,他若无其事地打量了一下四周,趁别的猫都没注意,飞快地向灌木丛这边冲过来。

他钻过窸窣作响的树叶走了过来,用带着敌意的眼神看着黑莓掌。"我就说闻到了雷族的味道。"他低吼道,"你们找我干什么?"

黑莓掌不安地跟羽尾对视了一眼。真不是一个好开端。"我又做了一个梦。"他按捺住内心的紧张,开口道。

"什么梦?"鸦爪冷冷地说,"我没再做什么梦。为什么星族给你托梦,不托给我?"

暴毛脖子上的毛竖了起来。刻薄的回答到了黑莓掌嘴边,他又强行吞了回去。"我不知道。"他坦言。

鸦爪哼了一声作为回答,但在黑莓掌跟他讲述梦中情形的时候,他默默地听着。"乌爪,就是那位住在你们领地另外一边的独行猫,昨天拜访了我们的营地。"他最后说道,"他跟我说,那个太阳沉没的地方确实存在。我……我认为星族是想让我们到那儿去。我们应该赶快出发,而且是全都去,要赶在预言成真、族群遭受无力挽回的劫难之前。"

鸦爪瞪大了眼睛。"我简直不敢相信,自己居然听你胡扯了这些。"他说道,"你要我们离开自己的族群,累死累活地去一处根本不知道的地方——只有星族才知道那里有多远!——就因为你做了一个我们都没做的梦?是哪位族长死了让你来发号施令吗?"

黑莓掌不敢直视鸦爪的眼睛——鸦爪的话又何尝没有呼应他自己的怀疑呢。"我不是想发号施令,"他结结巴巴地说,"我只是跟你说说我对于星族意愿的猜想。"

"我愿意和他去。"羽尾插话道,"虽然我也没有再做梦。"

"那你比他更鼠脑子,"鸦爪抢白道,"反正我才不去。我很快就能晋升为武士了,我为此努力了那么久,才不会在要完成训练的当口离开族群。"

午夜追踪

"但是鸦爪……"黑莓掌打算反驳他。

"我不去!"这位学徒龇着牙咆哮道,"我不会去的。抛下族群跑得无影无踪,我的族猫会怎么看我?"

"也许他们会尊敬你,"暴毛说,这位深灰色武士满眼认真,"想想看,鸦爪!如果真的前所未见的大劫难要降临,族群会怎么看待帮助他们安然度过的猫?我们要对星族怀有多么坚定的信念,才会相信他们指引着我们奔赴真正的使命?还得要有怎样的勇气才能将之完成?到了那时,族群都会理解的。"

"但你又没被选中!"鸦爪指出,"去还是不去,都跟你无关。"

"也许跟我无关,但不管怎样我都会去的。"暴毛直言道。

"星族没有给我们明确的指示,就是为了考验我们是否具备足够的信念和勇气。"黑莓掌补充说,"这些都是一位真正的武士必备的品质。"

"鸦爪,求你了!"羽尾的眼睛里闪着光,"少了你,任务就有可能失败。别忘了,你是星族选定的——而且是唯一的学徒。它们之所以选中你,一定是相信你能成事。"

鸦爪看着她,神色犹豫。夕阳西下,晚霞消退,暮色朝他们笼罩上来,黑莓掌能听到那群风族猫喝完水后经过灌木丛,准备回去的动静,也闻到了他们的气味。鸦爪必须得赶在他们发现他失踪之前,跟他们一起回去,没有时间再去求他劝他了。

"好吧,"鸦爪终于撂下一句话,"我会去的。"他眯缝着

眼睛,盯着黑莓掌说:"但是别想对我发号施令。管你做梦没做梦,我都不会听你的命令!"

黑莓掌在雷鬼路下方的石头通道里挑着地方往前走。下雨后,洞里面出现了不少水坑,他左弯右绕地一路走过去。夜幕降临,周围都是影族猫的臭味儿。

和鸦爪见面后,他直接前往影族。河族的两位武士曾提出和他一起来,但黑莓掌觉得太冒险了。如果只有他一个,即使影族武士发现他进入了他们的领地,也不会觉得他是个威胁的。他从雷鬼路的另一边探出头,用力呼吸空气,试图闻出影族武士的最新气味。但侦察了一番,除了嗅到沼泽地潮湿的气味什么也没发现。他压低身体,肚皮贴着地面,迅速穿过一块空地,钻进有遮蔽的灌木丛里。

影族领地内几乎没有高大的树木,地面被浅浅的水洼分成了小块,地面上长满了荆棘和荨麻。每走一步,黑莓掌的脚掌都要陷入泥泞中,腹部的毛全浸湿了,冷得他直发抖。

"影族猫怎么能受得了这个!"他喃喃自语,"到处都湿乎乎的,他们的爪子上不长蹼才叫奇怪!"

去哪儿找褐皮,黑莓掌自有想法。褐皮曾经跟他讲起过一棵巨大的栗子树,说就在流向雷族领地的一条小河旁。她讲那个她最喜欢的地方时两眼放光。她说自己喜欢在那儿晒太阳、抓松鼠,让黑莓掌忍不住想,她是否在内心深处怀念雷族境内的大树。幸

运的话，她现在可能在那儿。

黑莓掌找到了那条小河，就开始沿河往上游走。好几次，他不得不咬紧牙关，水花四溅地涉过浅滩，好隐藏自己的气味，以免被影族武士发现。他看到前方不远处有一支影族巡逻队正在过河，就赶紧缩到一丛莎草后面，一直等到他们消失在灌木丛里，气味远去才出来。

他没花太长时间就找到了那棵栗子树。站在树下，周遭全是盘根错节的树根，一直延伸到水中。黑莓掌本以为能闻到妹妹的气味，但浓密树影下太暗了，根本无法看到她。

"褐皮！"他轻声喊道，"你在吗？"

他得到的答复是被一个扑下来的东西撞得打了个滚。他惊恐地大叫一声，随即口鼻就被按进了潮湿的泥土里。一只爪子落在他的脖子上，半伸出的爪子钉得他动弹不得，一个声音贴在他耳边低吼："你这个蠢毛球来这儿干什么？"

黑莓掌喘了口气，松懈下来。脖子上的爪子收了回去，压在身上的重量也移开，他总算能爬起来了。褐皮正站在树根上，居高临下地看着他。

"要是你在这儿被别的影族猫发现，就等着被变成鸦食吧！"她嘶声说，"你发的什么疯？"

"发生了一些事——我又做梦了。"黑莓掌迅速地把情况讲了一遍。

褐皮在树根上坐下来听他讲。"这么说来，乌爪认为真有那

么个地方,"听完后,她陷入了沉思,"而你觉得星族是想让我们到那儿去。它们的要求还真简单嘛,是不是?"

黑莓掌的耳朵下意识地耷拉了下来,说:"你的意思是你不想去?"

他的妹妹急躁地抽了抽尾巴说:"我这么说了吗?我当然会一起去。但没谁说我必须得欢呼雀跃吧。还有,暴毛是怎么回事?他为什么也要去?星族可没选他。"

黑莓掌叹了口气,说道:"我知道。但阻止不了他。而且他又是一位优秀的武士,说不定就会有他能帮上忙的时候。毕竟我们谁都不知道在外面会遇上怎样的情况。"他又补了一句:"另外,他和羽尾做什么事都在一起,我觉得,这是因为他们的父亲在另一个族群。"

"我能理解。"褐皮语气干涩地说。黑莓掌意识到,妹妹对这对河族兄妹可能怀有极大同情,她的父亲死了,母亲金花和哥哥又都留在雷族。褐皮或许也在自己选择的族群里感觉像是个外来者。但黑莓掌知道她的骄傲不允许她倾诉自己的孤独,她已下定决心,要成为一位忠诚的影族武士。每次想到雷族失去了这么一位好武士时,黑莓掌都会感到深深遗憾。

"完成这趟旅程,才是真的为你的族群尽心尽力。"他提醒妹妹。

"那倒是。"褐皮的声音里有了一丝热情,还越说越兴奋,"星族之所以选中我们几个,一定是因为觉得我们是最佳的

午夜追踪

选择。我们肯定有其他猫没有的特质。"她从树根上跳下来,轻巧地落在黑莓掌身边,"影族有很多武士可以去巡逻狩猎,我离开一阵子他们也应付得来。我们什么时候出发?"

黑莓掌亲昵地咕噜道:"现在别急!我跟他们几个约定的时间是月半的前一晚,大家在四棵树碰面。"

褐皮兴奋地摇着尾巴。"我会做好准备。至于现在,"她说道,"我最好带你到边界去。就算是星族选定的猫,擅闯他族领地也会被扒了皮。"

第八章

"森林里找山萝卜的最佳地点在蛇岩,"炭毛一瘸一拐地走在蕨丛掩映的小路上,扭头讲解给学徒,"但眼下我们不能去那儿,因为那儿住着一只讨厌的獾。"

"也就是说它还在那儿吗?"叶爪问道。她和巫医正在采集草药的路上。雨后初晴,阳光明媚,前两天充沛的降雨使森林里的植物重新焕发生机。叶爪跟着老师走在狭窄的小道上,从脚掌传来的清凉让她很是享受。

"黎明巡逻队是这么说的。"炭毛答道,"你可要睁大眼睛提防着——那不是?"

她突然转身钻进蕨丛,爬上布满沙子的斜坡,那里长着几簇气味浓烈的草药。尽管草药花已经谢了,但叶爪认得那舒展的大叶片,再凑近一点,她就闻到了山萝卜那香甜的味道。

"说说它的功效是什么?"炭毛提问道,并开始从底部噬咬其中一枝茎秆。

叶爪眯着眼睛努力回想。"山萝卜叶的汁可以治疗伤口感染。"她说道,"肚子痛的话,可以咀嚼它的根。"

"说得好。"炭毛咕噜着赞扬道,"你可以挖一些山萝卜根出来——但别挖多了,不然接下来的季节就所剩无几了。"

炭毛继续咬那山萝卜的茎,叶爪听话地去挖那地下的根。四周充斥着山萝卜的气味,熏得叶爪晕乎乎的。没过多久,她又闻到了别的气味——有点像雷鬼路上那种特有的刺鼻的臭味,但又不完全一样。

叶爪抬眼一看,发现斜坡底下不远处的一团枯黄的蕨丛中,升起了一股细细的烟雾。"炭毛,快看!"她不安地叫起来,用尾巴指着那个方向。

巫医环顾四周,接着呆住了,脖子上的毛全竖了起来,蓝色眼睛里跳动着光芒。"伟大的星族啊,不要!"她喘息道。她拖着残腿,笨拙地朝那丛着火的蕨丛爬过去。

叶爪跳步跟在她身后,几个跳跃就超过了巫医。当她靠近蕨丛时,一道灼热的光线闪过,晃得她睁不开眼睛。她眨了眨眼,发现一个闪光透亮的东西伸出地面,是某种两脚兽垃圾的尖锐小片。太阳直射其上,后面的蕨丛慢慢变得焦黑,一缕青烟向天空中飘散。

"着火了!"从叶爪身后赶上来的炭毛大喊道,"快跑!"

那团蕨丛很快生出了火焰。叶爪往后一跳避开热浪,正转身欲逃,却看见炭毛仍然静静地站在那儿,凝视着那红橙相映,正贪婪地扑向枯枝的火焰。

她难道吓呆了?叶爪心想。沙风曾跟她讲过席卷雷族营地的

猫武士

那场大火。炭毛虽幸免于难，但有几只猫葬身火海。对这位拖着伤腿难以跑快的巫医而言，火说不定显得尤为可怕。

叶爪随后发现，炭毛并非是在恐惧下睁大了双眼，她眼中另有意味。她目光专注，却似凝视远方，叶爪意识到老师正在接收来自星族的信息，一阵战栗顿时从她耳朵一直传到尾巴尖。

那火燃起来很快，熄灭得也快，叶爪如释重负，长吁一口气。很快火焰转为明亮的余烬，接着熄了下去，蕨丛随之瓦解成片片飞灰。炭毛后退了一步，脚步比平时更为摇晃。叶爪赶紧冲上前抵住她的身侧，支撑着她坐了下来。

"你看到了吗？"炭毛轻轻地说。

"看到什么，炭毛？"

"火焰中……有一只跃动的老虎。我看得一清二楚，头颅硕大，脚掌起落，漆黑如夜的条纹遍布全身……"巫医嘶哑着声音说，"这是星族传来的预兆，火和老虎都是。这一定有什么含义，但会是什么呢？"

叶爪摇摇头。"我不知道。"她坦白道，感到既害怕又无助。

炭毛摇摇晃晃地站了起来，拒绝了叶爪想帮她站起来的好意。"我们必须直接回营地，"她说，"火星应该马上知晓此事。"

炭毛和叶爪赶回营地的时候，雷族族长正独自待在高岩下他的巢穴里。炭毛在巢穴外停下，隔着遮在洞口的苔藓门帘喊道："火星？我有话和你说。"

"进来吧!"火星的声音答复道。

叶爪跟着老师走进巢穴,看见父亲蜷伏在靠里面墙边的苔藓窝里。他抬起头,好像炭毛的声音刚把他从睡梦中叫醒一般。巫医带着学徒走进来,他起身伸了个懒腰,拱起后背,火红色皮毛下的肌肉随之起伏。

"有什么事?"

炭毛穿过巢穴走向他,叶爪则静静地坐在入口边,尾巴盘住脚掌,努力想压制心中危险逼近的不安感。她此前从没见过炭毛从武士祖灵那里接收信息的情景。从那潮湿的绿色森林回来的路上,老师眼中的恐惧令她心里一直慌慌不安。

"星族给了我一个预兆。"这位巫医开始说话。她描述了两脚兽丢弃的垃圾如何反射太阳光,进而点燃了蕨丛。"火光中,我看到一只跃动的老虎。火与虎同时出现,焚毁了那丛蕨叶。这样的力量,一旦释放出来,能够摧毁整座森林。"

火星四爪缩在身子底下,蜷缩在炭毛面前,一双绿眼睛盯着她的脸,一动不动。叶爪觉得老师的那身灰毛几乎快像灼灼日光下的蕨丛一般冒起烟来了。"老师,你认为这会是什么意思?"

"我也一直想弄明白,"炭毛说道,"我不确定我想的对不对,但……在过去的预言里,'火将拯救族群','火'指的是你,火星。"

雷族族长甚为惊讶:"你认为现在这'火'还是指我吗?好……也许是吧,但'老虎'呢?虎星已经死了。"

听到父亲平静地说出那个名字时,不安在叶爪心中翻搅起来。要知道,这只恶猫为了争夺权力,造成了太多的流血事件。

"他是死了——但他的儿子还活着。"炭毛平静地指出,她看了一眼坐在阴影里的叶爪,好像不太确定是否应该让自己的学徒听到这些话。叶爪纹丝不动,决心将此番对话听到底。

"黑莓掌?"火星惊呼道,"你是说他会毁灭整座森林?炭毛,别这么说。他忠心耿耿,跟这个族群的任何武士没有两样。想想看,在我们与血族开战时,他战斗得有多勇猛。"

叶爪忽然有一种冲动,想为黑莓掌说话,只是这里根本还轮不上她说话。她并不十分了解这位年轻的武士,但有一些直觉在她心中叫个不停:"不!他绝不会做有害于族群或森林的事情。"

"火星,你用脑子好好想想,"炭毛语气急躁,"我没有说黑莓掌会毁掉这座森林。但如果'老虎'不是指的他,那又能指哪只猫?另外就是……如果'老虎'是指虎星的儿子,那么'火',也许就是指火星的女儿。"

叶爪身子猛地一缩,好像獾的牙齿咬进了她的皮毛里。

"噢,我不是说你,叶爪,"炭毛转向自己的学徒,蓝眼睛里一丝戏谑的笑意转瞬即逝,"我会盯着你的,别担心。"她眼神转回火星身上,又说道:"不,我觉得更可能是指松鼠爪。毕竟她和你一样,有一身火焰一样的皮毛。"

随着巫医的思绪所指变得明了,叶爪刚放松的心情顿时又被恐惧和惊慌吞没了。她的妹妹——这世界上她最亲的猫——正在

被预言要做下极为可怕的事情,恶劣到她的名号将被所有族群诅咒,就像现在的猫后恐吓幼崽说若是淘气就会被可怕的虎星抓走一样。难道真是这样吗?

"我自己的女儿……她是很任性,但不会做坏事……"火星露出极其为难的表情——叶爪能看出他对炭毛的智慧大为尊重,不愿与她对预言的解读相争论,哪怕她的答案比老鼠胆汁更为苦涩。"你认为我该怎么做?"他无助地问。

炭毛摇摇头说:"火星,那该由你来决定。我只能告诉你星族展现给我的东西,火和老虎同时出现,还有对森林的威胁。但我建议,在我收到另一条信息前,不要向族群公开此事。他们只会感到恐慌,让事情变得更糟。"她转过头,冷冷地盯着叶爪说道:"以你对星族的忠诚起誓,你绝不会说出去。"

"连松鼠爪也不能说吗?"叶爪紧张地问。

"尤其不能给松鼠爪说。"

"我必须得告诉灰条,"火星说道,"还有沙风——星族才知道沙风会怎么想这件事!"

炭毛点点头说:"我觉得这是明智之举。"

"把他们俩分开可能也有好处。"火星这话有一半是对自己说的。叶爪看得出他内心有多么矛盾,一边是他必须竭尽全力考虑整个族群,一边是他怀有深厚感情的女儿,以及他一手带出来的武士。"她是学徒,他是武士——分开他们俩应该不难,"火星接着道,"我们要让他们有做不完的事,不让他们结伴同行。

等危险过去的时候,星族应该会给我们另一个预兆对吧?"他满怀希望地看着炭毛。

"也许吧。"但这位巫医的语气并不是很有把握。她站起身,尾巴轻弹示意叶爪跟上她,"如果他们送来了信息,你肯定会最先知道的。"炭毛低下头,退出了族长的巢穴。

叶爪起身要跟上她,又迟疑了一下,然后飞快地跑到父亲跟前,将鼻子埋在父亲的皮毛里,既想寻求父亲的安慰,同时也想安慰父亲。不管这预兆意味着什么,都让她感到害怕。她感觉到父亲的舌头温暖地舔过她的耳朵。她的眼睛迎上他的目光,看到其中反射着同自己一样的悲伤和恐惧。

然后,她听到老师在外面叫道:"叶爪!"相互宽慰的时刻到了尽头。叶爪向自己的族长点头离开,只留下他独自等待星族对族群命运的下一步指示。

第九章

黑莓掌从猎物堆里挑了一只肥硕的棕鸟，衔着它走到几步开外狼吞虎咽起来。刚过了日高，暖洋洋的，空地上到处都是晒太阳的猫。黑莓掌看见叶爪嘴里衔着一包草药向长老巢穴那边走去。他很奇怪，叶爪为何看起来那么不高兴——也许她跟老师之间发生了什么不愉快吧，不过他很难想象，炭毛会让哪只猫这么闷闷不乐。

火星和灰条、沙风一起在靠近荨麻地的地方吃东西。黑莓掌咬了一口他的猎物，正好看见族长抬起头，严厉地看了他一眼，好像他捅了什么娄子似的。黑莓掌想不起来自己做了什么族长会知道的错事，但浑身的皮毛仍不安地有些刺痛：火星应该没发现那些和梦有关的事情吧？

他等着族长叫他过去，到时就知道族长到底是怎么想的了，但出声叫他的却是松鼠爪。只见她从猎物堆里挑了一只老鼠，蹦蹦跳跳地来到黑莓掌身边坐下。

"唉！"她放下老鼠，大声说道，"我还以为永远喂不饱那群长老了呢。长尾的胃口浑似一只饥肠辘辘的狐狸！"她咬了一

块老鼠肉咽下肚,问:"现在有什么新情况?你又从星族那儿接到信息了吗?"

黑莓掌咽下他满嘴的棕鸟肉。"嘘——别那么大声。"他压低声音说。

他前一天才见过鸦爪,又跑去了影族的领地。但他还没想好要把第二个梦的事情向松鼠爪透露多少。如果他在月半之前的那天不告而别,就等于没有遵守他俩之前的约定。但如果她执意要跟他们一起去,他又不知道该怎么回绝她。

"喂,你到底有没有接到啊?"松鼠爪压低声音,继续追问道。

黑莓掌慢慢咀嚼嘴里的肉,拖延着时间。他刚决定告诉这只好管闲事的母猫部分实情,好把她满嘴的问题堵住,这时,他意识到火星已经从荨麻地那边走了过来,站到了他俩面前。他绷紧身体,不由自主地伸出爪子,抓入棕鸟的胸膛。

"松鼠爪,你现在跟着刺掌出去,"火星命令道,"他要带鼩鼱爪去四棵树,那附近有个很好的捕猎地点。他会指给你们。"

松鼠爪又咽了一口老鼠肉,舔舔嘴边的胡子说:"我必须去吗?我跟尘毛已经去过那儿很多次了。"

火星的尾巴尖前后摆动着,命令道:"没错,你必须去。你的族长给你下了命令,你就老实听从。"

松鼠爪朝黑莓掌翻了个白眼,叼起最后剩下的老鼠肉,咽进肚里。

午夜追踪
WUYEZHUIZONG

"松鼠爪,动作快点!"火星又焦躁地摆动起尾巴,"刺掌在等着呢。"他朝虎斑武士的方向点了点头,刺掌和鼩鼱爪正穿过空地。

"你至少应该让我安心地把这顿饭吃完吧,"松鼠爪争辩道,"我已经忙了整整一上午,一直在伺候那些长老。"

"你本该如此!"火星语气变得严厉起来,"那是学徒的本职工作。我不想听你的抱怨。"

"我不是在抱怨!"松鼠爪跳起身来,奓起一身毛,"我只是说我想消停一下,安安生生地吃完这顿饭。你为什么总是缠着我喋喋不休?你又不是我的老师,就别摆出一副说教的嘴脸!还是说你只是怕我让你失望,丢你的脸,配不上我们伟大族长那了不起的光辉形象?"

没等火星说话,松鼠爪便跳转过身,怒气冲冲地走向营地入口处的刺掌和鼩鼱爪。黑莓掌注意到,当松鼠爪撺上刺掌跟他说话时,那位虎斑武士一脸惊讶。尽管他离得太远,听不到他们在说什么,但他仍然觉得刺掌其实根本就没想到松鼠爪会跟他们一起去。最后,那位武士点点头,三只猫便一起消失在金雀花通道里。

火星僵着脸看着松鼠爪离去。他没跟黑莓掌说一句话,便转身朝沙风和灰条走去。

黑莓掌听见沙风冲着火星低声吼叫:"你明知道这样根本管不住她。你越是命令她,她只会越不听话。"

火星和灰条、沙风一起在靠近荨麻地的地方吃东西。

黑莓掌咬了一口他的猎物,正好看见族长抬起头,严厉地看了他一眼。

黑莓掌想不起来自己做了什么族长会知道的错事,但浑身的皮毛不安地有些刺痛。

火星应该没发现那些和梦有关的事情吧?

他等着族长叫他过去，到时就知道族长到底是怎么想的了。

唉！

我还以为永远喂不饱那群长老了呢。长尾的胃口浑似一只饥肠辘辘的狐狸！

这时，他听到有猫叫他，原来是松鼠爪。

现在有什么新情况？你又从星族那儿接到信息了吗？

嘘——别那么大声。

喂，你到底有没有接到啊？

猫武士

火星低声回答了什么,黑莓掌听不见。然后,他们三个站起来往火星巢穴走了过去。

这是怎么回事?黑莓掌想,火星生松鼠爪的气,所以找了个借口把她打发出营地。黑莓掌突然觉得全身血液冰凉,也许,是为了要她离我远一点?

如果他没猜错的话,只有一个原因:一定是松鼠爪把他做的第一个梦,以及在四棵树那儿跟其他猫见面的事,全都跟她的父亲讲了。她可能是故意说的,也可能是没过脑子不小心说漏了嘴。不管是哪一种,黑莓掌都清楚接下来就要有大麻烦了。但至少他不用告诉松鼠爪第二个梦了——谁让她违背了他们在四棵树立下的约定在先呢。

他不知道火星下一步将会如何行动,只好努力将恐惧逐出脑海,又朝新鲜猎物堆走去。但如果几天后就要远行的话,现在他就得多吃点,补足体力。他也准备去问问炭毛,每次族猫去高石山时,吃些什么草药补充体力。为了不引起巫医的怀疑,这是他能想出的唯一借口了。

他正要叼起一只汁多肉厚的田鼠,忽然听到身后一个声音说:"喂——你在做什么?"

是鼠毛的声音。黑莓掌向周围看了看,只见这只深棕色母猫在几个狐狸身长外的地方瞪着他。

"我盯着你好一会儿了,"她接着说,"你刚才已经吃过了。你今天也没有多抓什么猎物回来,不应该吃那么多。"

午夜追踪

黑莓掌顿觉尴尬无比,他低声说道:"对不起。"

"你是该说声对不起。"鼠毛厉声说。

站在她身边的云尾发出被逗乐的咕噜声。"他在跟灰条比赛呢!"他调侃道,"看来雷族只有一个大胃王还不够呢。别放在心上,黑莓掌。你想不想跟我和亮心一起去狩猎?你能吃多少田鼠,我们就抓多少,把这新鲜猎物堆给翻个倍。"

"呃,谢谢。"黑莓掌磕磕巴巴地说。

"等着,我去找亮心。"云尾朝武士巢穴奔去,鼠毛看了黑莓掌一眼,也跟着他走了。

在黑莓掌等朋友们回来时,他打定主意要提议去四棵树狩猎。这样就有可能在那里碰到刺掌的巡逻队。他要逮住松鼠爪问个明白,她到底跟她父亲说了些什么。如果火星已经知道,星族从四大族群各选定了一只猫,他会不会去警告其他族长,将他们还没开始的旅行给先行扼杀?

但黑莓掌这组巡逻队根本就没碰到松鼠爪和别的猫。等到他和云尾、亮心带着丰富的猎物回到营地补充新鲜猎物堆时,夜幕徐徐降临。大部分猫都已准备回自己的巢穴。黑莓掌一直等着,直到夜间巡逻队离开营地、月亮爬上树梢,也没看到松鼠爪。那一夜,他辗转反侧没睡好,一心挂念着那个预言,还有松鼠爪这个不请自来的大麻烦。

第二天早晨,他一醒过来就起身走出武士巢穴,决定要找那

个暗姜黄色的学徒问个明白。但好像连星族也在跟他作对似的,让他沮丧得想大声嘶吼。他脚刚沾到外面空地上,灰条就叫他加入黎明巡逻队,跟栗尾和雨须一起去巡逻。等巡视一圈回来时,已经快到日高了。黑莓掌到学徒巢穴里看了一圈,里面空空如也。营地里也看不见尘毛,他猜,松鼠爪一定是跟老师去训练了。

这是一天中最热的时候,他打了个盹儿。蜜蜂的嗡嗡低鸣和风穿过树枝的叹息声混杂在一起,稍稍缓解了他的忧虑。他醒来时正好看到松鼠爪嘴里叼着一团旧垫料,消失在金雀花通道里。他立刻跳起来,想要去追松鼠爪,却在这时听到有猫叫他。

是蕨毛带着学徒白爪走了过来。不知何故,这只金棕色的公猫神情看起来有点不自然。"嗨,黑莓掌!我……我们正要进行训练,你要不要来看啊?"他说道。

黑莓掌看着蕨毛,好生奇怪。武士们通常不会观看学徒训练的,除非自己也在带学徒。他飞快地看了一眼松鼠爪消失的金雀花通道,答道:"呃……谢谢,蕨毛,我们换个时间好吗?"

黑莓掌急忙朝营地入口处跑去,但没跑几步,就发现蕨毛也跟了上来。

"是火星觉得,这对你来说是个好机会,"年长的武士解释道,"总有一天,你也要自己带学徒的。"

黑莓掌停下脚步。"让我把事情理清楚。"他说道,"火星要你来叫我去观摩你和白爪的训练?"

蕨毛眼神不敢直视他,看起来非常窘迫。"是的。"他说。

"但是以前从来不这样的啊。"黑莓掌抗议道,"再说了,香薇云的幼崽们要物色老师的话,还得再过好几个月呢。"

蕨毛耸耸肩说:"命令就是命令,黑莓掌。"

黑莓掌眨眨眼睛,说:"你说这是命令?"他恼火地摇摇头。原来不是星族在和他作对,而是他自己的族长在跟他较劲。但如果是松鼠爪告诉火星说,他的一个武士做了一个跟预言相关的梦,却没告诉其他族群成员,火星有此反应就没什么好奇怪的了。

黑莓掌愤愤地跟蕨毛师徒走出营地,沿着河谷来到专门用来训练的沙坑。他在沙坑边坐下来,看蕨毛一招一式地教白爪打斗。过了一会儿,鼠毛也带着蛛爪来了。两位学徒开始模拟战斗。只见白爪一个俯冲,欲往蛛爪脖子上迅速一咬,蛛爪旋即跳转过身来,修长的黑色四肢一挥便跳到白爪身上,将她摁在地上动弹不得。他俩的确进步很大。黑莓掌却觉得很无聊,忍不住打了个哈欠。

我本来可以做点更有用的事情吧。他沮丧地想着。还有两天,他就要按约与另外几只猫在四棵树碰头,然后一起出发了。他得尽快跟松鼠爪谈一谈。

好不容易等到鼠毛喊了一声暂停,两位小学徒爬出沙坑,抖掉了身上的沙子。黑莓掌赶紧往营地走,决定无论如何都要找到松鼠爪问个清楚。令他欣慰的是,他刚走出金雀花通道,就看到松鼠爪跟鼩鼱爪在学徒巢穴旁。

他急忙穿过空地,跑到松鼠爪面前停下来,命令道:"我要和你谈谈。"

他知道松鼠爪吃软不吃硬，跟她发号施令根本行不通。他都准备好被松鼠爪吼回来，或者被呸上一口了，但没想到松鼠爪只是不安地瞥了一眼鼩鼱爪，低声快速说道："好的，但在这儿不行。我们到育婴室后面见。"

黑莓掌点点头走开了，碰上叼着猎物的烟毛和蜡毛，还跟他们打了个招呼。走到育婴室入口处时，香薇云正在那里看着她的孩子们玩耍，他不得不停下脚步，故作自然地跟香薇云夸奖了几句幼崽长得如何健康茁壮之类的话。他终于来到了育婴室后面。这儿有一块被荨麻丛围起来的沙地，是众猫排便的地方。

松鼠爪已经在这里等着他了。她躲在阴影里，那身暗姜黄色的毛几乎都看不见了。"黑莓掌，我……"松鼠爪开口说道。

"你跟你父亲讲了那些事，是不是？"黑莓掌一下子打断了她，"你答应过会保守秘密的。"

松鼠爪直起身面对他，脖子上的毛愤怒地竖了起来："没有！我没有跟任何猫透露过一个字。"

"那为什么火星故意把我们俩隔离开？"

"噢，你也注意到了，是吗？"松鼠爪试着让自己的声音平静下来，但一开口还是忍不住拔高了音调，几乎是在哭叫了，"我不知道是怎么回事！我发誓，我什么也没跟他说。但他看我的表情就像我做了什么坏事似的，可我真的没做错什么啊！"

看着这只一脸困惑、不快的母猫，黑莓掌顿时感觉有点对不起她。他走上前去，想用鼻子轻抵松鼠爪的身侧以示安慰，但松

鼠爪马上闪身躲开,龇牙做出怒吼的样子。

"没什么,我应付得来。只是叶爪最近也心烦意乱的,"她补充道,"虽然她什么都不说,但我能感觉出来。"

黑莓掌坐了下来,目光越过荨麻丛,失神地盯着营地周边长着刺的围墙。如果真如松鼠爪所言,她跟谁都没说,那黑莓掌实在不明白火星的举动因何而起。黑莓掌相信松鼠爪不会对他撒谎,那么,火星对他俩都很生气那就一定另有原因。但究竟能是什么原因呢?

"也许,我们应该找他问个明白?"黑莓掌提议道,"如果他告诉我们到底是怎么回事,或者我们就知道怎么做了。"

松鼠爪神色怀疑,但还没来得及说什么,黑莓掌就听到有猫钻过荨麻丛的声音。黑莓掌惊得跳了起来,一转身却看到了火星,还有跟在他身后的灰条。

"果然啊。"雷族族长径直走到他女儿和黑莓掌之间,"鼩鼱爪说能在这儿找到你们。"

"我们又不是在做什么坏事!"松鼠爪脱口而出。

"但我就是很好奇你们在做什么啊。"火星狠狠地瞪了自己女儿一眼,然后转眼盯着黑莓掌,"至少也是在浪费时间吧,我们明明有那么多工作要做。"

"火星,我们一整天都在努力工作。"黑莓掌说道,并恭敬地低着脑袋。

"的确是,火星,他们没有闲着。"灰条插话道。

猫武士

火星瞥了灰条一眼,但没吱声。"所以,你们就认为没事情做了?"他问黑莓掌。这个年轻武士开口想争辩,但族长没给他说话的机会。"如果你觉得确实无事可做,"火星继续说道,"那就去照看长老吧。霜毛身上的毛沾满了刺果,你可以去帮帮她。"

黑莓掌不由得心头火起,那根本就是学徒干的活!但他从火星那双冷冷的绿色眼睛里看得出,根本没有商量的余地。于是,他小声说了一句:"是,火星。"便朝外面的空地走去。

荨麻丛一阵沙沙响过之后恢复了原状,挡住了黑莓掌的身影,几只猫也看不见他了。黑莓掌停了下来,想听火星跟松鼠爪说些什么。没想到,火星依然语气生硬不悦:"松鼠爪,比起跟着黑莓掌这种没经验的武士到处晃荡,你一定有更重要的事情好做吧。从现在起,好好待在你老师的身边。"

黑莓掌没听见松鼠爪的回答,继续待在这儿偷听也不是上策。于是他朝长老巢穴走去,一阵悲伤不由得涌上心头。不知怎的,他失去了族长的信任。如果松鼠爪真的没有把那个星族托梦,以及与另几只猫在四棵树秘密见面的事情告诉火星,他实在想不出火星为什么会这么做。

再过两个晚上,他就要跟其他族群的几只猫一起起程,去寻找太阳沉没的地方,聆听午夜传达给他们的信息。可是,火星把他看得这么紧,他怎么可能走得开?一股寒意传遍黑莓掌的全身,他这才意识到,要想忠于预言和星族,恐怕就不得不先背叛自己的族长了。

第十章

那天晚上,黑莓掌几乎整夜未眠。他一睡着,梦境中也充斥着火星的怒火,还有族长大发雷霆把他赶出营地的场景。第二天早晨,他步出武士巢穴的时候,依旧疲惫不堪。一想到这是他起程远行之前待在营地的最后一天,心中更是五味杂陈。

天边刚刚露出鱼肚白,苍白的曙光渗入营地;晨风透着凉意。黑莓掌深吸一口新鲜空气,闻到了落叶季即将来临的第一缕气息。他意识到,无论他和其他被选中的猫如何努力,一些变化仍在悄然发生。

接下来的一整天,他都没打算去找松鼠爪说话。虽然火星并没有明说他俩不能见面,但显然不喜欢他俩在一起。那又何必自找麻烦呢?黑莓掌瞥见那位年轻的学徒跟着尘毛,往营地外走去。她看起来出奇地顺从,尾巴耷拉在地上,耳朵贴在脑后。

"你看起来像追丢了兔子,只找回了只鼩鼱一样。"一个轻快的声音从黑莓掌身边响起。

黑莓掌抬头一看,原来是鼠毛。

"你愿不愿意跟我和蛛爪一起狩猎去?"这只母猫问道。

猫武士
MAOWUSHI

　　黑莓掌一时觉得他根本就没心思去狩猎或者做别的什么事。第二天就要动身了，忧虑如森林大会上的猫群一般将他死死包围起来。他真的就要带领另外四只猫迈向未知的世界，去面对他们可能无法想象的各种危险吗？

　　鼠毛仍在等他的答复。黑莓掌忍不住想鼠毛的提议会不会又是火星的命令，好让他不能闲着。但这只深棕色母猫眨着眼睛看着他的样子充满友善。他突然觉得，与其在营地干着急，还不如出去狩猎。他多带些猎物回来，就能重新赢得火星对他的青睐也说不定。

　　但是狩猎进行得并不顺利。蛛爪太容易分心了，就像头一回外出的幼崽一样贪玩。他悄悄跟在一只老鼠后面时，一片树叶打着旋从他的鼻头旁飘落，而他竟然一抬爪去拍那树叶，那老鼠被嘈杂的动静惊动了，立刻消失在树根下。

　　"你能认真点吗！"鼠毛叹息道，"你难道指望着猎物会自动赶来跳进你嘴里？"

　　"对不起。"蛛爪羞愧地说。

　　之后他就卖力多了。巡逻队遇到一只在空地中央啃橡子的松鼠，蛛爪开始潜行着向它靠拢，四肢无声地向前移动，可就在他准备扑过去的时候，风向忽然改变，把他的气味一下子吹向了猎物，那只松鼠一惊，尾巴一摆就嗖地弹起，往空地边缘蹿去。

　　"真不走运！"黑莓掌叫道。

　　蛛爪没吭声，追着松鼠消失在矮树丛里。

午夜追踪

"嘿!"鼠毛在他后面喊道,"你那样永远也抓不到松鼠。"蛛爪没有回头,他的老师龇着牙,无奈地低吼道:"他总有一天会得到教训。"说着,她追着蛛爪跑过去,消失在矮树丛里。

现在,只剩下黑莓掌自己一个了。他静静地站在那儿,侧耳听着猎物的声音。离他最近的那棵树下,隐隐约约传来树叶窸窣的声音,接着,一只老鼠出现了,拖着脚寻找种子。黑莓掌做出狩猎蹲伏的姿势,悄悄靠近它,尽量让自己的爪子轻巧落地,然后一跃而起,迅猛地咬下一口结果了猎物。

他刨土盖好那只猎物,打算晚一点再回来拿,他有些希望鼠毛能在这里看看自己的厉害。至少鼠毛可以跟火星讲,他为族群狩猎是尽心尽力的——不管族长对他有什么不满,这方面怎么都挑不出毛病。黑莓掌细细聆听着猎物的动静,这是临走前的最后一次狩猎,他决心要干得漂亮。不远处的灌木丛里传来更大的窸窣声,让他直直竖起了双耳,就在蛛爪和鼠毛消失的相反方向。黑莓掌深吸了一口气,但除了本族猫的气味,没辨认出别的什么。他朝着那声响走去,窸窣声越来越大,还伴随着愤怒的吼叫。他加快速度,沿着灌木丛的边缘猛跑,然后猛地刹住脚步。

他眼前是一片金雀花丛,在那茂密生刺的枝条间,松鼠爪正在拼命挣扎着。她抬着前爪,身上的毛被那些刺枝挂了个结结实实。黑莓掌实在忍不住了,咕噜咕噜地笑了出来:"好玩儿吗?"

松鼠爪猛地转过头,绿眼睛愤怒地瞪着他。"好啊,你就尽情地笑吧,你这蠢毛球!"松鼠爪厉声说道,"你要是笑够了,

就赶紧帮着把我弄出来！"

比起今天早上沮丧着走出营地的她，现在这语气才像是黑莓掌熟悉的松鼠爪。黑莓掌顿时觉得心里好过多了。他摇着尾巴，慢悠悠地走到松鼠爪跟前，说："你怎么把自己缠得这么紧？"

"我在追一只田鼠，"松鼠爪恼怒地说，"斑尾说她想吃田鼠，我就想满足她一下呗。反正看火星的意思，恨不得让我永远在长老巢穴待着，待上一辈子。那只田鼠跑到了这下面，我还以为我能钻进去逮住它呢。"

"空间显然不够。"黑莓掌热心地纠正她。

"我现在知道了，鼠脑子！赶快帮我！"

"你先别动。"黑莓掌走近那片荆棘丛，察看哪里缠绕得最严重，然后开始用牙齿和爪子为她一点一点解开皮毛。一些刺扎到了他的鼻子，疼得他眼泪汪汪的，但他毫无怨言。

"等一下。"过了一会儿，松鼠爪轻声说，"我感觉好像可以出来了。"

黑莓掌跳向一旁。学徒向前一跃，前爪深深插入地面，使劲把后半身从枝条间拽出来。不一会儿，她终于脱困了。她看着枝条上挂的几撮暗姜黄色的毛，暴躁地甩甩皮毛。

"黑莓掌，谢啦。"松鼠爪说道。

"你受伤了吗？"黑莓掌问道，"也许你应该找炭毛看看……"

"松鼠爪！"

黑莓掌顿时僵住，心不住地往下沉。他慢慢转过身，看到火

星正朝他俩走过来。

族长来回打量着黑莓掌和自己的女儿,眼神冷得像冰:"你们就是这样服从命令的吗?"他咆哮道。

火星这种不分青红皂白的态度令黑莓掌大为震惊。一时间,他都找不到合适的话去回应。等他终于想好该怎么说时,语气竟然好像理亏似的:"我没有不服从命令,火星。"

"哦?那可真是抱歉。"火星的声音干涩得像烈日炙烤下的石头,"我原以为你在狩猎巡逻队里,看来准是我听错了。"

"我是在狩猎……"黑莓掌拼命地辩解道。

火星故意夸张地四处张望着:"鼠毛和蛛爪呢,怎么没看到他们呢?"

"蛛爪看到一只松鼠就追了过去,"黑莓掌用尾巴指了指方向,"鼠毛去追他了。"

"你干吗要这么不可理喻?"松鼠爪瞪着父亲,插嘴道,"黑莓掌又没有做错任何事。"

"黑莓掌没有听命行事。"火星低吼道,"我教给他的武士守则可不是这样的。"

松鼠爪跳上前去,鼻子对着父亲的鼻子。她提高音量,吼声里全是愤怒:"我被困在灌木丛里,是黑莓掌过来帮我脱身!这不是他的错!"

"你闭嘴!"火星怒斥道。黑莓掌突然觉得眼前这父女俩是多么相像啊:都有一双咄咄逼人的绿眼睛,姜黄色的皮毛同样愤

怒地竖起。"这和你没关系。"

"和我很有关系！"松鼠爪毫不示弱，"就连黑莓掌瞟我一眼，你都要吼他……"

"安静！"火星发出嘶嘶声。

黑莓掌警惕地盯着他们俩。正在此时，灰条挤进了空地，嘴里还叼着一只田鼠。

"火星？"他放下猎物，问道，"发生什么事了？"

火星甩动尾巴，又猛地抻直，焦躁地摇了摇头。黑莓掌强迫自己放松，使脖子上倒竖的毛平顺下来。

"哦，这样啊。"灰条看到在场的另两只猫，琥珀色的眼睛闪过领会的神情。黑莓掌立刻明白，不管是什么原因令火星做出如此反应，这位副族长肯定了解所有内情。"别这样，火星。"灰条走上前去轻轻推了一下族长，"他们俩又没做什么坏事。"

"也没做什么好事。"火星反驳道。他又对着两只年轻猫说道："我的任何决定，还有我下达的命令，都是为了整个族群。如果你们理解不了这一点，那你们根本就不适合做武士。"

"什么？"松鼠爪张嘴正欲怒声号叫，但父亲怒喝一声，她于是闭上了嘴。

黑莓掌一头雾水，放弃了为自己辩解。一定是因为某些事情——而且火星和灰条对此都心知肚明——使得火星这么戒备自己。如果松鼠爪什么都没有告诉火星，那一定另有隐情。但会是什么呢？自己又该怎么做呢？黑莓掌毫无头绪。

午夜追踪
WUYEZHUIZONG

"你,"火星朝松鼠爪弹了弹尾巴,一字一句地说,"把灰条捕的田鼠给长老们带回去,然后继续为他们狩猎。你,"他尾巴朝黑莓掌一弹,"去找鼠毛,看看在天黑之前能否再捕几只猎物。现在就去。"

不等盯着他俩是否遵命行事,火星猛一转身,穿过灌木丛扬长而去。

灰条在临走前停顿了片刻。"他脑子里要考虑的事情太多了。"他略带歉意地轻声说,"你们别往心里去。一切都会没事的,你们以后就知道了。"

"灰条!"从火星消失的地方传来喊声,灰条抽动了一下耳朵,向两只年轻猫点头告别,急忙去追族长了。

松鼠爪盯着他们的背影。既然火星已经走了,她也没什么好争辩的了。她垂下尾巴,转头看着黑莓掌,眼里满是苦恼。

"我做什么事都不对,"她说,"你刚才也听到他说的话了,他认为我不适合当武士。他永远不会授予我武士名号。"

黑莓掌不知道该说什么。他的疑惑慢慢变成难以遏制的愤怒。他知道自己没有做错任何事。不管火星为什么要这么做,都不是自己的错,也不是松鼠爪的错。松鼠爪或许很讨厌,但仍不失为一位忠诚而勤勉的学徒。任何稍有头脑的族长都看得出,她能成为一位了不起的武士。

他低头凝视着地面,就连松鼠爪叫他都没有听见。他感到自己的头脑渐渐清晰起来,就像风吹散了乌云让阳光透过时的灰色

天空。前一天，在育婴室后面被火星训斥后，预言的要求和对火星的忠诚还让黑莓掌觉得左右为难。现在他终于想通了，日复一日地努力想取悦族长不会有用的，因为从一开始他就不知道火星为何迁怒于他。现在只有一个解决方法了，他必须起程上路，按照星族的指引前进，直到能找到向火星证明自己忠诚的答案才回来。在此之前，他绝不会回头。

"走吧，"黑莓掌冲扔在地上的田鼠点了下头，沙哑地说，"把这个带回去，否则他又该找你茬儿了。"

"那你怎么办？"向来聪明自信的松鼠爪，此时语气里却透着紧张。

"我……"黑莓掌本来打算跟她说个谎，告诉她自己要去找鼠毛。接着他意识到，如果自己从此一去不回，就是彻底背叛了松鼠爪。毕竟他们现在同病相怜，至少就火星对他们的敌意来看是这样的。"我要离开了。"他对她说。

"走？"松鼠爪惊慌地重复他的话，"离开雷族？"

"不是永远不回来，"黑莓掌急忙说道，"松鼠爪，听我跟你仔细说……"

松鼠爪坐在他面前，睁大一双绿眼，定定盯着他的脸，听他讲自己的第二个梦，听他讲起差点将他溺毙的无边咸水，还有被水冲向的那獠牙毕露的山洞。

"乌爪说真的有那么个地方，"黑莓掌最后解释道，"我认为这是星族在指示我，要我到那儿去，其他几只猫也同意这个看

法。我们明早日出时分就出发。"

松鼠爪眼中受伤的神色显而易见。"你告诉了他们却不告诉我?"她哀号道,"黑莓掌,你保证过的!"

"我知道。"黑莓掌感到非常内疚,"我本来是要说的,结果火星就开始找我麻烦——只有星族才知道为什么吧,就算它们知道,也不会比那个预言向我多透露一星半点。"

"你真的准备去那儿?可你甚至都不知道那里有多远啊?"

"我们谁都不知道。"黑莓掌承认道,"但乌爪和见过那个地方的猫聊过天,所以我们肯定能找到。我今天不打算回营地了。"他最后又加了一句:"我会在森林里随便找个地方过夜,明天早晨去四棵树与另外几只猫碰头。拜托你了,松鼠爪,请千万别出卖我们。不要把我们的去向透露给任何猫。"

他说着,而松鼠爪越听眼睛越亮,最后已经兴奋地闪起光来了。她正要开口说话,黑莓掌突然意识到了她打的主意。

"我一个字也不会跟别的猫说的,"松鼠爪保证道,"我说不了——因为我要跟你们一起去。"

"噢,不行,你绝不能跟着去!"黑莓掌不同意,"你没被星族选中。你甚至连武士都还不是。"

"鸦爪也不是武士!"松鼠爪马上回嘴道,"而且我敢拿值一个月黎明巡逻来打赌,暴毛也会一起来。他绝不会让羽尾单独行动的。所以我凭什么就要被扔下呢?"她犹豫一下,又补充道:"我没有跟任何猫提起过你先前做的那个梦,黑莓掌。我一个字

都没有外传。连叶爪都没说过。"

黑莓掌知道她说的是实话。因为松鼠爪要是走漏了半分消息,事情早就全营地皆知了。

"我可没有答应过你可以一起去,"黑莓掌提醒她,"我只答应会告诉你事情的动向,我也做到了。"

"但你不能抛下我!"松鼠爪喊道,"如果我无法知道后面发生的事情,我会着急得毛都掉光的!"

"太危险了,松鼠爪!你还看不出来吗?那个预言就已经够沉重的了,我没有多余的精力照顾你。"

"照顾我?!"松鼠爪的眼睛愤怒地闪动着,"我能照顾好自己,不劳你费心!我一定要去,不管你乐不乐意。如果你们不让我去,我就跟在你们后面。你想想今天发生的事吧。我和你一样不想回营地,一次次被无缘无故地呼来喝去!"

黑莓掌犹豫不决地盯着她。他不想承担让一位年轻的学徒置身危险境地的责任……但她如果独自尾随他们穿越未知的领地,反而会更危险。而且,如果松鼠爪返回营地,火星发现黑莓掌失踪后一定会逼问松鼠爪,直到松鼠爪说出自己知道的一切。没准火星还会派支队伍把他带回去。一瞬间,黑莓掌理解了作为一名首领意味着什么。各种困惑和疑虑压在他心里,简直比一整条河的洪水还要沉重。

他叹了一口气,那口气似乎一直传到他的爪尖。"好吧,松鼠爪,"他说道,"你可以来。"

第十一章

"我们今晚睡哪儿？"松鼠爪问。

自从黑莓掌答应带她一起上路，她那受伤的感觉和愤怒的情绪就如烈日下的晨雾一般烟消云散了。黑莓掌觉得，自从离开他俩被火星发现的那片空地后，松鼠爪的嘴就一刻也没闲过。

"安静！"黑莓掌冲着她嘘了一下，"如果有猫在找我们，他们隔着林子都能听到你的声音。"

"但现在去哪儿？"松鼠爪压低声音继续追问。

"在四棵树附近找个地方，"黑莓掌答道，"然后做好准备，等黎明的时候跟那几只猫见面。"

天色越来越暗，黑莓掌领着松鼠爪在矮树丛中穿行。云层堆结遮盖了夜空，没有月亮，也看不见一点星光。一阵冷风低语着穿过草丛，黑莓掌再次嗅到了落叶季即将来临的味道。

黑莓掌担心族猫可能在找他们，他考虑过在蛇岩附近找一个隐蔽处，毕竟族猫都收到了避开那里的命令，但遇上夜间觅食的獾的风险又太大，他最后决定采取另一种方案，去雷鬼路附近过夜。但愿那里两脚兽的怪物辛辣刺鼻的气味能掩盖过他和松鼠爪

的嗅迹。

"我知道雷鬼路附近有一棵合适的树,"松鼠爪提议,"你可以钻到树干里去。我们可以藏在里面。"

"然后整个晚上,各种蜘蛛和甲虫在我们的皮毛里爬来爬去?"黑莓掌不赞同,"算了吧,谢谢你的好主意。"

松鼠爪哼了一声:"为什么你总觉得自己知道的比我多?"

"也许因为我是武士?"

学徒没有回话,她被灌木丛里沙沙作响的声音分了神。她没费神追踪,而是一个箭步冲进一丛蕨叶里,片刻后嘴边挂着一只老鼠出来了。

"好身手!"黑莓掌说。

看到新鲜猎物,黑莓掌顿时觉得饥肠辘辘。没多久,他也设法给自己逮到了一只老鼠。两只猫停下来,迅速吞咽各自的猎物,谨慎地竖着耳朵,捕捉四周的微弱动静,生怕雷族巡逻队到这儿来。但黑莓掌没听出什么异样,四周只有夜晚森林里的寻常声音,以及附近两脚兽的怪物们在雷鬼路上发出的轰鸣声。那些怪物气味太刺鼻,把大部分味道都盖住了,这正如黑莓掌所愿。只是一想到鼻子整晚都要闻这种怪味,黑莓掌不由得缩了一下身子。

他俩正吃着的时候,冷雨从天空中飘落,雨势还越来越大了。黑莓掌浑身湿透,他觉得几个月来,都没有像现在这么冷过。

"我们得找个地方避雨,"松鼠爪颤抖着说,她的皮毛被打湿变暗后紧贴在侧腹上,让她看上去又小又可怜,"去找那棵树

怎么样？"

他们从草堤顶部的灌木丛里钻出来，黑莓掌正要答应，却发现视线下方正对着雷鬼路。一头两脚兽的怪物呼啸而过，它怒瞪的双眼放射出耀眼的黄色光束，割裂了沉沉夜色。那怪物一闪而过的时候，扫过的强光让黑莓掌看见一个模糊的黑色身影，那是一头他所见过最为巨大的怪物，就蹲在雷鬼路的边缘。那东西散发的恶臭涌上来湮没了他的感官。

"那是什么？"松鼠爪靠紧黑莓掌，惊呼道。

"我也不知道，"黑莓掌坦言道，"我从没见过这种怪物。你待在这儿，我去看看。"

他小心翼翼地向前走去，在离那头怪物几个狐狸身长的地方站住了。它死了吗？黑莓掌心想，是不是因为它死了，所以两脚兽才把它丢在了这儿？或者它只不过是蹲在这儿观察着，伺机扑向自己，就像自己扑向一只无处可逃的老鼠那样？

"看，我们可以走到它下面，"松鼠爪小步跑上来说道——她当然不会乖乖听黑莓掌的吩咐待在上面，"躲在那儿可以避雨。"

借着光线，黑莓掌隐约看见那个怪物的肚子到地面之间有一道深色的间隙。一想到要爬进那么狭小的间隙里，他身上的毛都竖了起来。但他不想在松鼠爪面前表现出胆小的样子，何况她的提议也不错。至少，那怪物散发出的强烈气味肯定能在追踪者面前掩盖住他们的气息。

"行。"他说道，"但让我……"他话未说完，松鼠爪就已

经跳上前去,紧贴地面匍匐着钻进怪物的身下。

"……先去探路!"黑莓掌无奈地将本来要说的话说完,也跟着爬了进去。

第二天早晨,透进怪物肚子下方的一点微光让黑莓掌醒了过来。松鼠爪蜷缩在他身边。他一下子没反应过来,不知道为什么松鼠爪不在自己的巢穴里,却在他的巢穴中酣睡。接着,怪物刺鼻的气味以及雷鬼路附近持续不断的轰鸣声,让他清醒过来。就在这个早晨,漫长的旅程真的就要开始了!但是他心里没有兴奋,只感到未来难料。想到未经族长批准就从族群中消失,让他有一种被自己放逐的凄凉感。

黑莓掌从怪物身下钻出去,仰起头大口呼吸着清晨的新鲜空气。昨夜的雨淋湿了路边的草,堤岸高处的灌木丛沉甸甸地挂着水珠。黎明的天仍灰蒙蒙的,薄雾缠绕着树木。四周没有其他猫的声音或气味。

他转向怪物,呼唤松鼠爪:"醒醒,我们该去四棵树了。"

他正要再钻进怪物肚子底下去叫醒那位学徒的时候,她睡眼惺忪地爬了出来。"我快饿死了。"她抱怨道。

"路上我们有时间狩猎。"黑莓掌对她说,"我们现在必须出发了,其他几位说不定已经在等我们了。"

"好吧。"松鼠爪跑上草坡,顺着雷鬼路向四棵树的方向前进。黑莓掌追上她,有那么一会儿,两只猫肩并肩大步慢跑着。

午夜追踪
WUYEZHUIZONG

薄雾散去，金灿灿的光芒聚在太阳将升起的地平线上。头顶的枝条间，鸟雀开始啁啾啼鸣。

等彻底清醒后，松鼠爪似乎忘了停下来捕食这回事。她一路跑得很快，完全没注意到周围的情况。黑莓掌虽然也想要尽快到达四棵树，但依旧保持着警觉，留意可能遭遇的麻烦。突然，身后的灌木丛里传来窸窣的声响，他立即竖起耳朵，张开下颚，探测追踪者的气味。

"松鼠爪！"他轻声嘶鸣，"快藏起来！"

但松鼠爪在他还未开口前就已转过身来站住脚，一双绿眼睛睁得大大的，盯着发出声音的那个方向。就在这时，黑莓掌辨认出浓烈而熟悉的雷族气味。不远处一丛灌木的枝条开始摇晃，分向两边，叶爪钻了出来。

姐妹俩四目相对，愣了片刻。然后，叶爪走向前，把她带来的一包草药放到松鼠爪的脚下。

"我给你带了些远行路上用的草药。"她低声说，"你们会用得上的。"

黑莓掌盯着她，又看向松鼠爪。"你说你从没跟任何猫说过，而我相信了你！"愤怒之下，他的嗓门不由自主地提高了，"她怎么会知道？你对我撒谎！"

"我没有！"松鼠爪反驳道。

"是的，她没跟我说过任何事。"叶爪温和地插话道，"她不用跟我说什么，我能感应得到。"

黑莓掌浑身一震。"你是说你知道所有的事情？"他问道，"知道那些梦，也知道我们要去太阳沉没之地？"

叶爪转过脸，严肃地直视着他。黑莓掌看到叶爪眼里流露出的忧伤和困惑。"不知道，"她说，"我只知道松鼠爪要走了，"她略一犹豫，闭了一下眼睛，"并且会有很大危险。"

一阵同情涌上黑莓掌心头，如同一根尖刺，但他不能任由情绪控制自己，他必须知道叶爪利用她的能力都做了什么。"还有谁知道？"他粗暴地质问道，"你告诉你父亲了吗？"

"没有！"叶爪眼中蹿出的怒火，让她一时宛如自己的妹妹，"我才不会出卖松鼠爪，哪怕是对火星也不会讲。"

"黑莓掌，她不会乱说的。"松鼠爪说道。

黑莓掌缓缓地点头。

"我倒真希望自己说了。"叶爪接着说，声音里饱含痛苦，"这样或许就能阻止这一切，把你们留下。松鼠爪，你真的非走不可吗？"

"我一定要走！这是我遇上过最刺激的事情了！你难道不明白？这是来自星族的指令，所以我们也不算是违背武士守则。"

松鼠爪开始向叶爪倾吐整件事情，包括黑莓掌做的两个梦，以及跟其他族群几只猫密会的事情。叶爪的眼睛睁得大大的，越听越惊慌。黑莓掌则坐立不安，他十分清楚，随着天色渐明，时间在一点一滴地过去。

"但是你明明没必要去啊！"松鼠爪一说完，叶爪立刻哭号

午夜追踪

道,"星族并没有选中你!"

"好吧,反正我是不会回去的。在火星眼里,我做什么都不对。你知不知道,他竟然说我不适合做武士?我要让他看看,我到底适不适合!"

黑莓掌瞥了一眼叶爪。叶爪跟他一样了解松鼠爪的个性,但凡松鼠爪下定了决心,一切劝告都是徒劳。叶爪琥珀色的眼睛里也透着别的东西:一抹困扰的神色,似乎她还藏着某种难以明说的隐情。

"但你有可能永远回不来了。"叶爪的声音有些颤抖,让黑莓掌猛然想起,叶爪不仅是一位巫医,更是松鼠爪的姐姐,"如果失去你,我该怎么办?"

"我会没事的,叶爪。"松鼠爪语音中的温柔让黑莓掌很是惊讶,她还将口鼻靠在姐姐身上安慰她。"我一定得去。你明知如此,对不对?"

叶爪点点头。

"你不会跟任何猫说我们的去向吧?"松鼠爪催问道。

"我根本就不知道你们要去哪儿——你们也不知道,"叶爪指出,"但是我不会说任何跟你们相关的事。但你要记住,火星很爱你,他只是有他的想法,而你不知道罢了。"她颤抖着吸了一口气:"拿着草药,现在就赶紧走吧。"

松鼠爪轻轻拍了拍那包药草,把它们一分为二,给自己和黑莓掌各一份。叶爪看着他俩大口吞下那带着苦味的草药,瞪大的

143

双眼中满怀沮丧。

"虽然你们没有巫医随行,但沿途也可以自己找些草药。记住,金盏花可以治外伤,"她迅速地说道,"艾菊可以治咳嗽——噢,对了,杜松果可以治腹痛。如果你们能找到琉璃苣的叶子,它对发烧最有效。"她好像想在这临行前短短的时间内,把她学到的巫医知识悉数传授给他们。

"我们会牢记在心。"松鼠爪保证道,她咽下最后一口草药,用舌头舔舔嘴巴,"走吧,黑莓掌。"

"再见,叶爪,"黑莓掌说道,"你,还有大家,多保重。如果灾难真的降临到这座森林,我们……我们可能没法儿及时赶回来同你们一起奋战。"

"只有星族能决定了,"叶爪悲伤地附和道,"但我保证,我会尽我最大努力做好准备。"

"不要太担心松鼠爪,"黑莓掌又补充道,"我会照顾好她。"

"我也会照顾他的。"松鼠爪不甘示弱地看了他一眼,然后走向姐姐,跟她碰碰鼻子。"我们会回来的。"她轻声说道。

叶爪低下头,悲伤的阴云笼罩在她眼里。黑莓掌接着向四棵树跑去时,忍不住回头看了一眼,只见叶爪仍看着他们,浅褐色的身影,一动不动地站在蕨丛前。他扬起尾巴向她告别,于是她迅速转身,消失在矮树丛里。

第十二章

返回营地的途中,叶爪捉了一只田鼠,叼着它走下河谷。她只希望,万一哪只猫看到她,会以为她是起早外出狩猎了。她满脑子想的仍然是妹妹的离开以及星族的预言,这些预言似乎都如同薄雾笼罩金雀花丛的枝叶一般集中在松鼠爪和黑莓掌身上。

当叶爪走进空地时,正好听见鼠毛大声说:"那个黑莓掌真是个懒家伙!太阳都出来半天了,他还没起来。我要他跟我一起进行狩猎巡逻。"

"我去叫醒他。"跟鼠毛一起坐在荨麻地旁边的亮心说着,起身向武士巢穴走去。

一想到待会儿别的雷族猫发现黑莓掌和松鼠爪不见了后会发生什么事,叶爪就感到肚子里打了个冰冷的结。这时,尘毛从育婴室出来了,向学徒巢穴走去。白爪和鼩鼱爪正坐在巢穴外晒太阳。

"嗨!"这位暗棕色武士跟他俩打个招呼,"你们看到松鼠爪了吗?她不是病了吧?平时到了这个时候,她早就闹着要出去了——根本就等不及让我填饱肚子。"

白爪和鼩鼱爪互相看了一眼。"我们没看到她，"白爪说道，"她昨晚没回巢穴睡觉。"

叶爪看见尘毛翻了个白眼说："她又在搞什么名堂了？"

亮心从武士巢穴里钻了出来，跳步跑向鼠毛。叶爪叼着田鼠，快步走向猎物堆，想听清楚她们的谈话。

"黑莓掌不在他的巢穴里。"亮心报告说。

"什么？"鼠毛惊讶地抽动了下尾巴，"那他去哪儿了？"

亮心耸耸肩说："一定是自己出去狩猎了。没关系啊，鼠毛。我和云尾跟你一起去。"

"好吧。"鼠毛耸耸肩。看到云尾睡眼惺忪地走出巢穴，她便叫醒了蛛爪。四只猫一起走出了营地。

这时，尘毛正朝猎物堆走去，焦躁地念叨着请星族指点他，到底要怎么管教一个常常不知所踪的学徒。

"你要是看到你那妹妹了，"尘毛冲叶爪吼道，"就告诉她我在育婴室哪。而且她最好能好好解释一下为什么这次又不打招呼跑了出去。"他叼起一只椋鸟，转身回了香薇云那儿。

叶爪看着他离去后，才朝通往巫医巢穴的蕨叶通道走去。她松了一口气，还好尘毛没有追问松鼠爪的下落。但她知道，随着时间推移而两只猫仍没回营地，种种疑问都会冒出来。而她根本就不知道到时该如何回答。

到了中午，营地里已经流言满天飞了。叶爪正要去猎物堆给

炭毛老师拿猎物,路上无意中听到火星正在发布命令,要巡逻队密切关注两只失踪的猫的踪迹。

"如此说来,黑莓掌在追求松鼠爪了,是吗?"云尾评论道,眼里闪过戏谑的神情,"也是啊,松鼠爪年轻,又有魅力,我敢说黑莓掌肯定在追她。"

"我搞不懂他们到底要干什么。"火星语气里恼怒多过担心,"等他们两个回来,都得挨顿训。"

叶爪蹲下来,假装是在挑选猎物。这时,武士们都散了,只剩她的父母待在原地。

"你知道,"沙风对火星说,"灰条把昨晚发生的事情告诉我了,说你发现他们俩单独在一起狩猎。好像自那以后,他俩就没有回来过。根据灰条描述的你对他俩说话的态度来看,他们如果想离开一段时间,我觉得一点也不奇怪。"

"我没有让他们难受到这个地步吧?"火星的声音中流露出焦虑,"总不至于离开营地啊?"

沙风直直地看着他,那双瞪大的绿眼简直跟松鼠爪一模一样:"我一再提醒你,批评松鼠爪,把她支使得团团转,这样一点用都没有,只会让她不顾一切地跟你对着干。"

"我知道。"火星重重地叹了一口气,"只是那个预言……火和虎同时出现,森林将面临灾难。我还以为解决了血族的问题,族群从此就会太平了。"

"我们确实已经太太平平过了很多个月。"沙风走向火星,

口鼻轻抵他的脸颊,她迅速环顾四周,确保没有别的武士会听见后才坐下来继续说道:"一切都多亏了你。如果真的有灾难降临,也不会是你的过失。我也一直在想那个预兆。"

叶爪有点内疚,她拿不准是不是该偷偷从猎物堆远端的阴影下溜走。但也可能母亲本就知道她在那儿,只是没想提防——毕竟,她早就知道星族预言的事。

"那个预兆提到火和老虎,还有灾难,"沙风继续说道,"但它没说灾难是由火和老虎造成的啊,是不是?"

叶爪看到一个寒战穿过火星的身体,让他火红的皮毛像波浪般起伏。

"你说得对!"火星低声说,"预言也可能指是他们于危难之中挽救我们。"

"有这种可能。"

火星直起身子,仿佛突然间年轻了许多。"那把他们找回来就更有必要了!"他大声说,"我亲自带巡逻队去找。"

"我和你一起去!"沙风说道。她又提高音量继续说:"叶爪,你大可以把猎物堆上的每样新鲜猎物都闻上一遍,反正炭毛会一直等着你。记住,你保证过不会把星族传递的信息透露给其他猫。"

"我知道,沙风。"叶爪急忙叼起一只田鼠朝巫医巢穴走去。她不知道该不该把松鼠爪跟她讲的远行的事情说出来——她也向松鼠爪保证过,绝对不会说出来的。两条需要保密的预言如雨滴

般坠着她的皮毛。她不知道怎样才能做到恪守承诺，保守两边的秘密，同时又不违背她效忠族群的巫医誓言。

那天其余的时间里，叶爪都忙得不可开交，老师炭毛要她清点草药的储备量，挑出那些要赶在落叶季到来之前补充库存的草药。太阳渐渐落山，空气变得很冷，弥漫着树叶的潮湿气息。这时，传来猫挤过蕨丛的声音。

"是火星。"炭毛往巢穴入口外看了一眼说，"你继续干活，我出去看看怎么回事。"

叶爪很庆幸能继续待在石凹里清点杜松果。她瞥见了站在空地上的父亲。夕阳照耀下，火星的皮毛耀眼如火。她往里躲了躲，免得火星看到自己。

"哪儿都没有他们的踪迹。"火星的声音有说不出的疲倦，"我努力想追踪他们的气味，但昨夜的雨一定是把气味冲刷掉了。他们可能在任何地方。炭毛，你觉得我该怎么做？"

"我觉得你也只能做到这地步了，除了还要放下焦虑。"炭毛不客气地说道，但声音里透着同情，"我记得某些学徒也因为这样那样的原因偷偷溜出去过，但最后也都回来了。"

"我和灰条？但那不一样，松鼠爪……"

"松鼠爪身边有一位强健的年轻武士。黑莓掌会照顾好她的。"

他们陷入一阵短暂的沉默。叶爪又从石缝里偷看外面的空地，

看到父亲低着头坐在那儿。火星情绪极为低落,让叶爪的心都揪起来了。她想出去安慰他,但除非违背誓言透露秘密,否则一切安慰都是徒劳。

"都是我的错,"火星的声音低沉而颤抖,"我不该那么说话。他们要是回不来,我永远都不会原谅自己。"

"他们当然会回来的。森林里现在还没什么危险。不管现在在哪儿,他们都饿不着,也不会无处栖身。"

"也许吧。"火星的语气并不那么肯定。他没再多说,起身消失在蕨叶通道中。

火星走了以后,炭毛回到岩穴间。"叶爪,"炭毛问道,"你知道你的妹妹去哪儿了吗?"

一颗杜松果滚过巢穴的地面,叶爪追在后头,她不敢去看老师的眼睛。一想起松鼠爪,她就能感觉到温暖和安全,另几只猫也浮现在眼前。她猜他们应该在乌爪的谷仓里,但并不确定。她如实地答道:"我不知道,炭毛。我不知道她在哪儿。"

"嗯……"叶爪知道炭毛在盯着她。于是,她抬头迎向老师的目光。老师那双蓝眼睛里并没有愤怒,有的只是智慧和理解。"如果你知道的话,就告诉我,好吗?巫医的忠诚方式不同于其他猫,但无论如何,我们最终都还是要忠于星族和森林里的四大族群。"

叶爪点点头,如释重负地看到老师转身走开,开始清点金盏花叶子的库存。

午夜追踪
WUYEZHUIZONG

我并没有对老师撒谎。叶爪不安地对自己说,但无济于事。不管有没有星族的预言牵涉其中,她都和任何族群猫一样熟知武士守则。一位学徒不可以犯下的最严重错误就是欺骗自己的老师。尽管她刚刚说的话是真的,但叶爪仍然觉得内疚极了。

哦,松鼠爪,她在心里埋怨道,你怎么就非要去呢?

第十三章

"这不是到四棵树最近的路。"黑莓掌在一丛黑莓边停下来时,松鼠爪提醒道,她尾巴一指,"我们应该走那边。"

"好吧。"黑莓掌叹了口气,"如果你想游泳的话,我们就走那条路。这条路上的河道更窄,水里还有石头可以踩着跳过去。"跟姐姐道别后,松鼠爪一直异乎寻常地安静,可惜这种安静没持续太久。

"哦——那好吧。"松鼠爪似乎有点窘迫,但很快她就耸耸肩,跟在黑莓掌身边跑过树林。他俩几下跳跃就跨过了小河,爬上通往四棵树的最后一个小斜坡。到达山谷边上的时候,黑莓掌抬头看见整个日轮都已经升上了地平线。

黑莓掌停下来甩甩尾巴示意,免得松鼠爪还没搞清情况就一头冲进空地里。他深吸了一口空气,嗅出了其他族群混杂的气味。顺着斜坡向下看去,他看到褐皮、羽尾和暴毛已端坐在巨岩下方,鸦爪则焦躁地在他们前面走来走去。

"可算来了!"黑莓掌和松鼠爪从斜坡下方的灌木丛中冲出来时,褐皮跳了起来,"我们还以为你不来了呢!"

午夜追踪

"她来这儿干什么?"鸦爪盯着松鼠爪,质问道。

松鼠爪不甘示弱,回瞪着他,脖子上的毛都愤怒地竖了起来:"不用问他,我自己可以回答你。我要和你们一起去。"

"什么?"褐皮走到哥哥身边,"黑莓掌,你疯了吗?你不能带上个学徒,这一路会有危险的。"

没等黑莓掌回答,松鼠爪嘶嘶着说:"他也是学徒!"她尾巴一弹指向鸦爪。

"我是星族选中的。"鸦爪立刻挑明,"而你不是。"他似乎觉得这一句话就解决问题了,于是坐下开始舔洗耳朵。

"他也不是星族选中的呀!"松鼠爪目光一转,盯向暴毛反驳道,"别跟我说,他只是来给妹妹送行的!"

两只河族猫没说话,只是担忧地互看了一眼。

"她都已经来了,那就这样吧。"黑莓掌很快失去了耐心。现在就开始吵架耍脾气,照这样下去,这项任务还没开始就注定会失败。"我们赶紧出发。"黑莓掌说道。

"别对我发号施令!"鸦爪不客气地说。

"不,他说得对,"褐皮叹了一口气,"既然我们不能阻止松鼠爪跟着去……"

"你们阻止不了。"松鼠爪插嘴说道。

"……那就赶快动身,尽量往好处想吧。"鸦爪无奈道。

看到鸦爪似乎也认命了,黑莓掌如释重负。鸦爪站起身,背对着松鼠爪,就好像她不存在似的。"你真可怜,离开族群还得

153

毛上拖着个刺果。"他嘲讽黑莓掌。

两只河族猫也站起身，走到他们跟前。"别担心，"羽尾用自己的鼻子轻轻碰了碰松鼠爪的肩膀，小声说道，"我们全都有点紧张。等上路了就会好一些。"

松鼠爪眼睛一亮，刚想要尖刻地反驳回去，但看到羽尾温柔的眼神时，她改变了主意，于是低下头，脖子上的毛也放平了。

像是遵守着什么命令一样，六只猫一齐穿过灌木丛爬上斜坡顶，来到了风族领地的边界。黑莓掌放眼望去，荒野上长满了坚韧而富有弹性的野草，像巨兽身上的皮毛一般随风摆动着。黑莓掌的心怦怦直跳，仿佛要从身体里跃出似的。自从蓝星在他梦中出现之后，他就一直在等待着这个时刻，新预言的时代已经来临，旅程就要开始了！

但就在他踏出穿越荒野的第一步时，一阵强烈的悔恨扎到他的心上，提醒着他被抛在身后的一切——熟悉的森林、他在族群中的地位，还有他的朋友们……从此刻起，一切都会不同了。在森林之外，我们真的能遵照着武士守则活下来吗？黑莓掌心里很怀疑。他回头看了一眼身后森林的黑色轮廓，又默默地加了一句，我们之中会有谁能再见到自己的族群吗？

黑莓掌在一处树篱的隐蔽处，俯视着两脚兽农场的一排排屋舍。在他身后，几个同伴都不安地动来动去。

"我们还在等什么？"鸦爪问道。

午夜追踪
WUYEZHUIZONG

"那就是乌爪和巴利住的谷仓。"黑莓掌答道,用尾巴指了指。

"是啊,这我知道。"风族学徒说,"我作为学徒去高石山的时候泥掌带我去过。我们不会是要在那儿歇脚吧?"

"我觉得我们也许该去那儿一趟。"黑莓掌说话非常小心,免得自己在这位敏感的学徒耳朵里像是下命令,"乌爪知道那个太阳沉没的地方,也许他能告诉我们一些有用的信息。"

"而且他的谷仓里有的是老鼠。"褐皮伸出舌头舔了舔胡须。

"在那儿过夜也不错,"黑莓掌赞同道,"我们可以好好饱餐一顿,恢复体力。"

"但如果我们不停下来休息,天黑之前就能轻松到达高石山。"鸦爪指出来。

黑莓掌怀疑这位风族学徒完全是故意抬杠。"我还是觉得今晚在这里过夜最好。"他说道,"这样的话,我们明天一大早就能赶到高石山,差不多有一天的时间来探索陌生的世界。"

"你愿意饿着肚子,睡在硬邦邦的石头上,"暴毛低声说,"还是吃饱肚子,睡在温暖舒适的地方?我投巴利的谷仓一票。"

"我也是!"松鼠爪说。

"你没资格投票。"鸦爪反驳道。

松鼠爪懒得和他理论。她充满期待的绿色眼睛闪闪发亮。她跳起来说道:"我们走!"

"先别急,稍等一下。"羽尾赶在黑莓掌前,拦住满腔热情的学徒,"周围有家鼠,我们要小心点。"

"还有狗。"褐皮补充了一句。

"噢——好的。"

黑莓掌这才想起,松鼠爪还没去过高石山。按照惯例,所有的学徒在成为武士之前,都要去一次高石山。事实上,这肯定是松鼠爪第一次离开雷族领地,到了四棵树以外的地方。他承认松鼠爪到目前为止,表现得很出色:穿过风族领地时,她不吵不闹,机智地避开了风族巡逻队,避免泄露鸦爪已经离开的秘密。也许他先前的担心有点多余,松鼠爪说不定完全能应付得了这趟前路漫漫的旅程。

黑莓掌从树篱下钻出来,带头经过农场的屋舍朝谷仓走去。他听到一只狗的叫声时,身子不禁一僵,但狗的叫声听起来很远,传来的气味也很微弱。

"要走就赶紧走啊!"鸦爪在黑莓掌肩头催促道。

谷仓离两脚兽住的巢穴还有点距离。谷仓上部有洞,门板悬垂在上方的支架上。黑莓掌小心翼翼地靠近谷仓,冲门下空隙嗅了嗅。老鼠的气味扑面而来,黑莓掌忍不住开始流口水。他不得不全神贯注,这才分辨出湮没其中的猫的气味。

里面传来了熟悉的声音:"我闻到了雷族猫的气味。进来吧,欢迎光临。"

是乌爪。黑莓掌从空隙里溜了进去,看到那位皮毛光滑的黑色独行猫正站在他面前。在乌爪身后一两步远的地方,一只黑白花色的猫蜷缩着,正是和乌爪一起住在谷仓的巴利。巴利不安地

午夜追踪

睁大了眼睛,看着黑莓掌的同伴一个接一个地溜进来。黑莓掌想起来,四个季节以前巴利到森林里帮助几大族群抗击血族,自那以后,他可能还没一下子见过这么多猫。

黑莓掌说:"乌爪,我觉得你说得对。我觉得星族之所以托梦给我,是想要我找到太阳沉没之地。这些猫都是星族选中的,他们跟我一起去。"

"应该说,我们中有几个是星族选中的。"鸦爪嘟囔着纠正道。

黑莓掌没理他,向乌爪和巴利一一介绍几个同伴。那个年长的独行猫向他们微微点头打了个招呼,然后就闪到谷仓深处的阴影里去了。

"别管巴利了。"乌爪说,"我们这儿很少一下子来这么多访客。这位一定是松鼠爪吧?"乌爪跟这个年轻学徒碰碰鼻子表示问候,接着说:"火星的女儿!我以前见过你,那时你还是只小幼崽,跟沙风待在育婴室,你肯定不记得那些事了。我那时就说你以后肯定长得像你父亲,现在看来我没说错吧。"

松鼠爪窘迫地刨着地面。黑莓掌心想,面对这只在她族群的历史上起过重大作用的猫,松鼠爪竟然也会不知道说些什么。

"火星对你们这趟远行怎么看?"乌爪问黑莓掌,"他允许还不是武士的松鼠爪参加这么重要的任务,我还挺惊讶的。"

黑莓掌和松鼠爪不自在地对视了一眼。"不是那样的。"黑莓掌坦陈道,"我们没有告诉他,是偷偷离开的。"

乌爪震惊地瞪大了眼睛。有那么一瞬间,黑莓掌甚至怀疑乌爪会不会把他们扫地出门。

但乌爪只是摇摇头。"你们不能告诉他内情实在是很遗憾。"乌爪说道,"也许等你们吃饱肚子了,可以再多告诉我一些。你们饿了吗?"

"都快饿死了!"松鼠爪大喊道。

乌爪咕噜着大笑起来。"尽情狩猎吧,"他邀请道,"这里老鼠多的是。"

没过多久,黑莓掌就舒舒服服地在干草里蜷成一团躺下了,他肚子吃得饱饱的,撑得胃里的老鼠几乎都要跳回嘴里来了。乌爪和巴利天天这样吃,难怪他们看起来那么健壮。

他的同伴都四仰八叉地躺在他身边,一个个都吃得饱饱的,睡意渐浓。夕阳西下,从谷仓上方的洞口中照进道道红光。他们四周围绕着的干草堆里,传来的窸窣声和吱吱叫的声音,好像他们捕食的那点猎物根本没影响到谷仓内老鼠的数量一般。

"如果你们不介意,我们今晚就在这儿过夜,明天一大早就走。"黑莓掌说。

乌爪点点头说:"我送你们走到高石山。"黑莓掌正要谢绝,乌爪又补了一句:"现在雷鬼路附近,两脚兽比以前更多了。我观察它们很久了,知道最安全的道路。"

黑莓掌赶紧表示感谢,却发觉鸦爪靠了过来,在他耳边小声说:"我们能信任他吗?"

乌爪耳朵一抽——他显然听到了这话。黑莓掌尴尬得恨不能地上有个洞钻进去,松鼠爪则抬起头,对着鸦爪愤怒地嘶鸣着。

"不要生他的气。"乌爪说道,"这么想很好,鸦爪。其实这就是武士的思考方式。无论走到哪儿,没有十足的把握,都不要轻信任何事,轻信任何猫。"

鸦爪低着头,看上去对独行猫的表扬很受用。

"但你们完全可以信任我。"乌爪接着说,"我或许没法对你们接下来的行程提供什么帮助,但至少我能把你们安全送到高石山。"

风迎面吹在黑莓掌的脸上,吹得他的皮毛紧贴在身体两侧,他几乎站都站不稳了。他伸出爪子,想努力站稳身子时,爪子在光秃秃的岩石上留下一道道抓痕。他和同伴们站在高石山的顶部,眺望着无边无际的未知领域。

黎明第一缕曙光出现时,他们就出发了。日高之前,他们已在乌爪的带领下快速抵达了石头山坡。这会儿,乌爪站在黑莓掌身旁,竖起耳朵对着远方。

"你们要避开那片雷鬼路。"乌爪用尾巴指着前方一团深灰色的地方,"不过,那个地方也曾经是风族被断星驱逐后的栖身之处。那里到处是老鼠和垃圾。"

"我知道那件事!"松鼠爪插嘴道,"灰条跟我说过,他和火星是怎么把风族接回来的。"

"你们得穿过很多小的雷鬼路,"乌爪继续说道,"要避开两脚兽的巢穴。那条路我偶尔也会走一趟——我走得也不算远,但也知道那地方不适合武士们。"

松鼠爪紧张地看了乌爪一眼,问道:"后面就再没有森林了吗?"

"我是没看到。"乌爪答道。

"别担心,"黑莓掌安慰道,"我会照顾你的。"

没想到松鼠爪忽地扭过身来,绿眼睛里闪着怒火。"我要和你说多少次,我才不用照顾!"她啐道,"如果你要一路上都像火星一样婆婆妈妈,我还不如待在营地里呢。"

"呵,这样大家都乐意。"鸦爪翻了个白眼嘀咕道。

褐皮好奇地看了一眼松鼠爪。"你就由着一个学徒这么和你说话?"她问哥哥。

黑莓掌耸耸肩:"那你试试让她别这样啊。"

褐皮耳朵一抽:"雷族猫啊!"

羽尾跟暴毛对视了一眼,然后走到松鼠爪身边。"我也很紧张。"她坦陈道,"一想到周围全是两脚兽,而我离它们那么近,我的脊梁就一直打冷战,但是星族会保佑我们通过的。"

松鼠爪点点头,尽管她眼神里仍然愤愤的。

"要是你们都说完了,"鸦爪大声说,"那我们是不是该走了?"

"好吧。"黑莓掌转头面向乌爪。"感谢你为我们所做的一切。"

他说，"也感谢你能理解我们。"

这位独行猫低头致意："不用谢。祝你们好运，也愿星族照亮你们前行的道路。"

他站到一旁，于是六只猫小心翼翼地看着路，一只接一只下到山坡的那一头。就在他们迈出生命中最漫长旅途的第一步时，高升的太阳在他们的前方投射下长长的阴影。

第十四章

终于从高石山走了下来,重新感受到脚掌踩在草上的感觉,黑莓掌欣慰地长出了一口气。现在他们只剩自己了,在广袤的未知天地间,几只猫显得十分渺小。乌爪已经给他们指出了一条穿越田野的道路,两脚兽拉起的尖利闪亮的围栏隔在中间。空气中可以嗅到很多两脚兽和狗的气味,但都已不新鲜了。他们快步通过时,田间有脸上长满茸毛的绵羊,一直盯着这些远行的猫。他们低着头,两耳平贴,显然很不适应将自己暴露在旷野里。

"它们像是从来没见过猫一样。"暴毛嘀咕着。

"可能是没见过,"褐皮应声说,"猫没事不会到这儿来。离开谷仓以后,我就没闻到什么猎物的味道。"

"嗯,我以前也没见过羊,"松鼠爪说着,朝身边最近的一只羊靠近了些,黑莓掌不动声色地跟在她身后。据黑莓掌所知,羊并不会对猫构成威胁,但他可不想冒险。松鼠爪在离羊一尾长的地方停了下来,深吸一口气嗅了嗅,然后皱起鼻子:"呸!它们看着毛茸茸的,跟长着腿的云朵似的,闻起来怎么会这么臭!"

褐皮打了个哈欠,说:"看在星族的分上,我们可以继续走

了吗?"

"不知道星族为什么要派我们去太阳沉没的地方。"羽尾说着闪身避开一只吃着草的羊,避免跟它们离得太近,"它们为什么不把我们返回森林时会知道的信息直接告诉我们?为什么我们非得去聆听午夜的消息呢?"

鸦爪哼了一声。"谁知道呢!"他眯缝着眼睛瞅向黑莓掌,"也许这位雷族武士能告诉我们。毕竟,我们几个只有他见过那个地方——反正他是这么说的。"

黑莓掌咬着牙说:"我知道的你都知道。我们必须信赖星族,最终一切疑问都会解开的。"

"你说得倒是轻巧。"鸦爪反驳道。

"别烦他了!"黑莓掌没想到,松鼠爪居然冲上前来,拦在那个风族学徒前面,"又不是黑莓掌想做第二个梦。星族选中他又不是他的错。"

"你懂什么?"鸦爪吼道,"在风族,学徒们都知道什么时候该把嘴巴闭好。"

"哦,所以你从现在就能消停了?"松鼠爪尖刻地说,"很好。"

鸦爪蜷起上唇咆哮一声从松鼠爪身旁绕过扬长而去。

黑莓掌快走两步,赶上他的族猫。"谢谢你支持我。"黑莓掌小声说。

松鼠爪怒气冲冲地瞪了他一眼。"我不是为了你!"她厉声说

道,"我只是不想让那个愚蠢的毛球以为风族比雷族了不起而已。"她嘶鸣一声,越过停下来看着他们的羽尾和暴毛,冲到前面去了。

"别走太远了!"黑莓掌喊道,但松鼠爪没搭理他。

黑莓掌上前追松鼠爪的时候,难受地意识到刚才其他猫谁也没有帮他说话,甚至褐皮也无动于衷。对于他梦到的太阳沉没之地的幻象,以及他们必须去向那里的原因,他们一定都跟羽尾一样充满了疑问。

每走一步,黑莓掌都觉得落在身上的担子更重一分。他知道,如果途中有任何同伴伤亡,都是他的错。也许星族这次看走了眼。也许到最后,连武士精神的信念与勇气都不能够把他们安全地带回来。

日高过后不久,他们就来到了第一条雷鬼路。这条比他们见惯的那条雷鬼路要窄,而且还拐了个大弯,因此不到最后时刻,根本看不到是否有怪物逼近。路对面是一排高大的树篱,一直延伸到远处,前后都看不到头。

鸦爪小心翼翼地靠近雷鬼路边,对着那坚硬的黑色路面嗅了嗅。"啊!"他皱着鼻子怪叫道,"污秽的玩意儿!为什么两脚兽到处铺这种鬼东西?"

"它们的怪物要从上面走。"暴毛告诉他。

"我当然知道!"鸦爪不屑地说道,"它们的怪物一样臭气熏天。"

午夜追踪
WUYEZHUIZONG

　　暴毛耸耸肩说道:"两脚兽就这个样子啊。"

　　"我们要在这儿坐到日落,一直讨论两脚兽的习性,"褐皮打断了他们的对话,"还是准备现在就穿过这条雷鬼路?"

　　黑莓掌蹲伏在草地边缘,竖起耳朵捕捉怪物接近的声音。"我叫跑的时候,你就赶快跑。"他对蹲在身边的松鼠爪说,"你不会有事的。"

　　松鼠爪看都不看他。她之前跟鸦爪吵了一架后,情绪就一直很坏。"我一点都不怕,你又不是不知道。"她嘶鸣道。

　　"那你就该害怕。" 在松鼠爪另一边的褐皮咕哝道,"我们在高石山附近横穿雷鬼路的时候,跟你说了什么你难道没有听吗?直接说吧,即使对于经验老到的武士来说,那些怪物也很危险,很多猫被它们撞死了。"

　　松鼠爪抬眼看向她点点头,一双绿色的眼睛睁得老大。

　　"很好。"这位影族武士继续说道,"所以要听黑莓掌的,当他说快跑的时候,你一定要用最快的速度冲过去。"

　　"过去之前——"黑莓掌提高嗓门,好让大家都听得见他说话,"我觉得要先想好过去以后怎么做。我们根本看不到树篱后面的情形,而且由于雷鬼路上刺鼻的怪味,我也嗅不到树篱后面的气味。"

　　暴毛仰起头,张大嘴吸了一口空气。"我也闻不出来。"他表示赞同,"我建议,大家一起穿过雷鬼路,直钻过树篱,在树篱的另一边会合。如果那边真的有什么危险,我们六个一起应该

也能对付得了。"

黑莓掌颇为佩服暴毛明智的推论。"好的。"黑莓掌说。其他猫,包括一向爱唱反调的鸦爪也都表示同意。

"黑莓掌,你来发令。"暴毛说。

黑莓掌再次紧张地侧耳倾听。远处传来低沉的轰鸣声,很快声音越来越大,最后变成了咆哮,一只怪物从弯道处冲了过来,从他们身边掠过时,它那一身看起来不太自然、带着光泽的毛皮闪闪发亮。怪物卷起一阵带着沙尘的热风,留下的刺鼻臭气,差点让这些猫窒息。

几乎就在同时,又一只怪物从反方向呼啸而过。接着,四下里恢复了平静,沉寂如同雪后的森林。黑莓掌支棱着耳朵,但除了远处狗的叫声,他什么也听不见。

"快跑!"黑莓掌大喊一声。

他一跃而起,感觉到松鼠爪在他身旁发足狂奔,而羽尾在他的另一边。他脚掌拍打在雷鬼路坚硬的路面上,接着他就抵达了雷鬼路另一边狭窄的草地上,然后钻进树篱,带刺的枝条扯拽着他的皮毛。

他奋力向前,总算冲出树篱来到开阔地。眼前的景象让他一时反应不过来,几乎被吓呆了。他看见跃动的火焰,刺鼻的浓烟充满了他的喉咙。这时,传来一阵尖锐的叫喊,一只两脚兽的幼崽向他跑过来,身高还没一只狐狸那么长,两条短腿摇摇晃晃的。狗叫声忽然大了起来。

"松鼠爪,到我这儿来!"他喘着气扭头一看,却发现那位暗姜黄色的学徒不见了。

他听到暴毛在喊:"大家集中!到这儿来!"

黑莓掌扫视了一圈,一个同伴也没看到。他的爪子不由自主地将他带进一片冬青灌木丛的深处,这是他能看到的最近的藏身处。他肚皮贴地,匍匐前进,向那个避难所爬去,感觉自己的毛都要蹭掉了。他听到一声惊恐的呜咽,微光下,他分辨出浅灰色毛皮,认出了羽尾。

"是我。"黑莓掌低声说道。

"黑莓掌!"羽尾的声音都在发抖,"刚才我还以为是那条狗撵来了。"

"你看到别的猫了吗?"黑莓掌问道,"你看到松鼠爪去哪儿了吗?"

羽尾摇摇头,蓝色的大眼睛里充满恐惧。

"别担心,我敢保证他们都好好的,"说着,黑莓掌舔了一下羽尾的耳朵安慰道,"我出去看看到底是怎么回事。"

他向前爬行了几尾的距离,能偷看得到外面时才停下。谢天谢地,那火只不过是一堆树枝在燃烧罢了,着火范围很有限,刚好离他冲出去的地方不远。一个成年两脚兽正在往火堆里添加树枝,那个两脚兽的幼崽已经回到它身边了。黑莓掌还能听见那狗在叫,但看不到它,浓烟的气味很重,黑莓掌什么都闻不到。更重要的是,他没看见一个走散的同伴。

他蠕动身体,慢慢退回羽尾身边,低声说道:"走了,跟我来!两脚兽没注意到我们。"

"那条狗呢?"

"我不知道它在哪儿,但肯定不在附近。听着,下面我们要这么做。"黑莓掌知道他必须赶紧想出个办法把羽尾带离这个地方,不然她快要吓呆了。他们刚才藏身的那丛冬青树离一道木栅栏很近,稍远处有一棵小树,树枝伸到了隔壁的花园里。"看那儿。"他耳朵一动,指向那处,"爬上那棵树,然后从树上跳到那个栅栏顶上,到了那儿我们要去哪里都可以了。"

有一刹那,他担心万一羽尾惊吓过度,不敢再有动作,那他可怎么办。还好,这只浅灰色母猫坚定地点了点头。

"现在吗?"她问道。

"对——我就在你身后。"

羽尾立刻冲出他们的藏身地,沿着栅栏底部往前冲,然后飞身跃到树上。黑莓掌紧紧跟着,听见两脚兽幼崽又开始喊叫。黑莓掌紧紧抓住树皮,爬上树干,够着一根结实的树枝,钻进浓密的树叶隐蔽起来。他循着羽尾的气味,看到她的蓝眼睛正焦急地看着他。

"黑莓掌,"她说,"我想我们找到那条狗了。"

她抽动胡须,指指下面隔壁花园。黑莓掌透过树叶的缝隙,看到了那条狗。那是一只庞大的棕色畜生,它不停地往上跳,用并不锋利的爪子使劲抓着栅栏,拼命想爬上去袭击他们。当黑莓掌低头向下看时,它发出一阵歇斯底里的狂叫。

"狐狸屎！"黑莓掌冲它呸了一口。

他不知道沿着栅栏的上边逃出去的机会有多大。这个栅栏似乎比雷族领地边上的栅栏更不牢靠，更何况那条狗还在拼命晃动它，想在上面保持平衡很困难，一不小心就可能掉到花园里。黑莓掌不敢想象被那畜生的牙齿咬进腿或脖子的画面，决定还是待在原地不动更好。

"这样下去，我们永远也找不到他们了。"羽尾低声呜咽道。

这时，黑莓掌听到两脚兽巢穴的门开了。一只成年两脚兽站在那儿，冲着那条狗大吼。那个畜生还在疯狂地叫着，仍然不停地抓着栅栏。两脚兽又吼叫起来，接着走进了花园，揪住狗的项圈，把不停挣扎的狗拖入巢穴。门砰地关上了。狗的叫声又持续了一会儿，终于消停了下来。

"看到没？"黑莓掌对羽尾说，"哪怕两脚兽也能派上点用场。"

羽尾点点头，眼里充满了宽慰。黑莓掌溜下树，跳到栅栏顶部，小心保持着平衡，沿着栏杆往前走去，一直走到雷鬼路边的树篱下。从这里他能清楚地看到两边的花园。周遭似乎都很平静。

"我看不到其他猫，也听不到他们的声音。"羽尾跟上他说道。

"的确。不过这是个好迹象。"黑莓掌说道，"如果两脚兽抓住了他们，他们一定会发出很大的响声，我们肯定听得到。"

其实黑莓掌也不确定，但这么说似乎能使羽尾安心一些。

松鼠爪,到我这儿来!

他喘着气扭头一看,却发现那个暗姜黄色的学徒不见了。

大家集中!到这儿来!

我来了!

你看到别的猫了吗?

你看到松鼠爪去哪儿了吗?

黑莓掌!刚才我还以为是那条狗撵来了。

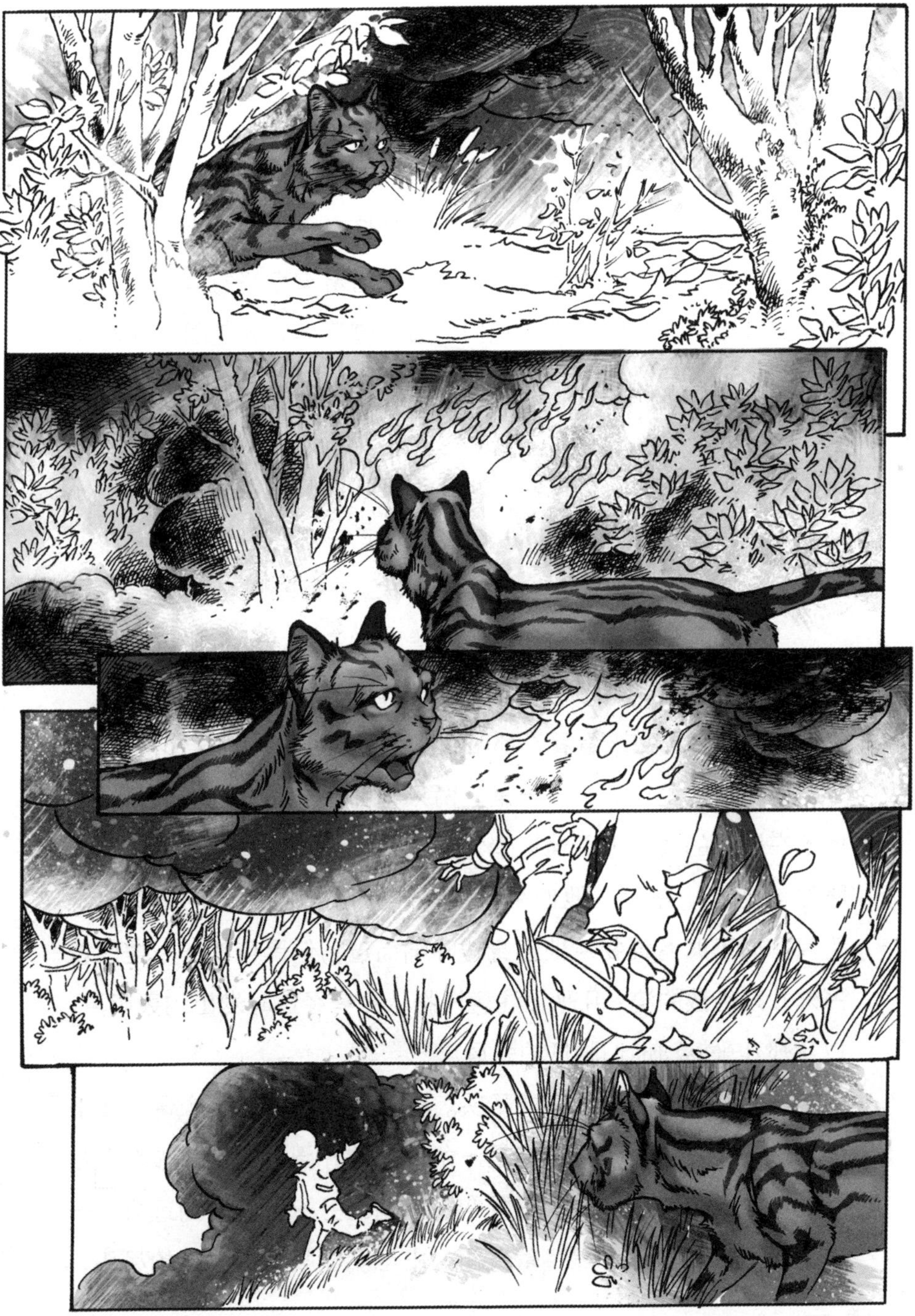

"你觉得我们接下来该怎么办?"羽尾问道。

"在花园里面会有危险,"黑莓掌打定主意,"我们待在雷鬼路和树篱之间会更安全些。如果我们沿着雷鬼路的边缘走,那些怪物就撞不上我们。只要我们走出两脚兽巢穴的范围,我们就安全了。"

"但是他们怎么办?"

黑莓掌无法回答这个问题。在被狗和两脚兽包围的情况下,是不可能四处去找同伴的。一想到松鼠爪被孤独迷茫地困在这个陌生又可怕的地方,黑莓掌焦虑得肚子深处都感到刺痛。

"他们可能也会这么做的。"黑莓掌说道,他希望自己的话听起来有说服力,"他们可能在哪儿等着我们。如果不是这样,等天黑以后我再回来看看,那时两脚兽应该回到巢穴里了。"

羽尾紧张地点点头。于是,两只猫都从栅栏上跳下来,轻巧地落在翠绿的浅草上。他们悄悄从树篱下面钻了过去,沿着雷鬼路往前走。一路上,他们小心翼翼,跟那平坦的黑色路面保持距离。时不时有怪物从他们身边呼啸而过,但黑莓掌一心挂念着另外几只走散的猫,几乎没注意怪物从身旁经过时发出的轰鸣声,以及那几乎撼动他们脚爪的强风。

他们终于走到了树篱的尽头。雷鬼路在前方转了个弯,接上了另一条小路。两条路中间是一条楔形的开阔地,地面被恣意丛生的山楂树覆盖。开阔的田野在雷鬼路的另一侧延伸到远方。一阵冷风吹来,吹乱了黑莓掌身侧的皮毛。他凝视着田野的尽头,

午夜追踪

太阳已经开始落山了。

"感谢星族!"羽尾悄声说道。

黑莓掌领着羽尾钻进灌木丛。那里面会更安全,说不定还有几个同伴已经在里面等着了。他让羽尾留下放哨,自己往灌木丛深处钻去。他一边搜索一边压低嗓门呼喊着其他猫的名字,但他没有听到应答,也没嗅到熟悉的气味。

当他返回到羽尾身边时,她正把尾巴盘在脚掌边坐着,身边有一只死老鼠。

"你要不要一起吃?"羽尾说,"我刚刚逮的,但我现在不太想吃东西。"

黑莓掌一看到猎物,这才发现自己肚子早就饿瘪了。早晨在乌爪的谷仓里,他吃得很饱,但他们到现在已经走了很长的路了。

"真的吗?我可以给自己捉一只的。"

"没关系的,你拿去吃吧。"羽尾伸出一只爪子把老鼠推给黑莓掌。

"谢谢。"黑莓掌蹲在她旁边,咬了一口。温暖的滋味顿时溢满他的嘴巴。"别太担心了,"当羽尾低下头,心不在焉地咬了一口时,黑莓掌说道,"我敢说我们很快就能跟他们会合的。"

羽尾停住嘴,焦虑地看了他一眼:"希望如此。没有暴毛在,我总感觉一切都怪怪的。我们从小就比别的同窝手足更亲密。我想这可能是因为我们从小没跟父亲在同一个族群的缘故吧。"

黑莓掌点点头,想起自己和褐皮小时候有多么亲近,但因为

父亲是虎星的缘故，他们总得加倍努力证明自己。

"当然，你能理解那种感觉的。"羽尾抽动下耳朵，示意他多吃两口。

"是的，"黑莓掌答道。他耸耸肩膀，"但我对父亲的想念，没有你们对灰条的想念那么强烈。我多希望我能以他为荣，但我做不到。"

"那种感觉一定很艰难。"羽尾用口鼻靠上黑莓掌的肩膀，"至少我们还能在森林大会上见到父亲。他被任命为副族长的时候，我们都特别骄傲。"

"他也为你们兄妹感到自豪。"黑莓掌说道，他很高兴终于摆脱了关于自己父亲的话题。

黑莓掌很快吃完了面前的老鼠肉，在羽尾勉强吞咽她的那一半时，黑莓掌开始计划接下来的行动。他把头探出灌木丛，看到太阳在烈焰般的光芒中下落，照出了他们前行的那条路。但找不到其他同伴，他们不可能继续前行的。

"他们不在这儿。"羽尾紧走两步来到黑莓掌身边，轻声说道，她的呼吸轻柔地拂过他的耳朵。

"不在。我得回去找他们，你待在这儿，万一……"

狂怒的吼叫声打断了他。那是猫的声音，充满愤怒和惊恐。声音来自最后一排的花园。他立刻跳了起来，与一脸惊恐的羽尾目光相接。

"他们在那儿！"他紧张地说道，"而且遇上麻烦了！"

第十五章

叶爪睁开眼睛,看到头顶上方的丛丛蕨叶,轮廓映衬在苍白的天空下。她立刻想起今天就是月半之日,所有巫医和他们的学徒都要去高石山,在神秘的月亮石那里跟星族交流。她激动得全身一阵战栗——她以前只去过那儿一次,就是星族接受她成为巫医学徒的时候。那次的经历,她终生难忘。

她从舒服的苔藓窝里跳起来,打着哈欠伸了个懒腰,眨眨眼睛,赶走最后一丝睡意。她听见炭毛在自己巢穴里走动的声音,不一会儿,这位巫医探出头,嗅闻空气的味道。

"没有下雨的气息,"她说道,"我们此行会比较顺利。"

没再多耽误,炭毛带头走出营地。从新鲜猎物堆经过的时候,叶爪嘴馋地看了一眼——不过跟星族交流前是不允许进食的。

蜡毛正站在金雀花通道入口处负责警戒,看到叶爪和她老师经过时,向她们点了一下头。叶爪感到有些不好意思。她不过是个学徒,还不习惯武士们对待巫医的那种尊重。

河谷中仍充斥着阴影,树影也仍浓密,炭毛拖着一条瘸腿向四棵树走去,她和叶爪要从这里进入风族领地。隐约的窸窣声从

矮树丛中传来，向她们指出了猎物所在的位置，但那些小动物现在还不会有被捕食的危险。时不时会有鸟雀在两只猫走过时，发出警告的啼鸣。暗沉的天光下，她们的身影与影子相差无几。

"来，练练你的嗅觉技能。"走了好一会儿后，炭毛对叶爪说，"如果你能发现有用的草药，我们回来的时候去采摘。"

叶爪按照老师的要求竭力嗅闻，不知不觉就走到了小河边。她和老师伏下身子舔着喝了些水，然后顺着岸边往前走，一直走到能方便过河的踏脚石处。叶爪留意着老师，担心她那瘸腿会拖累她。但长期的锻炼让炭毛轻松地跳了过去。

她们走上通往四棵树的斜坡时，叶爪开始闻到其他猫的味道了。"影族。"她小声说道，"一定是小云。"

炭毛点点头说："通常他都会等着我。"

叶爪知道，在影族一次爆发流行性疾病时，炭毛老师救了小云的命——也正是因此，小云才选择成为一位巫医，并从那以后与炭毛结下了深厚的友情，远超过其他巫医间的情谊。

她们爬到了山谷顶端，叶爪看到影族巫医正坐在巨岩脚下。这只个头不大但举止庄重的虎斑猫独自坐在那里，因为他还没有学徒。一看到她们，影族巫医立刻跳起来，大声打招呼。就在此时，山谷边上较远处的灌木丛里沙沙作响，河族的泥毛带着学徒蛾翅从里面钻了出来，走进空地。

看到河族学徒，叶爪高兴极了，跳下山坡走到她身边。老师炭毛则走到场地中央与另外两位巫医碰头，彼此交换着消息。

午夜追踪

"蛾翅!"叶爪跟她打着招呼,"能见到你真高兴。"

太阳已经高高挂在了枝头,蛾翅一身金色的皮毛泛着琥珀般的光泽。叶爪不禁又在心中赞叹她的美貌,但叶爪友好的问候并没有得到回应,这让她不禁有些尴尬。

相反,蛾翅只是冷冷地点了点头说:"你好。我还在想,不知道炭毛会不会带着学徒来呢。"

她说话的方式让叶爪感觉自己很渺小,蛾翅好像在刻意跟她保持距离。当然,蛾翅已经是武士了,也许她期待的是从这位学徒这儿得到景仰,而非友情。失望刺痛了叶爪的心,她低头后退一步,跟着别的猫一起从山谷边缘往上走,穿过边界进入风族领地。

开始横穿荒原的时候,叶爪的精神又振奋起来。落叶季初期的阳光非常灿烂,微风吹过,野草轻轻摇摆,踩在上面都能感觉到弹性,金雀花和石楠散发着香味,跟雷族苍翠成荫的森林大不相同。看见蛾翅跟在老师后面,没有参与巫医们的对话,叶爪走过去挨在她的身边。

"我没想到你会来这儿,"叶爪说道,"我还以为泥毛已经带你去过母亲嘴了呢。"

蛾翅转过身看着叶爪的脸,琥珀色的眼睛里隐隐有怒火,好像叶爪的话冒犯了她一般。叶爪吓了一跳。"很抱歉……"她开口道。

突然,蛾翅的表情放松下来,眼睛里的敌意也消失了。"不,

应该说抱歉的是我,"她说道,"这不是你的错。你还记得上次森林大会时,泥毛说过,要等星族发出指示后,他才会让我成为巫医吗?"

叶爪点点头。

"星族没有发出指示。"蛾翅停顿下来,开始用一只前爪漫无目的地扯拽坚韧的野草,"什么指示都没有!我想这就意味着星族拒绝接受我了——其他猫很快就开始说闲话了!就因为我妈妈是只泼皮猫,我也不是在族群里出生的。"一丝凶狠闪过她的眼睛,又迅速消逝了。

"噢,不是吧——非常抱歉!"叶爪惊呼,大大的眼睛里充满了同情。

"泥毛只是叫我耐心等待。"蛾翅扭着嘴唇苦笑着,"他也许很能耐得住性子,但我做不到。我尽力了,但还是没有任何预兆到来。我本来都打算离开族群了,但鹰霜——我哥哥鹰霜,你记得吗——告诉我不要听那些闲话。他说我没必要向那些嫉妒我们的猫证明我的忠诚,只要星族明白就行了。他相信星族最终一定会发来信息的。"

"他说得对,"叶爪说道,"否则你现在就不会出现在这里了。"

"是的,他说得没错。"欣慰在蛾翅的眼中闪动,"两天前的清晨,泥毛从巢穴里出来,在入口处发现一只飞蛾的翅膀。他把它拿给豹星和其他族猫看,说这是再明显不过的证据了。

午夜追踪

"然后豹星怎么……"远处一声呼叫打断了叶爪,她抬起头。远处高地上的三位巫医停了下来,正回头看她们俩。

"你们俩到底要不要跟我们一起走啊?"顶着风,泥毛的声音很小。

叶爪一时有些错愕,跟蛾翅对视了一眼,然后咕噜着笑了起来。星族已经降下信息,所以蛾翅不用再担心什么了。月亮石在等着她们俩,准备引领她们探索武士祖灵的秘密。此时此刻,叶爪觉得没有什么比当一位巫医学徒更好了。"快走吧。"她兴奋地对同伴说道,"我们落后了!"

日高的时候,他们在荒原的一条水流源头旁碰上了风族巫医青面。叶爪看着青面和泥毛友好地互致问候,尽管由于风族一心要在下一次森林大会前,一直到河族的河流里饮水,这让风、河两族关系有些紧张。但族群间的敌对态势通常并不会蔓延到巫医之间——因为他们效忠于星族,而这并不受到森林间族群边界的限制。

过了一会儿,叶爪注意到炭毛开始瘸得更厉害,可能是旧伤复发了。但这位雷族巫医绝不可能承认自己有些走不动了,因此叶爪决定用自己来拖慢几只猫的步伐。"我们可不可以歇一会儿?"她一屁股坐到一片软软的石楠上恳求道,"我真走累了!"

炭毛温柔地看了她一眼,好像知道她的心思,然后同意了。

"这些学徒啊,"青面嘀咕着说,"体力真是一点都不行。"

"他又不像我们走得那么远,"蛾翅在叶爪身边坐下小声说,"而且他也没带学徒,他知道什么啊?"

"他也不是那么难相处,"叶爪回应道,"我猜只是爱抱怨而已。"她侧躺下来,开始舔舐自己,希望把最好的自己呈现在星族面前。

蛾翅跟着她照做,然后又停了下来。"叶爪,你能不能考考我?"她恳求道。

"考你?考你什么啊?"

"草药知识。"蛾翅眼睛睁得大大的,带着焦虑,"泥毛一定期望我能将所有草药记得一清二楚,我不想让他失望。我们用金盏花治疗感染,蓍草的叶子解毒,但肚子痛用什么?我老是记不起来。"

"用杜松果或山萝卜根。"叶爪困惑地解答道,"但你为什么这么激动啊?你随时都可以问老师。他不会要求你现在就学会所有知识的。"

"我总不能在见星族时问吧!"蛾翅苦恼得几乎哭叫起来,"我必须向它们证明我是当巫医的料。如果我记不住所有该记住的东西,它们没准就不会接受我。"

叶爪差点笑出声来。"事情不是你想的那样,"叶爪耐心地跟她解释道,"星族不会向你提问的。它们……嗯,这很难解释,但我敢保证,你完全不用担心这一点。"

"对你来说当然简单。"叶爪讶异地发现蛾翅的声音里透着

一丝酸溜溜的感觉，"你生来就是一只族群猫，但我必须比其他猫做得更好，才能被族群接纳。"

蛾翅的眼睛睁得大大的，目光中既有愤怒又有刚毅。一阵同情从叶爪的心头涌起，于是她用尾巴碰了碰蛾翅的肩膀以示安慰。

"在河族也许真是如此，"叶爪说道，"但星族不会这样。你根本不必费尽心思去赢得星族的承认——它们会直接将之作为礼物赐予你。"

"即便如此，它们也不一定会赐予我。"蛾翅喃喃道。

叶爪惊讶地凝视着自己的朋友，她是那么强健，那么美丽，还拥有全部武士技能，也有机会学习巫医的知识，但仍然担忧自己不会被这座森林接纳。

叶爪向蛾翅靠近一点，把口鼻轻贴在她身侧。"会没事的。"她轻声说，"你看火星，他也不是在族群里出生的，但他现在是雷族族长。"见蛾翅仍是一副将信将疑的样子，她又说："相信我。等你站在月亮石面前，你就会明白了。"

巫医们快到高石山的时候，太阳已经开始落山了。这里，荒原上坚韧的野草让位于一片裸露着土壤的陡峭山坡，山坡上东一簇西一丛地长着些石楠，时不时还冒着一块块岩石，上面长满了黄色的地衣。

一直打头阵的青面在一块扁平的岩石上停了下来，抬头仰视着前方。山顶正下方的半山腰上，一个黑乎乎的山洞张着大嘴，

洞口上方有一个石拱。

"那儿就是母亲嘴。"叶爪对蛾翅说道，紧跟着就想起这个朋友以前在接受武士训练期间，肯定以学徒身份来过这儿。"对不起，"她补充说，"我想这肯定不是你第一次到这儿来。"

蛾翅抬眼盯着那咧开的洞口，瞪大眼睛。"我最远也就到过这里。"她回复道，"那时还轮不到我进里面去。"

"那山洞看着有点恐怖，我知道——不过也很奇妙。"叶爪向她保证道。

蛾翅挺直身子。"我不害怕。"她坚称，"我是一位武士，我什么都不怕。"

即使被星族拒绝也不怕？叶爪没敢把这话说出口，但当她挨着蛾翅坐下来等夜幕降临的时候，她还是不经意地感觉到蛾翅在发抖。

终于，半月浮现在峰尖上方，泥毛站了起来。"时间到了。"他粗声粗气地说。

叶爪紧张地跟着老师爬上斜坡，走到石拱门下。又冷又湿的空气扑面而来，仿佛还有一条黑暗的河流从里面喷涌而出，比他们周围的夜色还要黑。众猫排成一列往前走，叶爪紧跟着蛾翅，走在最后面。

隧道一路向下，弯曲辗转。很快，叶爪就完全失去了方向感。空气非常滞重，他们仿佛行走在水下，也仿佛是在地底下。她什么都看不见，甚至连走在前面不到一兔子跳跃距离远的蛾翅都看

不见。但她听得见前面这只河族猫短促的呼吸,也闻到了她身上散发出的恐惧气味。

终于,叶爪感到了周遭空气中阵阵波动的寒凉,当她终于认出他们已经到达山峰腹地的时候,兴奋得感到浑身的皮毛都有些刺痛。她迈步进入一个巨大的山洞时,一股若有若无的新鲜空气从头顶上方吹来。借着洞顶小孔透过的点点星光,她看到四周全是高耸的石壁,爪下是古老而光滑的石头。一块三尾高的岩石矗立在山洞中央。叶爪敬畏地睁大了眼凝视着它,虽然这块岩石现在还一片幽暗,处于庄严的沉睡之中。

蛾翅身上的毛轻轻拂过叶爪。"我们在哪儿?"她低语道,"发生什么事了?"

"蛾翅,到月亮石跟前去,"稍远处的青面大声喊道,"我们大家都要在这儿等着,直到与星族交流的时刻来临。"他和几位巫医一起围在离月亮石大约一个狐狸身长的地方坐着。

叶爪听见她的朋友声音带颤地叹息了一声,于是轻靠着这位河族学徒的肩膀让她安心。"没事的,我们也可以坐下来。"叶爪对着蛾翅耳朵低声说道,然后在老师炭毛身后一尾长的位置坐下。接着,她感觉到蛾翅迟疑着也在她身旁坐了下来。

黑暗中,时间显得格外漫长,叶爪感觉他们简直等了好几个季节。接着,不过是一个心跳间的事,月亮从上方的洞口中出现,耀眼的白光随之照进洞里。她听到蛾翅呼吸急促起来。眼前的月亮石在他们眼前忽然苏醒过来,通体变得璀璨剔透,在月光下熠

熠生辉，仿佛整个银毛星带飞旋而下，给它注入圣洁晶莹的光芒。

叶爪的眼睛渐渐适应了眼前明亮的月光。她看见泥毛站了起来，转过身，缓缓踱步穿过洞穴，最后站到他的学徒面前。耀白的光芒为他梳洗皮毛，使他周身如同笼罩了一层冰。

"蛾翅，"他庄严地说道，"你是否自愿成为一位巫医，步入星族的奥秘之中？"

蛾翅稍微迟疑了一下。叶爪看到她喉头滚动了一下，然后说道："是的，我愿意。"

"那么就上前来。"

蛾翅站起身，跟随老师一直走到月亮石跟前，紧挨着那石头站着。在月亮石的映照下，蛾翅看起来奇异非凡，一身金毛笼罩着烟灰色光晕，眼中也闪烁着一层银光——宛如她已经加入星族的行列一般。叶爪打了个寒战，把这个想法赶出脑海，不愿相信这可能有所预示。

"星族的武士们，"泥毛继续说道，"我将这位学徒引荐给你们。她选择这条道路，立志成为一位巫医。请赐予她智慧和洞察力，让她得以理解你们的行事之道，遵照你们的意愿为她的族群医治病痛。"

然后，他挥挥尾巴，对蛾翅说："卧在这里，鼻子贴在月亮石上。"

蛾翅仿佛梦游似的照着做。等蛾翅卧下来后，所有巫医都走上前，围着月亮石以同样的姿势卧下。炭毛示意叶爪过来加入他

们。叶爪感觉全身的每一根毛都充满期待——她知道接下来会发生什么。

"到了与星族交流的时候了。"青面小声说。

"请与我们交流吧，武士祖灵们。"小云说，"将族群的命运指予我们！"

叶爪闭上眼睛，把鼻子抵上石头表面。一股凉意如苍鹰之爪般摄住她的躯体，她又像骤然跌入暗无天日的水底。目不能视，耳不能听，甚至对身下的石地也失去了知觉，她好似飘浮在没有一丝星光的黑暗夜空中。

然后一系列场景在她眼前闪现：她看见了四棵树，但四棵大树都光秃秃的，只有几片枯黄的叶子孤零零地挂在树枝上。其中一棵来回摇晃着，比置身于最猛烈的风暴中摇得还厉害，而旁边的树都岿然不动。突然，场景一变，只见雷鬼路上的怪物呼啸而过，一长溜猫在雪地里艰难跋涉，在无边无际的白色天地间形成一条黑色细线。四下里没有一棵树，所有迹象都表明这里不是四大族群的领地。

最后的一个场景中出现了松鼠爪。尽管知道此时不能讲话，但叶爪还是差点惊呼出声，她感到既安慰又高兴。她的手足慢跑着穿越宽阔的绿色原野，叶爪又看到和她一起的几只猫，接着画面就突然消失了，她又陷入深深的黑暗中。

身下石地坚硬的感觉渐渐透过皮毛传递过来，叶爪身体渐渐恢复知觉，星族梦境中无边无际的天地逐渐消逝，她的意识重新

回到了这个落叶季最常见的清新夜晚。叶爪睁开眼睛，眨巴了一下，从月亮石边挪开身子，摇摇晃晃地站起来。她感到全身异常舒服，好像又找到了小时候被母亲守护着睡着时的那种感觉。星族保佑着她和松鼠爪间的感应联系，哪怕她们现在天各一方。

她身旁的几位巫医也都站了起来，准备去往地面上。蛾翅站在他们中间，双眼放光，显然星族呈现给她的画面让她既欢欣又惊诧。叶爪感到莫大的安慰，她知道武士祖灵已经接纳了蛾翅。不管她的族猫怎么想，这只河族猫再也不用怀疑星族会不会认可她了。

泥毛用尾巴尖碰了碰蛾翅的嘴，示意她什么都别说，然后带头走出岩洞。叶爪还是跟在最后，顺着蜿蜒的地道往上，向洞外走去。

一到洞口，蛾翅便跳上一块凸出的岩石，仰起头，发出一声愉悦的长啸。

泥毛看着她，溺爱地摇摇头。"看来没你想得那么糟糕，是不是？"蛾翅跳下来回到泥毛身边时，泥毛说道，"从现在开始，你是一位真正的巫医学徒了，感觉如何？"

"好极了！"蛾翅回答道，"我看到鹰霜带领着一支巡逻队，然后……"她突然刹住了嘴，因为叶爪正瞪大了眼睛示意她，巫医们从不把未曾解读的梦境与彼此分享。叶爪走过去，跟这位河族学徒碰了碰鼻子。"祝贺你，"她说，"我说得没错吧，一切都会顺利的。"

"是的,你说得没错。"蛾翅眼睛放着光,"现在一切都好了。河族也会知道星族认可了我,以后他们也必须接受我!"

她连蹦带跳地走下斜坡,将跟在后面的猫甩下一大截。叶爪看着她,满腹疑问。蛾翅看到了什么?星族又给炭毛说了什么?这位雷族巫医看起来若有所思,但从她的表情里又看不出任何信息。

叶爪努力控制自己不要颤抖,她满脑子想着她自己收到的幻象。到底是什么力量如此强大,能把四棵树那儿的巨橡之一晃成那样?为什么那些猫会在秃叶季的冰天雪地里长途跋涉?若星族传递给她的是预示着未来的信息,她又该如何解读?

但即使有这么多毫无头绪的事情,叶爪还是满怀希望。星族已经显示给她看了,即使松鼠爪距离森林已经十万八千里了,但她现在平安无事。

请快送她回来吧。叶爪跟随众猫往山下走去,心里默默祈祷,无论他们这趟远行要去何处,请把他们安全带回家。

第十六章

黑莓掌飞奔回树篱，羽尾紧紧跟在后面。直觉告诉他要冲进花园去救同伴，但先前穿越雷鬼路的结果又提醒他要谨慎行事。他奋力挤过灌木，来到一处既能够窥视外面，又能隐蔽自己的地方。

眼前看到的一幕令他心惊肉跳。两脚兽的巢穴旁边，两只庞大的宠物猫已经把暴毛和鸦爪逼进死角。那位风族学徒紧伏在地上，耳朵贴在脑后，嘴唇后缩着厉声咆哮。暴毛则往前伸着一只脚掌，意图用出鞘的利爪恐吓宠物猫。黑莓掌看到这架势，知道不经过一场厮杀他们根本就无法脱身，除非他们直接穿过两脚兽巢穴半开的门。

"万能的星族啊！"羽尾在他耳朵边喘息着，说道，"那两只宠物猫个头比大多数武士都大！"

黑莓掌并不觉得这有多可怕。仅靠高大的体格和光鲜的皮毛，并不足以造就一位武士。他和他的伙伴们毫无疑问会赢得这场战斗，但两只宠物猫是在捍卫自己的领地，而且看样子完全有能力给他们造成伤口——族群猫们如果还想继续旅程，身上带了伤口

午夜追踪
WUYEZHUIZONG

就太过危险。

黑莓掌绷紧肌肉，准备从后面跳到宠物猫身上。但他还没来得及行动，就看到一个火焰般的身影从栅栏上冲了下来，穿过花园。

"松鼠爪，回来！"黑莓掌大声喊道。

这个学徒根本不理会——黑莓掌甚至都不确定她有没有听见自己的话。学徒一头扎进愤怒的猫群中间，冲着最近的那只宠物猫就是一掌。两只宠物猫转过身来，怒声咆哮松鼠爪。

黑莓掌立刻大喊："暴毛！鸦爪！快过来！"

鸦爪蹿过草地，冲到树篱底下后还撞上了羽尾。但暴毛仍待在原地，跟身边的松鼠爪一起冲着步步紧逼的宠物猫尖声吼叫。就在此时，褐皮也从隔壁花园的栅栏顶上出现，随即跳下来加入了战斗。

宠物猫逼近过来，松鼠爪大声骂道："退后！狐狸屎！"

离松鼠爪最近的那只宠物猫一爪朝她挥去，但只擦到了她的胡须。这时，两脚兽巢穴的门猛然打开了，一只母两脚兽走出来，挥舞着胳膊大声呼喊。两只宠物猫飞快地沿着两脚兽巢穴跑开了，几只族群猫也飞奔着钻进树篱藏了起来。两脚兽往他们的方向看了一小会儿，然后才退回巢穴里砰地关上门。

"松鼠爪！"这位学徒刚打着滑站住脚，黑莓掌就冲她嘶吼道，"刚刚你在想什么？那两只宠物猫能把你的皮都撕下来。"

松鼠爪耸耸肩，不以为然。"不可能，他们做不到。宠物猫

们都是些软蛋。"她说,"反正还有暴毛和鸦爪在。"

"黑莓掌,不要责怪她。"暴毛闪闪发光的琥珀色双眼盯着松鼠爪,"我从未见过如此勇敢的举动。"

羽尾低声同意,黑莓掌感觉有点不是滋味。褐皮也对这只年轻猫点头表示赞许,只有鸦爪表现得有点生气,也许是觉得松鼠爪表现得比他好,也许是后悔在危急时刻听从了黑莓掌的命令。

"我从没说过她不勇敢,"黑莓掌急于为自己辩护,"我只是认为她行动之前应当先想一想。我们还有很长的路要走,要是有任何一只猫受伤了,我们全体都会受到拖累。"

"得了,现在我们不都好好的嘛!"褐皮说道,"我们赶快走吧。"

黑莓掌带着大家,回到先前他和羽尾等候的那片荒地。此时太阳已经落山,但是道道红光仍渲染在天空中,指出了他们要走的方向。

"我们可以在这里过夜,"羽尾提议道,"这里可以藏身,还可以捕食猎物。"

"这儿离两脚兽的巢穴太近了,"暴毛不同意,"我们横穿雷鬼路到那边的原野上,就能找个更安全的地方。"

大家谁都没有反对。感谢星族保佑,他们很轻松地穿过了第二条雷鬼路。暮色苍茫,他们开始穿越原野。地面高低不平,时不时会遇到烂泥地,也会有石头挡道。这里似乎曾有两脚兽的巢穴,两脚兽却任由它沦为废墟。

午夜追踪

他们来到一片坍塌的断墙边时,天已经黑了下来。蕨丛与杂草扎根在裂隙间,为他们提供了栖身之处,倒下的石头上满是青苔。

"这里看起来不错,"暴毛说道,"我们就在这儿休息吧。"

"噢,好啊,就在这儿吧!"松鼠爪很赞同,"我太累了,脚掌都快从腿上掉下来了!"

"哼,我倒是觉得我们应该再往前走一点。"鸦爪固执地表示反对。黑莓掌不禁怀疑他是故意在找碴儿。"这里没有猎物的气息。"鸦爪又补充了一句。

"我们今天已经走了很长的路,"黑莓掌说,"如果再往前走,说不定又会碰上什么麻烦,没准就不得不在露天地里过夜了。不过我们还是先察看一下附近吧,免得又冒出什么东西。确保附近没有獾或者狐狸什么的筑了巢。"

几只猫都表示同意,只有鸦爪仍不高兴地嘟囔着。松鼠爪跑到墙的另一边察看。黑莓掌起身跟了上去。他绷紧了神经,生怕松鼠爪再遇到什么麻烦,却只见松鼠爪绕着成行的小石头蹦蹦跳跳地跑了回来。

"这地方真棒!"松鼠爪说着甩掉胡须上的水珠。黑莓掌实在想不通,她那旺盛的精力都是打哪儿来的。"墙那边有个水坑,水很多。"松鼠爪高兴地说道。

"有水?带我去看看,"褐皮说着,朝松鼠爪指的方向一路小跑,"我嘴巴干得像上个季节剩下的叶子。"

过了片刻，褐皮回来了。她竖着尾巴上的毛，怒气腾腾地大步走到松鼠爪面前。"这个玩笑开得够恶心！"她吼道。

松鼠爪一脸困惑："玩笑？我听不明白你的意思？"

褐皮啐了一口说："那水根本没法喝！里面全是盐啊什么的。"

"不是啊，不是咸的！"松鼠爪反驳道，"我刚才喝得很爽的，那水可清甜了。"

褐皮转身走开了，气冲冲地扯了几根含有汁液的草秆放进嘴里嚼着。暴毛担心地看了松鼠爪一眼。"你们都在这儿等一下。"他说。过了片刻，他回来了，水珠垂在胡须上闪闪发光。"没有啊，水很好喝。"他报告道。

"那为什么我喝出一嘴盐味？"褐皮问道。

一阵战栗顺着黑莓掌的脊梁传了下去。"这会不会……"他开口，盯着几只猫一个一个看过去，吞咽一口，"这会不会是星族的信号，告诉我们寻找太阳沉没之地正是我们该做的事情？你们还记得吗，我在梦中梦到的也全是咸水。"

四位被星族选中的猫面面相觑，瞪大了眼睛，眼里充满了敬畏，还有忧虑，至少在黑莓掌看来如此。

"如果你想的是对的，"羽尾低声说，"这意味着星族一直在关注着我们。"她环顾四周，好像期待看到有星光跃动的身形从黑暗的原野中向他们走来。

黑莓掌的爪子紧紧抠进土里，感觉需要把自己铆在某个真实

而坚固的东西上。"那这就是好迹象了。"他说道。

"那为什么不是我们全都收到信号呢?"鸦爪质疑道,"为什么只让你们俩接收到?"

"也许以后我们也会收到,"羽尾用尾巴扫过鸦爪的身子,说出了她的看法,"也许它们发出这个信号是想让我们知道,我们走的路是正确的。"

"也许吧。"鸦爪生气地耸耸肩,径自走开,卧在墙根儿下蜷成一团。

其余的同伴也都各自找地方安顿下来。黑莓掌很是想念乌爪谷仓里的老鼠——这里没有猎物的气味,他们都得饿着肚子睡觉。那第二天他们就得先花些时间捕食,才能继续旅途。

银毛星带的第一缕星光开始在黑莓掌头顶上空闪烁。"星族的武士祖灵们啊,"睡意蒙眬的他心里祈祷着,"请在旅途中看顾我们,给予指引吧。"

要是我现在能和你们对话多好。他心想,我希望可以问问你们,我们现在的所作所为,是否真的正确?我们又为什么必须走那么远的路?我真希望还可以询问,你们预见森林面临的劫难,又到底是什么?

天上的繁星更加耀眼了,但却始终没有答案。

第十七章

一只脚掌不住捅着黑莓掌身侧,他猛地醒了过来。

松鼠爪声音急切:"快醒醒,黑莓掌!羽尾和鸦爪——他们不见了!"

黑莓掌坐起身,眨着眼睛张望了一下。褐皮已经起来了,暴毛刚从他之前在蕨丛下搭的窝里面走出来。松鼠爪说得没错,羽尾和鸦爪踪影全无。

黑莓掌有点头晕,挣扎着站起来。太阳已经从地平线上升起,蔚蓝的天空上点缀着朵朵白云。强风劲吹,让原野上的草丛起伏不休,但风中却一点也没有那两只消失了的猫的气味。几个心跳的时间里,黑莓掌想他们是不是回家了。他俩没有接收到星族发来的咸水信号——会不会就因此觉得已被星族判定不适合这项使命,于是放弃了?要是羽尾和鸦爪真的已经转身回去了,继续前行的猫里仅剩他和褐皮是被选中的,那还能成功吗?

很快他就意识到这个想法有点傻。鸦爪也许会那样想,但羽尾绝对不可能,不管这两只猫去了哪里,他们肯定都在一起。周围没有任何可疑的气味,所以他们也不像是被掠食者捉走了,更

午夜追踪

何况如果有危险，引起的喧闹一定会吵醒他们几个。

"看看他们是不是去水坑喝水了。"他提示松鼠爪，但她仍旧用那绿眼睛惊慌地看着他。

"我已经看过了，"松鼠爪说道，"我又不是鼠脑子。"

"没有？好的，那么……"黑莓掌疯狂地往四下里张望，迫切想要找出对策。就在这时，两个身影映入眼帘，一个是浅灰色，一个是深烟灰色，正穿过原野跑过来。风朝断墙这边吹过来，远远地带来了他们的气息。"他们在那儿！"黑莓掌叫道。

羽尾和鸦爪迈着轻快的步伐一路小跑着过来，跳上石堆。他俩都满嘴的猎物，一副心满意足的神情。

"你们去哪儿了？"黑莓掌质问道，"我们都在担心你俩。"

"你不该出去瞎逛的。"暴毛朝妹妹补充了一句。

"我们看着像瞎逛吗？"鸦爪丢下叼着的两只老鼠，怒气冲冲地说，"你们都睡得跟冬天的刺猬一样，呼噜长呼噜短的，所以我们就先出去狩猎了。"

"那边还有的是猎物。"羽尾用尾巴指了指那边地里的灌木丛说，"我们捕获了一大堆，但还得去把剩下的拿回来。"

"让这帮懒家伙自己去拿好了。"鸦爪嘀咕道。

"我们当然会去帮忙拿的，"新鲜猎物的味道让黑莓掌嘴里早就开始流口水了，"干得漂亮！你们坐下吃吧，我们去取剩下的。"

鸦爪已经趴在地上，正准备从老鼠身上咬下一口。"你说话

195

的语气别搞得像你是我们的老师一样。"他不满地说。

鸦爪显然是故意挑衅,黑莓掌也不跟他计较。尽管这只年轻猫不好相处,但黑莓掌还是情不自禁地感到乐观。在两脚兽的花园里遇到危险,他们全身而退,而褐皮接收到的信号表明他们仍然正确追随着星族的意愿,而现在又有一顿美餐可以享用。带头朝那灌木丛走去时,他坚定地认为目前一切都很好。

"那些是什么?"黑莓掌问道。

自从在两脚兽的花园里上演惊魂一幕之后,又过去了三天。这三天里,几只猫天天都在农场之间跋涉,避开那些零散分布的两脚兽巢穴,他们遇到的威胁性动物顶多也就是羊。但此刻他们蜷缩在一条沟里,这条沟顺着两块地之间的树篱往前延伸着。他们探出头,盯着远处的两头动物,黑莓掌这辈子都没见过比这更大的动物,它们在原野上来回奔跑着,不断地打着响鼻,甩动头颅,巨大的蹄子踩得地面都在震动。

"那是马。"鸦爪得意地答道——好不容易逮着个机会,碰上了他知道而黑莓掌不知道的东西,他骄傲得眼睛都在发亮,"它们有时候会跑过我们的领地,背上还骑着两脚兽。"

黑莓掌从没听过这么离谱的事情。"我猜即便是两脚兽有时候也会想要有四条腿吧!"他开玩笑道。

鸦爪耸耸肩。

"我们可以走了吗?"松鼠爪可怜兮兮地说,"这沟里有水,

午夜追踪

我的尾巴都湿了。"

"好,我们走吧,"黑莓掌嘀咕道,"但我可不想被它们踩成肉泥。"

"我觉得那些马对我们没什么威胁,"暴毛说道,"河族领地的边缘有一个农场,我们在那儿见过它们,它们从不多看我们一眼。"

"如果它们踩到了我们,那也不会是故意的。"羽尾补充道。

黑莓掌并没有觉得安心一点,它们的蹄子看着就像一块久经风霜的石头,随便一踩就足以把他们的脊椎骨踩碎。

"我们只需趁它们跑到牧场另一端的时候,赶紧跑过去就行了,"褐皮说道,"我觉得它们不会追赶我们。它们一定很愚蠢,否则怎么会让两脚兽骑在它们背上呢?"

"好。"黑莓掌觉得这话有道理,"从这个牧场直插过去,再通过对面那排树篱。看在星族的分上,这次可千万不要又跑散了。"

于是,他们等着,直到那些马全跑到了牧场的那一边。

"跑!"黑莓掌高声喊道。

他带头冲进旷野,风冲刷过他身上的每一根毛,他感觉到同伴们在他身边一起往前跑。他好像听见马的巨蹄重击地面的声音,但他不敢慢下脚步看一眼。接着,他跃过隔开原野和树篱之间的沟壑,一头钻进低矮的灌木丛躲了起来。

他小心翼翼地探头出去张望,看到同伴也都安全到达了。"太

好了！"他说道，"我觉得我们开始慢慢上道了。"

"也该是时候了。"鸦爪很不以为然。

紧挨着的那片原野里也有一些个头很大的动物，它们站在几棵树的树荫下，甩着尾巴，嘴里咀嚼着青草。这些是牛——黑莓掌还是学徒时，在前往高石山的路上路过乌爪的谷仓，就在谷仓附近见过这种动物。它们的皮毛光滑，黑白相间，大大的眼睛宛如煤黑色的水潭。

那些牛似乎根本不在意他们，因此这群猫得以慢悠悠地穿越这片原野。他们从又深又凉的长草中穿过时，一直留意着那些牛的动静。已是接近日高时分了，黑莓掌很想歇下脚来打个盹儿，但他也清楚他们必须抓紧时间赶路。他不断观察着太阳在天空中的位置，急切地盼望它赶紧西沉，这样就能确定他们行进的方向是否正确。太阳与地平线相接的地方，就是太阳沉没之地的方向。更让黑莓掌担心的是，如果天上出现云层遮住了太阳，那可就完全没办法判断方向了。他努力不去想这些，只希望好天气能持续下去。

离开牛群后，他们进入了一片看不到对面的广阔原野。这片田野上长的不是草，而是像乌爪谷仓里的稻草一样的黄色秸秆，这些秸秆又韧又密，被剪得短短的，踩在上面又硬又扎。他们听见有两脚兽的怪物在远处吼叫不休。

"声音在那边。"松鼠爪跳上树篱里一棵接骨木树的矮枝，远远眺望，"有一只巨大的怪物，就在原野里！可这附近没有雷

午夜追踪
WUYEZHUIZONG

鬼路啊!"

"什么?不可能!"黑莓掌跳到她身边的树枝上。他惊愕地发觉松鼠爪说得没错。这个怪物远远大过雷鬼路上的大多数怪物,它正吼叫着慢慢穿过原野,周身缠绕着某种云雾,在空气中搅起飞旋的黄色尘土。

"满意了?"松鼠爪讽刺地问道。

"抱歉。"黑莓掌跳下树回到同伴身边,"松鼠爪说得没错,田野里确实有一个怪物。"

"那我们最好在它没看见我们之前赶紧上路。"暴毛说道。

"它们本该待在雷鬼路上的啊。"羽尾埋怨道,"太不合理了!"

鸦爪小心地拍了一下田野里浓密而尖锐的秸秆。"这可不是什么好东西,"他啐道,"要是从这上面走过去,我们的掌垫都好不了。我们得沿着边缘走。"

他说话的时候瞪着其他猫,以为有谁会反驳他,但大家都没有说话,只有羽尾表示赞同的低声回应。黑莓掌也觉得鸦爪出了个好主意,要是他在提出来的时候,能别表现得那么好斗就好了。

这位风族学徒走在前面,几个同伴跟着他。他们一直靠在树篱边上行走,以便于在怪物追来时迅速躲避。在树篱和坚硬的黄色秸秆之间有一道长满草的狭长地带,刚好够几只猫排成一列行走。

"看那儿!"褐皮惊呼道。

褐皮扭过耳朵，指向一只蜷缩在尖锐秸秆间的老鼠。那老鼠正忙着啃食散落在地面上的种子。其他猫还没反应过来，松鼠爪已经扑了过去，在咔嚓作响的秸秆间翻了一个滚，再站起来时，嘴里已经多了一只老鼠。

"给你，"松鼠爪把老鼠放在褐皮面前说，"是你先看见的。"

"我可以自己抓到猎物，谢了。"褐皮冷淡地说。

现在，黑莓掌总算知道要寻找的目标了。他发现秸秆间有很多的老鼠在四下奔忙，用散落的种子填饱肚皮。这简直是星族送给他们饱餐的机会。松鼠爪吃完以后，黑莓掌就叫她爬到一棵树上去放哨，如果怪物改变方向朝他们这边过来，就赶紧报信。

但怪物一直在远处。再次上路时，腹中的猎物让黑莓掌觉得更有力量了，也觉得更有希望了，尤其是当太阳开始下落时，他便可以确定前进的方向了。没过多久，他们就离开了这片奇怪扎脚的原野，接下去的路好走多了。白日的热气让空气都变得沉滞起来，蜜蜂在草丛里嗡嗡叫着，一只蝴蝶飞过，松鼠爪拿脚掌去拍打，但她神情困倦，根本追不上。

快要接近草甸边缘的时候，褐皮走在了前面，暴毛和松鼠爪紧随其后，接着是鸦爪和羽尾。黑莓掌走在队伍后面，提防着可能出现的危险。

这里没有树篱，但两脚兽在这儿用某种纤细闪亮的东西搭建了栅栏。栅栏像是扭结的小树枝交缠成的网状，只是网格形状很规整。网格太小，根本钻不过去，但栅栏底下有一道缝，猫可以

午夜追踪

贴地放平身体，从下面挤过去。

黑莓掌从下面钻了过去，感觉栅栏刚蹭着他的后背。暴毛在他旁边也跟着钻了过去。黑莓掌刚直起身，就听到一声凶狠的号叫从远处的栅栏底下传了过来。

"我被挂住了！"

是松鼠爪的声音。黑莓掌叹了口气，和暴毛一起沿着栅栏向她走去。鸦爪和羽尾已经站在这位年轻的学徒身边，褐皮也随后来了。

"喂，你们还看什么看啊？"松鼠爪叫道，"把我弄出去啊！"

这位暗姜黄色的学徒肚子平贴着栅栏下的地面，身子刚刚过了一半。原来她要钻过这处的栅栏网格松散开了，细枝末端和她的毛缠在一起。她一挣扎，细枝尖锐的末端就往她皮毛里扎，让她疼得尖叫出声。

"别动。"黑莓掌嘱咐道。他转过身，研究起那坚固的木条桩来。"让我们想想看怎么办。也许可以这样，我们把这根木桩挖出来，这样栅栏就会松了。"但那根木桩埋在地下，看起来相当牢固，但如果大家齐心协力……

"咬断栅栏网也许更快点。"暴毛说着就用门牙使劲撕扯着那网眼，但根本扯不动。他直起身，啐了一口："不行，太结实了。"

"我早猜到了。"鸦爪说道，"咬那个还不如咬断她的毛来把她放出来。"

"别打我身上毛的主意,你这个鼠脑子!"松鼠爪厉声吼道。

这个风族学徒咧开嘴,露出牙齿咆哮一声:"你要是小心点,就不会发生这种事了。我们要是没法把你弄出来,你就老实待在这儿吧。"

"不行,不能留下她!"暴毛转身面对着他,说道,"你们要是不愿意,那我自己守在这儿陪她。"

"好啊。"鸦爪耸耸肩说,"那你就留下吧。我们四个是被星族选中的,就不带你们两个走了。"

暴毛竖起脖子上的毛,压低身子,将重心移到后腿上,腿部肌肉在深灰色的皮毛下鼓胀着蓄势待发——这两只猫间的战斗已是一触即发。这时,黑莓掌发现有两三只绵羊走了过来,直勾勾地瞅着他们,远处还传来尖锐的犬吠。一阵恐慌袭上黑莓掌的心头。他们必须赶快撤离。

"够了!"他挤进两只互相敌视的公猫之间,"谁都不会被丢下的。肯定有办法能把松鼠爪弄出来。"

他转向松鼠爪,看到褐皮和羽尾蹲伏在她身边。羽尾嘴里嚼着羊蹄叶。"老实讲,"她恼火地瞥了一眼黑莓掌,吐出草药,"你们公猫除了爱打架,还会做别的事情吗?"

"这是他们的特长啊。"褐皮说着,眼里闪过一丝戏谑,"好了,把羊蹄叶抹在她的毛上。它们能让皮毛更容易滑出来。吸口气,松鼠爪。你一定是老鼠吃多了。"

黑莓掌站在旁边看着羽尾把嚼烂的羊蹄叶放在松鼠爪的皮毛

上，一只前爪不断地将它揉进和细枝缠在一起的乱毛上。

"现在再试试！"褐皮对她说。

松鼠爪前爪拼命刨着，后腿蹬地，用力想让自己挤过去。"没有用！"她喘息着说。

"有用，绝对有用。"羽尾的声音很紧张，她用爪子使劲按着松鼠爪的肩膀。因为涂抹了绿色叶糊，松鼠爪的肩膀变得滑溜溜的，"继续用力！"

"快一点！"黑莓掌催促道。

那狗又开始叫了，看热闹的绵羊也四散开来。风载着狗的气味朝他们吹过来，而且越来越强烈。暴毛和鸦爪做好了随时逃跑的准备。

松鼠爪咬紧牙关拼命一挣，突然咻溜一下蹿进了原野里。她那一团暗姜黄色的毛从栅栏细枝下滑脱出来，枝上还挂着几缕毛，可松鼠爪总算是挣脱出来了。她站起来抖抖身子。"谢谢。"她对羽尾和褐皮说道，"这个主意真棒！"

她说得对——黑莓掌真希望这办法是自己想出来的。至少现在可以继续赶路，按照落日所在的方向走就是了。而且必须得快，以免被那狗追上。他领着大家穿过下一片原野，他满怀信心地认为，星族正指引着他们前进的道路。

第二天早上醒来时，天空中密布的浓云让黑莓掌很是沮丧，对星族会为他们引路的信心顿时也有些消退。他一直在担心这个——前些日子的晴好天气也许只是运气而已，如果看不到太阳，他又该如何判断走哪条路呢？

他爬了起来，看到同伴们都还在熟睡中。头天晚上，他们没有找到更合适的地方栖身，就在原野里几棵瘦弱的荆棘树下的凹地里过的夜，头顶没有浓密树冠的情况，让黑莓掌感觉越来越紧张。他以前从没意识到，他和族猫们对树木的依赖如此强烈：捕食、遮风挡雨、藏身，每一样都离不开树木的荫庇。蓝星所说的预言让他更加焦虑了，那焦灼感就像獾的牙齿咬进了脖子一样，简直让他喘不过气。

他脚掌发痒，恨不能立刻就走。他爬出凹地，打量着四周。天色还是灰蒙蒙的——空气很潮湿，眼看就要下雨了。远处有一片树林，还立着更多两脚兽的巢穴。黑莓掌希望他们要走的路不会让他们又回到两脚兽之中。

"黑莓掌！黑莓掌！"

一只猫激动地叫着他的名字。黑莓掌转过身，看到是羽尾沿着凹地的斜坡跑了过来。

"我收到了！"她靠近后大叫着。

"收到什么？"

"咸水的信号！"羽尾愉悦地咕噜起来，"我梦见我们沿着一条石头地走路，水不断地涌上来冲刷着路面。我低头喝了一口，水很咸，然后我就醒了，嘴里还是咸咸的味道。"

"太好了，羽尾。"黑莓掌的焦虑感减轻了一些，星族仍在

守护他们。

"也就是说，只剩鸦爪没收到星族的信号了。"羽尾又说道，她低头看向凹坑底部，黑莓掌刚好能看到睡在一蓬野草上的鸦爪，他蜷成一团，只露出深烟灰色的后背。

"那，我们先别告诉他你做梦的事？"黑莓掌不安地提议道。

"我们不能那么做！"羽尾似乎有点震惊。"他迟早会知道的，他到时候就会认为我们故意骗他。"她想了一下，又补了一句："让我来告诉他吧。我会等到他心情好的时候跟他说。"

黑莓掌哼了一声说："那你可有的等了。"

羽尾忧虑地轻叹了口气，说道："唉，黑莓掌啊，鸦爪其实并不坏。他也不容易，他本来都快要晋升为武士了，却不得不离开森林。我觉得他很孤独——我有暴毛，你有褐皮和松鼠爪。我们几个之前都认识，但鸦爪却是孤零零一个。"

黑莓掌从没有想过这一层。这的确应该被好好考虑一下，只可惜并不能使鸦爪跟大家相处得更容易点，下一次，他还是会在鸡毛蒜皮的小事上与其他猫争执。

"我们都忠于自己的族群，"黑莓掌说，"也忠于那座森林以及武士守则。鸦爪也没什么两样。他现在只不过是一个学徒，如果别总想着当首领，就会好得多。"

羽尾似乎还是很不安："就算你说得没错，可现在只有他一个没有收到星族的信号，他还是会很难受。"

黑莓掌跟羽尾轻轻碰了碰鼻子。"那就由你去说吧，等你觉

得合适的时候。"他四下里看看，补充道，"我们现在去叫醒他们，等确定好方向就马上动身。"

"走那边。"羽尾的语气非常自信，她摇摇尾巴指向原野远端的那片树林，"昨晚夕阳是从那里下落的。"

那以后呢？黑莓掌不知道。如果太阳不出来，他们怎么才能找到该走的路？星族会不会送来别的信息，帮助他们找到太阳沉没之地？他走向凹坑想叫醒同伴时，心里默默向武士祖灵们祈祷着：

请将正确的道路指给我们吧。不管前路有怎样的艰难险阻，都请保佑我们平安。

第十八章

"我们的白屈菜快用完了。"炭毛从岩缝里探出头,"给长尾治眼睛快把所有的白屈菜用光了。你看能不能出去采一些回来?"

叶爪正忙着把雏菊叶嚼成糊,她吐出最后一口药糊,抬起头。"当然可以。"她说,"这些马上就做好了。要不要我顺道带给斑尾?"

"不用了。我最好亲自去给她检查一下。天气变潮以后,她关节疼得厉害。"炭毛走出巢穴,闻了闻嚼碎的雏菊叶,赞许地咕噜一声,"做得很好。你去吧——叫一位武士陪你去。四棵树附近,靠着河族边界那里的白屈菜长得最好。河族对风族还下来喝他们的水很不高兴。"

叶爪很惊讶:"还在那里喝水?下了这么多天雨,他们自己的领地里肯定也有水了。"

炭毛耸耸肩说:"你去和风族说吧。"

叶爪不再去想这件事了,从蕨叶通道钻出去,来到外面的空地上。那两个族群的恩怨跟雷族无关,叶爪最担心的是松鼠爪和

猫武士

黑莓掌。从她目送他们离开以后,已经又过了四次日出了。与松鼠爪的感应告诉她,松鼠爪还活着,但他们在哪里,做什么,她就一无所知了。

早上她还没吃过东西,于是她走向猎物堆,看到栗尾刚吃完一只田鼠。

"嗨!"年轻的玳瑁色武士弹着尾巴,向刚刚挑了一只老鼠,正准备坐下来吃的叶爪打了声招呼。

叶爪招呼回去。"栗尾,"她问道,"你今天早上忙不忙?"

"不忙。"栗尾吞下最后一口田鼠肉,坐起来,心满意足地用舌头舔舔嘴,"你找我有事?"

"炭毛让我去四棵树,沿着河族边界走,去采一些白屈菜。她要我找个武士一块儿去。"

"哦,好啊!"栗尾跳了起来,琥珀色的眼睛里流露出兴奋的亮光,"说不定会撞见风族猫误入我们领地,是不是?那就让他们来试试!"

叶爪笑了,她迅速吃完剩下的鼠肉,说道:"好,我准备好了。我们走吧!"

她们快走到金雀花通道尽头的时候,迎面碰到了火星,他身后跟着蕨毛和雨须。叶爪看到父亲垂着头,耷拉着尾巴,甚至一身火焰色的毛都暗淡无光,心里顿时感觉一阵刺痛。

"还没有消息吗?"栗尾轻声问道。叶爪意识到,栗尾很清楚他们的族长在忙什么。

午夜追踪
WUYEZHUIZONG

火星摇摇头:"一点踪迹也没有。没有气味,没有掌印,什么也没有。他们已经消失了。"

"他们一定已经离开领地好些天了,"蕨毛担忧地说,"我觉得已经没必要再派更多的巡逻队去找他们了。"

"你说得对,蕨毛。"火星重重地叹了口气,"现在他们的命运只能交在星族掌中了。"

叶爪把口鼻靠在父亲侧腹上。火星卷起尾巴,轻抚着她的耳朵,然后慢慢穿过空地。叶爪看到他迎上站在高岩下的沙风,一起往火星的巢穴走去。

当想到自己隐瞒了那么多事情,负罪感顿时袭遍全身——她几乎了解全部内情,非常确定松鼠爪虽然已远离雷族领地,但现在安全无恙——当她跟着栗尾走出营地的时候,身上每一根毛都刺痛不已,让她几乎无法掩饰自己的异样而不被其他猫察觉。

太阳升得更高了,晨雾渐渐消散——今天一定会很热,虽然树上金红色的叶子表明了落叶季的降临。叶爪和栗尾朝四棵树方向出发了。一路上,栗尾冲在前面,对她们路过的每一处灌木和隐蔽的坑洞都做了检查,让叶爪愉悦地咕噜个不停。曾让栗尾的武士命名仪式延迟良久的肩伤已经一点都看不出来了,也看不出她因为比别的学徒多花了一倍时间来赢得武士名号而有丝毫怨恨。虽然她比叶爪年长,但她仍然像幼崽一样精力旺盛。

当她们接近河族边界时,叶爪听到了河水的潺潺声,透过树

林边上矮树丛的间隙，微光闪烁的河水映入她的眼帘。叶爪在炭毛提到的地方找到了一大丛白屈菜，她蹲下来咬断植物的茎秆，想尽可能多地带一些回去。

"我可以帮忙拿一些。"栗尾正朝边界走去，扭过头来主动提议道，"呸——河族的气味标记！闻到这气味，我身上的毛都快打卷了。"

栗尾站住脚，顺着通往河流的斜坡往下看。叶爪还在忙着采集草药，快弄完的时候听见同伴在叫她。

"快来看！"

叶爪跳到栗尾旁边，看到斜坡下有一大群风族猫聚集在河边喝水。她认出其中一个是高星，火星的朋友一根须也在其中。

"他们还真的非要在这条河里喝水啊！"叶爪惊呼道。

"你再看那儿。"栗尾尾巴指向另一个方向，只见河族巡逻队正在通过两脚兽的桥，"要我说，这下子有麻烦了。"

雾脚走在巡逻队的前面，她带着新晋武士鹰霜和一只不认识的老猫，是一只黑毛公猫。他们走下斜坡，在离风族猫几个狐狸身长的距离处停了下来。雾脚喊了些什么，但因为离得太远，叶爪听不见她喊的是什么。

栗尾抽动着尾巴说："真希望我们能再靠近点！"

"我觉得我们还是不要越过边界的好。"叶爪紧张地说。

"嗯，我知道。我只是觉得会有好戏看了，仅此而已。"她的语气中透着急切，仿佛帮助河族解决边界争端的想法对她很有

午夜追踪

吸引力。

此时，雾脚狂怒得竖起了皮毛，尾巴足有平时两倍大。高星离开他的族猫，走到雾脚跟前说话。鹰霜急切地跟河族副族长说着什么，但她摇了摇头。鹰霜退后一步，显得十分生气。

最后，高星回到已经喝完水、准备返回的族猫身边。他们神色从容——在叶爪看来，他们离开像是因为已经喝完水了，而不是因为雾脚的命令。当风族从河族巡逻队身边走过时，几只风族猫故意发出挑衅的嘶嘶声。叶爪能感觉到雾脚正极力阻止她的两个同伴上前干仗，他们明显寡不敌众——叶爪只能猜测雾脚对于不能捍卫自己的族群边界有多么恼火，而这全是拜上次森林大会的协议所赐。

风族猫在四棵树的方向消失了，雾脚带着她的巡逻队沿着河边往下游走去。叶爪一时冲动，大声喊她。河族副族长转头看到她，稍微犹豫了一下就爬上斜坡，来到边界处，站在她和栗尾跟前。

"你们好呀，"雾脚说道，"你们那边狩猎情况如何？"

"很不错，谢谢你。"叶爪回答道。她说着向栗尾使了个眼色，她觉得最好不要提起她们刚才看到的事，"河族一切都好吗？"

雾脚点了下头。"是的，一切都很好，除了……"她停顿了一下，又接着说道，"你们看到暴毛和羽尾了吗？他们四天前从我们的领地消失了。从那以后就没有猫见过他们。"

211

"我们一直追踪到四棵树,但我们不能进入别族的领地去追踪。"鹰霜正好听到他们副族长说的那些话,就补充了两句。那位黑毛武士仍待在之前的地方,不断观察着周边的动静。

鹰霜谦恭地向叶爪和栗尾点点头。他是一只体格威猛的虎斑猫,一身深棕色皮毛光滑发亮。有一个心跳的时间里,叶爪觉得他让自己回忆起以前见过的某只猫——但森林里没有哪只猫拥有他这样冰冷、锐利的蓝眼睛。

"你是什么意思?"叶爪问道,"羽尾和暴毛离开了河族?"

"是的。"雾脚的眼神中透着不安,"我们还以为他们一定是投奔了雷族,跟他们的父亲在一起。"

叶爪摇了摇头说:"我们没见到他俩。"

"但我们也有猫不见了!"栗尾叫道,急切地甩着尾巴,"而且……对,他们也是在四天前走的。"

"什么?"雾脚难以置信地盯着她,"是谁不见了?"

"黑莓掌和松鼠爪。"叶爪微微瑟缩着答道。她真希望栗尾没把这件事情捅出去——直觉告诉她,应该向外族保守他们失踪的事情。但说出去的话如泼出去的水,已经收不回来了。

"是不是被什么东西抓去了?"雾脚几乎是在自问自答,"会是掠食者吗?"她最后颤抖着说:"我记得那些狗……"

"不会,我确信他们不是被抓走的。"叶爪想让雾脚放心,又不想透露那个只有她知道的秘密,"如果有狐狸或獾来过,一定会留下痕迹的,气味也好,粪便也好……反正会有的。"

这位河族副族长还是半信半疑，但栗尾的眼睛却亮了起来。

"如果他们都决定离开森林，那说不定他们是一起走的。"她提出了自己的看法。

雾脚看起来更疑惑了。"我知道羽尾和暴毛有时候会觉得被排挤，因为他们有一个雷族的父亲。"她说道，"而黑莓掌则可能承受着父亲是虎星带来的压力。但松鼠爪……她有什么理由离开自己的家呢？"

因为火和老虎的预言啊。叶爪心想，但她突然想起，松鼠爪对预言的事一无所知，只知道父亲总是不公地苛责她。是黑莓掌梦里的那个预言把松鼠爪送上这趟旅程的。只是现在，叶爪哪个预言都不能说。

"也许别的族群也有猫失踪，"鹰霜说道，"我们应该想办法搞清楚。没准他们比我们知道得更多。"

"你说得对。"雾脚表示赞同。她朝风族猫喝水的那片河岸投去冰冷的目光，又加了一句，"问一下风族很容易。但要想问影族，恐怕得等到下次森林大会了。"

"那也没多长时间了。"叶爪说道。

"你确定跟风族说话很容易吗？"栗尾冒失地问道，像是在逼雾脚承认，直到现在风族仍在河族境内自由喝水。

雾脚后退一步，突然威严起来，眼神冰冷，灼灼闪光。她不再忧虑地跟叶爪交流她的不安，又恢复了河族副族长的气势，捍卫着族群的弱点所在。"我猜你们看见了刚才发生的情况。"她

嘶吼道，"高星破坏了他跟豹星之间协议的精神。豹星允许他们来我们的河里喝水，是因为他们自己领地内没有水。高星很清楚这一点。"

"我们该把他们赶出去！"鹰霜的语气非常强硬，他那冰蓝色的眼睛冷冷地盯着风族猫消失的方向。

"你知道豹星不准我们这么做的。"听起来雾脚跟豹星之前就发生过争论，"豹星说，不管高星怎么做，她都会信守诺言。"

鹰霜低头表示同意，但叶爪注意到，他的爪子攥紧又松开，仿佛恨不得要将那些入侵本族领地的猫扒了皮。不管他是否出生在森林里，鹰霜已经成长为一位强大的武士。叶爪心里想，同他的妹妹蛾翅一样，他成长的道路也非比寻常。

"代我向蛾翅问好。"叶爪对鹰霜说道。突然，她想起了什么，又转身冲向那丛白屈菜，叼了一些刚才咬下的茎秆，急匆匆地转回来放到鹰霜的爪下。"她可能用得着这些，"她告诉鹰霜，"炭毛用它来治疗猫的眼病，我们这边的可能长得要好一些。"

"谢谢你。"鹰霜回答道，点头以示感激。

"我们该回家了。"雾脚说，"叶爪，你把暴毛和羽尾的事跟你父亲讲一下，要是他知道什么消息，请他知会我们一下。"

"好，雾脚，我会跟他说的。"

叶爪目送着河族巡逻队向河流上游走远，负罪感又涌上了心头。作为唯一对两个预言都知情的猫，她感觉重担又一次压在她的心头——一个预言将黑莓掌和松鼠爪送上不知终点何在的旅

午夜追踪
WUYEZHUIZONG

程,另一个预言则让火星深信他们俩牵扯到族群的毁灭——只可惜她的学识有限。星族也并未选中她来告知森林的命运。月圆之夜快到了,下一次森林大会就要来临,届时高悬的明月能否稍微阐明她心底那些秘不可宣的问题,叶爪一点底都没有。

当叶爪和栗尾满载着白屈菜回到营地的时候,太阳已经快升到头顶了。

"我们最好跟火星汇报一下,"她们把草药交给炭毛后,栗尾说道,"河族也失踪了两只猫这个情况,应该让他知道。"

叶爪点点头,带着栗尾朝高岩下方父亲的巢穴走去。空地上到处都是猫在晒太阳,享受着落叶季初期的最后一点温暖。蛛爪和白爪四肢伸展,躺在遮蔽着巢穴的蕨丛的阴影里;云尾和亮心在一片阳光里相互舌抚;香薇云坐在育婴室外面,身旁是尘毛,他俩一起看着正玩得起劲的幼崽们。

一阵悲伤涌上叶爪心头。眼前一片太平,仿佛黑莓掌和松鼠爪从来都不属于雷族的一部分,他们就如同两只掉进河里的猫一样,随着河水没过头顶,也消失在了大家的视线之外。

等到两只猫走到火星巢穴跟前呼喊他时,叶爪心中的悲伤才消退了些。听到火星叫她们进去,叶爪才穿过苔藓帘子,看到父亲蜷缩在窝里,副族长灰条坐在他旁边,两只猫眼里满溢的忧虑才让叶爪相信,自己的妹妹和黑莓掌并没有被遗忘。

"我们有新消息要汇报。"栗尾一进去就说。她把雾脚告诉

215

她们的关于羽尾和暴毛失踪的事详细说了一遍。

火星和灰条眯起了眼睛,副族长更是直接跳起身来,似乎想立刻冲出去寻找他那两个失踪的孩子。

"如果是狐狸掳走了他们,那我一定会找到它,剥了它的皮!"灰条咆哮着说。

火星仍待在自己的窝里,但伸出了爪子,仿佛是无论谁偷走了他的女儿,他都会立刻把它撕成碎片。"该不会是那些狗又回来了吧?"他喃喃道,"难道说我们这辈子还得跟它们再恶斗上一场?"

"不会的,没有这样的迹象。"叶爪想让火星安心,"羽尾和暴毛一定是和黑莓掌还有松鼠爪他们一起走的,这……这说明他们一定有非走不可的理由。"她拼命想,她有多少信息能提供给两位焦急的父亲,又不泄露她可能知道的更多内情。到目前为止,她在月亮石看到的那个关于远行猫的幻象,她甚至跟炭毛都只字未提,但现在,她知道自己非说不可了。自己并没有违背诺言,她这样告诉自己——她没有透露任何黑莓掌和松鼠爪在森林里告诉她的事情。

"火星,"她犹豫再三,说道,"你知道我跟松鼠爪的关系有多亲近吧?这么说吧,有时候,我能感应得到她在做什么,哪怕她离我很远很远。"

火星惊异得睁大了眼睛。"这不可能!"他倒抽一口气说,"我知道你们俩很亲近,但这……"

午夜追踪

"是真的,我发誓。那晚我去月亮石时,星族给我送来了她的幻象,"叶爪接着说,"她平安无事,还有几只猫也跟她在一起。"她迎向父亲紧张的目光,看得出火星很想相信她。"松鼠爪还活着,"她最后说道,"其他猫一定跟她在一起。四只猫一起总比两只猫更安全。"

火星眨了下眼睛,神情迷惑:"愿星族保佑你是对的。"

灰条琥珀色的眼睛仍然流露着担忧和疑虑。"就算那是真的,可他们又为什么连去向都不说一声就离开了呢?或者告诉我们离开的原因也好啊!"他继续问道,"如果暴毛和羽尾有什么麻烦,他们为什么不先来找我?"

"我们觉得其他族群也可能有猫不见了,"栗尾说,"我们应该去打听打听。"

火星和灰条对视了一眼。"有可能。"火星说道——叶爪听得出来,火星是在强装镇定,好听起来果断些,让自己更像一位族长,而不是一位绝望而焦灼的父亲——"到下一次森林大会也没有几天了。"

"星族会保佑他们都平安的!"灰条热切地加了一句。

叶爪怀疑灰条根本就对自己的祈祷没信心——他很清楚森林之外潜藏着多少危险。叶爪离开父亲的巢穴时,压在心中的秘密像副担子一样,让她越发感到沉重。她是森林里唯一知道两个预言的猫,并且对每个预言的内容一清二楚。

但我只是一位学徒,她焦灼地告诉自己,我只不过是偶然知

道的,并非武士祖灵们将我选中,亲自将消息传递给我。星族到底想要我做什么呢?

那一晚,叶爪久久难以入睡。她躺在蕨叶铺垫的窝里辗转反侧,直到银毛星带都在头顶上空散发出清冷的光辉。她很想知道那几只远行的猫现在的情况,但却一点办法也没有。

最后,她终于无意识地睡着了,却发现自己处于昏暗之中,惊慌失措地奔跑着,不停地穿梭于黑暗的树林中。

"松鼠爪!松鼠爪!"她气喘吁吁地喊着。

回答她的只有猫头鹰的鸣叫和狐狸的吠声。死亡在她爪下粗声喘息,伴随她跨出的每一步,每一次扭身,每一次转弯而越来越近,她知道,自己已经无路可逃。

第十九章

黑莓掌在树林里惊慌失措地狂奔,为了逃命疯了一般前后折转。他能听见身后那条狗沙哑的叫声。当时,他和几个同伴刚到树林,灌木丛里突然蹿出来一条狗,对他们穷追不舍。他回头瞄了一眼,只见那瘦削的黑影从一堆蕨叶里猛冲出来,舌头耷拉在外面。他几乎能感受到那口锋利的白牙在他皮毛下狠狠合拢的滋味。

"星族救救我们!"在他身旁一起左奔右突的羽尾上气不接下气地说。

他们落在了其他猫的后面,这时,他听见前方传来了恐怖的叫声。

"快躲起来!"他大叫道,"试试把它甩掉!"

那狗又开始吠叫,黑莓掌听见远处传来了两脚兽的呼喊。追他的那条狗不见了。黑莓掌放慢脚步,一阵解脱的快感充斥着全身——那只畜生肯定回到它的两脚兽那儿了。

就在这时,他又听见那狗抽着鼻子呼吸的声音,狗从一棵倒树的树干后面又蹿了出来。有一个心跳的时间里,黑莓掌刚好对

猫武士

上那双烈焰一般的双眼。黑莓掌转身就逃,狗的狂叫声再次响起,他在树林间拔足狂奔。

他害怕极了,脑子里一片混乱。他想起火星和雷族其他猫曾引诱野狗群,穿过森林直至掉进峡谷淹死的往事。但他和同伴要怎么才能在自己毫不了解的地方,把这条狗引走啊?

"快往树上爬!"他大吼道,希望同伴们能在愈加响亮的狗叫声中听见他的话。

他一边跑一边向上看。但是每棵树的树干似乎都是光溜溜的,也没长有矮枝。他也不能停下来去找——那畜生立马就会逮住他。它会不会已经抓住了哪位同伴?会不会有同伴受了当初亮心那样的重伤,或者更糟,丢了性命?

他的喘息在喉咙里呼哧作响,脚掌像着了火似的,每跑一步就火辣辣的疼。他知道自己快坚持不住了。这时,突然有个声音从上方某处冲他嘶鸣:"上来——快!"

黑莓掌滑步在一棵缠满常春藤的树边停下,上面有一双闪亮的眼睛正俯视着他。几乎就在同时,那狗从黑莓掌身后的一团荆棘中冲了出来。黑莓掌吓得大叫一声,一跃而起,疯狂扒住常春藤的藤蔓。但那藤蔓禁不住他的体重,松散开来,有一瞬间,黑莓掌的心跳都停止了,无助地悬垂在空中。狗拼命朝上跳,黑莓掌听到它牙齿咬合发出的脆响,火热的呼吸冲刷着他的皮毛。

黑莓掌总算是把爪子插进了一根更强韧些的藤条,赶紧就把身子往上拉回去。松鼠爪也出现在了树下,她从狗鼻子旁边一闪

而过爬上树来。她从黑莓掌旁边超过去，攀到一根树枝上，身子颤抖着缩成一团。黑莓掌爬上来，蹲在她的身旁。

他看到暴毛和褐皮抓着另一根树枝，就在他头顶上方，而鸦爪也从树干的另一侧爬了上来，和他们聚到一起。

"羽尾！"黑莓掌喘着气大喊道，"羽尾在哪儿？"

那狗在树底下用两条后腿站着，离黑莓掌不到一个狐狸身长的距离。狗的爪子撕扯着下面的藤蔓，凶猛地咆哮个不停，口水都从嘴里滴了下来。两脚兽的呼喊声再次传来，但离得很远。

接着，黑莓掌发现了羽尾，她就蜷缩在那狗身后的荆棘丛中，惊恐地盯着外面。如果她想跑到树这边来避难，那狗一定会半道上把她逮住撕成碎片。还有多久，黑莓掌心里盘算着，狗就能闻出她的气味？

突然，他听到鸦爪狂怒地啐了一口："狐狸屎！我受够了。"这位风族学徒纵身从树上跳了下去，从狗身边险险擦过，堪堪落到狗的身后。狗一下子转过身追了上去，爪子刨过地上的枯枝败叶。趁它分神之际，羽尾飞快地蹿出荆棘丛，猛奔过空地，不顾一切地跳向一根细细的树枝。树枝经受不住她的重量，危险地不住晃动着。

"鸦爪！"黑莓掌大声喊着。

那只深烟灰色的公猫已经消失在灌木间。黑莓掌只能听见狗的冲撞声和发疯般的狂叫，以及两脚兽越来越近的呼喊声。随后，鸦爪又出现了，他肚子紧贴着地面，竭尽全力往树这儿跑过来。

狗喘着粗气在后面紧追不放。黑莓掌紧张地紧紧闭上了眼睛,当他再次睁开时,正好看到鸦爪飞身一跃,将爪子插进常春藤里。

此时,一只两脚兽笨重地走进这块空地,冲过去揪住狗的项圈。它满脸通红,凶恶地吼叫着。那狗向旁边躲了一下,但两脚兽还是抓住了它,在它的项圈上扣了一个皮带。被拖拽着离开时,狗的狂叫变成了呜咽,它挣扎个不停,抓挠着混杂野草和树叶的腐土,很不甘心就这样放弃自己的猎物。

"谢谢你,鸦爪!"羽尾喘着气,仍然抓着那摇摇晃晃的树枝说,"你救了我的命!"

"没错,你救了她,"黑莓掌说道,"做得好!"

鸦爪往上爬,一直爬到黑莓掌和松鼠爪旁边的树枝上。"大蛮兽。"鸦爪小声说道,似乎有些不好意思,"被自己的脚掌给绊倒了。"

羽尾盯着他,一双满怀惊吓的蓝眼瞪得如两轮满月。"要不是你来帮我,那狗绝对已经把我抓住了。"她轻声说道。

黑莓掌的恐惧渐渐退去,他这才想起一开始叫他爬上树的声音,那并非某一只族群猫发出的。于是,他再度仰起头,在他头顶上方不远处的树叶间,看到了一双闪闪发光的眼睛。然后,树叶窸窣起来,一只陌生的猫从中现身。

那是一只虎斑公猫,又老又胖,一身的毛十分凌乱,就好像他从来没有打理过似的。他从树上爬下来加入这六只旅行猫时,动作很缓慢,小心翼翼的。

午夜追踪

"喂，"他嘶哑着声音说道，"你们这群好小子，倒真是聪明啊。难道你们不知道每天日出这会儿，那狗就会被放出来乱跑吗？"

"我们怎么会知道？"褐皮反诘道，"我们以前从没来过这儿。"

那只公猫冲她眨眨眼说："没必要这么暴躁。下次你们就知道了，是不是？路上要躲着它。"

"不会有下次了，"暴毛说，"我们只是路过这儿。"

"谢谢你帮助我们，"黑莓掌补了一句，"我还以为我们肯定逃不掉了呢。"

那虎斑猫没有理会他的致谢。"只是路过，嗯？我敢打赌，你们一定有精彩的故事可讲。停下来歇会儿，讲给我听听怎么样？"他站起来绷紧身子，准备跳到空地上。

"要下去吗？"松鼠爪紧张地说，"如果那狗又回来了怎么办？"

"不会的，它现在已经回家了。来吧。"

这只老猫从缠满常春藤的树干上往下爬，到了离地约一狐狸身长的地方，他直接跳了下去，动作完全谈不上优雅。他仰脸往上看，张大嘴打了个哈欠："来不来？"

黑莓掌跟在后面跳了下来——不管这只猫是长老还是宠物猫，或者其他什么猫，黑莓掌都不想让他显得比武士们还勇敢。几位同伴也都跟着跳了下来，聚成一团，带着疑虑打量这位陌生者。

"你是谁?"暴毛问道,"你是宠物猫吗?"

老猫一脸茫然:"宠物猫?"

"就是跟两脚兽生活在一起的猫。"松鼠爪不耐烦地说。

"两脚兽?"

"哦,我们还是走吧,"鸦爪轻蔑地扭扭耳朵,"他脑子里进蜜蜂了。跟他讲话说不出个所以然的。"

"你说谁连所以然都弄不清,小子?"虎斑公猫说话的声音变为低沉的轻吼。他伸出爪子,刺入脚掌下的落叶。

"对不起。"黑莓掌连忙说,并狠狠瞪了鸦爪一眼——这位学徒刚才可能是展现出了了不起的勇气,但却丝毫没减少他的讨厌劲。黑莓掌转向老猫解释道:"两脚兽,就像刚才抓走那条狗的家伙那样的。"

"哦,你们说的是直行兽。你怎么不早说呢?不,我没有跟直行兽一起生活。准确说起来的话,以前倒是这样过。那可叫个舒坦日子啊!"他靠着树坐下来,视线凝在远方,好像在回想年轻时的自己,"睡在暖暖的火堆边,好吃的东西有的是。"

黑莓掌并不觉得自己会认同他的想法。火星总是说,宠物猫们吃的食物根本无法跟自己抓到的新鲜猎物相比。至于说睡在火堆边……黑莓掌想起曾席卷雷族营地的大火,恐慌的记忆让他皮毛刺痛。

"说到食物,"鸦爪大声地说,"我们得去捕猎了。这树林里总有哪儿会有猎物吧。嘿,你……"那老猫已经不知不觉地打

起了瞌睡，鸦爪伸出爪子捅捅他问："这周围都有些什么猎物？"

虎斑猫睁开一只琥珀色的眼睛。"这些年轻猫啊。"他嘀咕道，"老是风风火火的。没必要费劲去抓那些吱吱叫，只要你知道上哪儿吃饭就行。"

"可我们不知道。"松鼠爪性急地往后弹了一下耳朵。

"拜托，你可以告诉我们吗？"羽尾央求着老猫，"我们对这儿很陌生，不知道那个好地方。我们已经走了很长的路，都已经饿坏了。"

她那温柔的语气和清澈蓝眼睛里恳求的神态似乎让老猫很是受用。"我说不定会告诉你。"他这样答着，抬起一只后爪狠命挠了挠耳朵后面。

"你真是太好了。"暴毛加了一句，走过来站到妹妹身边。

老猫打量着他们，目光从他们脸上一一经过，最后落在黑莓掌身上。"你们有六个。"他说，"可要不少吃的才能喂饱。你们到底是谁啊？为什么没有自己的直行兽呢？"

"我们是武士。"黑莓掌解释道，他向老猫一一介绍自己和同伴。"我猜想你是一位独行猫。"他最后说道，"毕竟你都说了自己过日子不跟着两脚兽——我是说直行兽。"他尽量让自己听起来和羽尾一样温和有礼，又补充了一句："能告诉我们你的名字吗？"

"名字？别想当然地就觉得我有名字了。直行兽给我提供食物，但我从不留在它们中哪一个的身边。它们用不同的名字叫

我——你总不可能期望我记住那么多名字吧。"

"那你一开始总有个名字吧？"松鼠爪继续问道，并冲着黑莓掌翻了个白眼。

"是啊，你跟……那个有火的直行兽生活在一起的时候，你叫什么呢？"羽尾问。

老猫使劲挠了挠另一只耳朵。"嗯，这个嘛……那是好久以前的事了。"他长叹一声，"好一段日子，一段好日子啊。我在直行兽的巢穴里抓过的吱吱叫，比你们这些小子这辈子见过的都要多。"

"如果那里的生活真的像你说得那么好，那你为什么要离开呢？"褐皮问道——她不住抽动的尾巴让黑莓掌知道她就快没耐心了。

"我的直行兽死了。"虎斑猫甩甩脑袋，像是要用力把紧粘在身上的刺果甩掉似的，"从那以后，再也没有食物……也没有了火边的抚摸，再也不能在它大腿上打瞌睡……后来还有很多直行兽，它们想方设法要捉我，但我很聪明，看吧，我逃走了。"

"但是，你到底叫什么名字啊？"松鼠爪咬着牙齿嘶叫道，"那只直行兽怎么称呼你？"

"名字……哦，对了，我的名字。波弟，没错。它叫我波弟。"

"你可算说出来了！"松鼠爪嘀咕道。

"那我们就叫你波弟，可以吗？"黑莓掌问道，同时用尾巴尖轻轻拍了一下松鼠爪的口鼻。

老虎斑猫撑起身子说:"随便。行了,你们到底想不想吃东西啊?"

他缓缓穿过树林。黑莓掌和同伴们交换了一个怀疑的眼神,问道:"你们认为我们该相信他吗?"

"当然不能!"鸦爪立刻说道,"他可是当过宠物猫的,武士们不能相信宠物猫。"

褐皮喃喃表示同意,但羽尾说道:"我们都饿坏了,又不熟悉这片树林。信他一次又何妨呢?"

"我快饿死了!"松鼠爪也说道,她的爪子不耐烦地挠抓着。

"星族知道我们需要一些帮助,"暴毛说,"我也不喜欢这种帮助,但只要我们保持警惕……"

"那好吧,"黑莓掌做出了决定,"我们就冒这次险。"

他带头在矮树丛间迅速跳跃着,三步并作两步赶上老公猫。老公猫慢悠悠地走在前面,好像根本不在乎他们是否跟上来。让黑莓掌惊讶的是,波弟并没有把他们带到树林里能捕到猎物的地方,却直接走向树林的远端。在那里,一片狭长的草地,将树林最外边的几棵树跟两脚兽的一排巢穴隔开了。波弟自信满满,不慌不忙穿过草地,朝最近的栅栏走去,甚至看都不看一眼周围是否有危险。

"嘿!"鸦爪在树林边上停了下来,"他要把我们带到哪儿去?我可不到两脚兽的巢穴里面去!"

黑莓掌也停了下来。他头一次赞同鸦爪的想法。"波弟,等

一下！"他喊道，"我们是武士——我们不会进入直行兽的地盘。"

老猫在栅栏下方顿住脚步，回头看过来，取笑地皱起脸庞："害怕了，是不是？"

鸦爪向前跨了一步，绷起四肢，脖子上的毛都立起来了。"你再说一次试试？"他嘶吼道。

黑莓掌讶异地看到，波弟连一根胡须都没抽动一下，虽然他打赌鸦爪完全能轻易将他撕成碎片。

"真敏感，是不是？"老猫说道，"担心什么哪，小子。这会儿附近没有直行兽，但它们的花园里有好吃的。"

黑莓掌看着其他同伴问道："你们意下如何？"

"我认为我们应该试一试，"暴毛说道，"填饱肚子要紧。"

"对，先进去再说。"褐皮也表示同意。

羽尾渴望地点点头，而松鼠爪兴奋得都跃跃欲试了。只有鸦爪待在边上，盯着前面，对黑莓掌的问题一言不发。

"那我们走吧。"黑莓掌说道。

黑莓掌小心翼翼地从这一侧扫视到那一侧，然后才穿过草地走到波弟身边。几个同伴也都跟着过来了，甚至鸦爪也是。但黑莓掌注意到他有意落在最后，眼睛一直盯着地面。

"鸦爪已经知道我做的那个咸水的梦了。"羽尾在黑莓掌耳边低声说道，"就在那条狗对我们穷追不舍之前，他当时刚醒来，好像心情不错，于是我就跟他讲了。我觉得他现在情绪应该很糟。"

"无论如何，他都得想办法克服掉。"黑莓掌的耐心快要耗

尽了——他有那么多事情要担心,根本无暇顾及鸦爪受伤的自尊心。

羽尾带着疑虑摇摇头,但正好这时他们赶上了波弟,所以她也就没多说什么。

等他们都到齐了,这只老虎斑猫就从栅栏下的缝隙里挤了过去,带头走进两脚兽的花园。陌生的气味扑面而来,黑莓掌不由得皱起了鼻子:至少有两只两脚兽,还有一头怪物刺鼻的臭味,不过他很欣慰地察觉到这味道并不新鲜,还混杂着陌生的植物味道。一些植物顶着硕大蓬乱的花朵,把枝条都压弯了。松鼠爪嗅了嗅其中一朵,却被洒了满身花瓣,吓得她一下跳了回来。

波弟来到草地中央坐了下来,摇摇尾巴邀请黑莓掌他们过去。黑莓掌来到波弟身边,看到一个被某种坚硬的两脚兽玩意儿围成的池塘。淡色的花朵和绿叶漂浮在水面上,水下闪过一道金光,那明亮的色泽让他下意识地抬头,想看看是否太阳出来了,但天空依然云层堆叠。

"是一条鱼!"羽尾惊呼道,"一条金色的鱼!"

"胡扯?鱼哪有金色的!"鸦爪语气粗暴。

"确实如此,但这些鱼就是金色的。"坐在妹妹身边的暴毛凝视着水面,"我从没见过类似的。我们的河里没有这种鱼。"

"这种鱼能吃吗?"褐皮问老猫。

"啊,这些可好吃着呢。"波弟告诉她。

"我要试试!"松鼠爪尝试着用脚掌拍打水面。

"不能那样抓!"暴毛说道,"你这样只会惊动了它们,让它们全都游到水底去。我和羽尾示范给你们看。"

两只河族猫静静地坐在池塘边,眼神专注地盯着水面。突然,羽尾闪电般挥出一只脚掌,一条色泽明丽的金色鱼随之就带着水珠画出的晶莹弧线从空中掠过,掉在池边,挣扎着扭个不停。

"你们谁把它抓住,别让它又跳回水里。"暴毛命令道。

离鱼最近的松鼠爪一下子扑了过去,在鱼头后面咬了一口。"好吃!"她一边吞咽,一边大声宣布。

这边,暴毛又抓了一条,很快,羽尾就抓住了第三条,于是褐皮和黑莓掌也都有的吃了。黑莓掌本来并不知道该对鱼肉的味道怀有什么样的期望,于是他带着怀疑尝了一口,没想到那鱼鲜嫩多汁,他很快就吃了个精光。

暴毛又抓了一条,把它扔给鸦爪:"一起吃吧……还不错的。"

鸦爪轻蔑地朝那条鱼瞄了一眼。"我们应该早点上路,而不是和两脚兽的玩意儿耗在一起。我要是早知道这趟去太阳沉没之地——或者管它在哪里呢——要花这么长时间,我根本就不会来。我错过了那么多本该和老师一起进行的武士训练课程。"

"我觉得你这一路上也得到了不少武士技能训练。"暴毛对他说。

"来,坐到我身边,"羽尾劝他,"我来教你我们是怎么抓鱼的。"

"也教教我吧,可以吗?"松鼠爪一脸期待地央求道。

午夜追踪

鸦爪鄙夷地看了一眼这位雷族学徒,然后向水池边的羽尾走过去,挨着她在池边坐下。

"这就对了呀,"羽尾说道,"抓鱼时,技巧之处在于不要让自己的影子投到水面上。看到鱼的时候,就迅速往水里一捞,动作能多快就多快,一定要赶在它游开前下手。"

鸦爪俯身看着水面,一只爪子半伸着,突然就猛地把爪子伸进池塘里。他勾起来了一条鱼,但鱼在空中扭了一下又掉进了水里,反而溅得鸦爪一身都是滴滴答答的水。松鼠爪窃笑出声,黑莓掌瞪了她一眼。

"你第一次尝试能做到这样已经很棒了。"羽尾安慰这位愤愤的学徒,"再试一试吧。"

但鸦爪已经从池塘边走开了。他低头正要把毛上的水舔下来,却又嫌恶地停住了。"这是什么水?咸死了!"他惊呼道。

"不咸啊,怎么可能。"暴毛很惊讶。

他接下来的话被撞击声和一只怒气冲冲的两脚兽的呼喝声湮没了。黑莓掌一抬头,看见一只两脚兽正站在巢穴敞开的门前,大声呵斥。它一只手握着个什么东西,猛地朝这群猫扔了过来。那东西从波弟头顶飞过,落在了旁边蓬乱的花丛中。

"事情不妙啰,"老虎斑猫说道,"该是离开的时候了。"

他笨拙地朝栅栏下的缝隙逃去。黑莓掌和暴毛紧跟着他,褐皮和松鼠爪飞跑着抢先从缝隙里闪了出去,羽尾也紧跟着钻过去了。鸦爪跑在最后面,他从花园里一出来,就飞快地穿过草地,

231

是一条鱼！一条金色的鱼！
胡扯？鱼哪有金色的！
我从没见过类似的。我们的河里没有这种鱼。
这种鱼能吃吗？
啊，这些可好吃着呢。
我要试试！
不能那样抓！
你这样只会惊动了它们，让它们全都游到水底去。我和羽尾示范给你们看。

两只河族猫静静地坐在池塘边，眼神专注地盯着水面。

突然，羽尾闪电般挥出一只脚掌，一条金鱼就被捞了出来。

一头扎进树丛，嘴里骂骂咧咧的。

"你为什么把我们带到那儿去？"他转向波弟质问道，"我们就不该相信你。你是想让两脚兽把我们逮住吗？那恶心的鱼根本不值得我们冒险。"

"鸦爪，别这么说，"羽尾放下嘴里叼着的鱼，恳求着说，"鱼和水都没有问题。"

"我跟你们说了，那水是咸的！"鸦爪厉声说道。

黑莓掌正要进行调解——他们已经浪费了太多的时间，先是躲那条狗，现在又争吵不休——这时，他看到羽尾的眼睛亮了起来。

"你知道为什么你尝着那水是咸的，而我们却不觉得吗？"她平静地说着，尾巴尖搭在鸦爪的身侧，"这是你接收到的咸水信号，鸦爪。你终于收到了！"

这只深烟灰色的猫张开嘴想说什么，但却什么都没说出来。他盯着那条鱼，然后看了看羽尾。"你确定？"他的声音听起来非常震惊。

"当然，你这个傻毛球！"羽尾开心地咕噜起来。黑莓掌心想，大概只有羽尾能够在说了鸦爪是傻毛球以后还毫发无伤吧。"其他猫怎么会愿意在装满咸水的两脚兽池塘里喝水呢？这是星族发来的信息，说明我们行走的方向是正确的。"

鸦爪眨着眼睛，脊背上的毛顿时伏了下来。

"信息和咸水都是怎么回事啊？"波弟嚷嚷着。

午夜追踪
WUYEZHUIZONG

"我们正在进行一次十分重要的旅程!"松鼠爪兴奋地告诉他说,"星族派我们去查明对我们族群至关重要的一些事情。"

"旅程……你们从哪里来?族群是什么?"

黑莓掌叹了一口气。纵然他很想继续赶路,但也猜得出这只老公猫实在太寂寞了——要是不告诉他他们来这里的原因,就直接抛下他离开,黑莓掌感到有点于心不忍。毕竟他把他们从狗的爪下救了出来,还带他们吃到了亮闪闪的金色鱼。

"走吧,到蕨丛里面去。"他说道,"那儿比较隐蔽,我们可以告诉你到底发生了什么。"

一群猫都跟着他钻进蕨丛,就连鸦爪也没有反对。松鼠爪讲述他们经历的时候,暴毛和羽尾一起吃了那条鱼,褐皮一直在负责警戒。黑莓掌不时插话纠正,或者在波弟不懂的时候稍作解释。

"星族?"当松鼠爪讲述黑莓掌的梦境时,老猫一脸疑惑地问道,"在梦中跟你们对话?我以前可从没听说过这档子事。"

这位年轻学徒目瞪口呆地看着他,绿眼睛里充满了惊愕,不相信居然会有猫对星族一无所知。

"继续往下讲吧。"黑莓掌对松鼠爪说道,他不想再浪费时间多做解释。

松鼠爪朝他翻了个白眼,但没再争辩,就继续讲了下去。讲完以后,这位年迈的独行猫沉默了好一阵子——时间实在太长了,以至于黑莓掌都怀疑他睡着了。最后,老猫直起身,黄色的眼睛睁得大大的,里面跳动着前所未有的火花。"我知道这个,太阳

沉没之地。"他开口，出乎意料地说道，"去过那儿的猫跟我说起过。那个地方离这儿不远。"

"在哪儿？"松鼠爪立刻跳了起来，"有多远？"

"两天，或者三天的路程。"波弟回答道，他的眼里光芒闪烁，"这样吧，我跟你们一起去，给你们带路。"

看到森林猫一句话都不说，波弟脸上的神情渐渐变为失望。最后，鸦爪说出了黑莓掌想说的话："不行。你根本就跑不快。"

"而且我们似乎也没有邀请过你。"褐皮小声说道。

"但是如果他知道怎么走……"暴毛说，"也许我们应该让他一起来。"

"他一定知道怎么穿过这片两脚兽领地。"羽尾也补充了一句，用尾巴指向一排排暗红色的两脚兽巢穴，它们遮蔽了通往远方地平线的视野。

这话实在不假。黑莓掌想着，回想起刚刚在那片两脚兽领地里遇到的麻烦。如果波弟真的知道通往太阳沉没之地的路，那跟他走可能会更迅捷些，虽然他的速度的确跟不上。也许是自己的祈祷得到了回应，星族派他来给他们做向导。他虽然看起来不太像是个救星，但他的勇气不比任何一只森林猫差。

"好吧。"黑莓掌正说着，忽然讶异地意识到所有的猫都在看着他，仿佛期待着他来做出决定，"我觉得他应该和我们一起去。"

第二十章

波弟带领森林猫沿着树林边缘往前走。这是他们摆脱那条狗后的第二天。黑莓掌仍然在跟内心的疑虑做着思想斗争,他不知道跟着这只老猫往前走到底对不对。他也知道鸦爪和褐皮对此很有意见。但眼下似乎没有别的选择——前方两脚兽的巢穴越来越多,仿佛一直延伸到远方地平线,而天空中依然阴云密布,让他们无法根据太阳来寻找方向,找到太阳沉没之地。

"还有机会再找点食物吗?"他们离开树林,踏向一片点缀着簇簇明艳花丛的草地时,黑莓掌问波弟,"昨天的鱼不够吃,鸦爪根本一点都没吃。"

"当然啰,我可以带你们去一个地方。"波弟一边回答,一边用带着敌意的眼神瞥了一眼鸦爪。这只猫说话毫不客气,也从不掩饰对他这只老猫的不信任。

波弟领着他们走到草地的另一边,又是一排两脚兽巢穴。黑莓掌不安地看着老猫肚皮贴地,吭哧吭哧地使着劲儿,让身体从一个木质大门下挤过去。好不容易挤过去后,他在另一边欢快地抖了抖身子。

"又是两脚兽？"鸦爪嘶鸣道，"我才不进去。"

"随你便。"波弟说着，高高地竖起尾巴向通往门的小路走去。

"我们最好全都待在一起，"黑莓掌低声说，"都还记得上次发生的事吧。"

鸦爪打了个响鼻，但没说什么，别的猫也没表示反对。他们一个接一个地从大门下挤了进去，跟着波弟走上那条小路。鸦爪最后一个跟上来，警惕地盯着身后。

波弟在两脚兽巢穴一扇半开的门前等着他们。一道刺眼的光照亮了里面的空间，巢穴里还有各种黑莓掌从没遇到过的奇形怪影，还有陌生的气味。

"在里面？"黑莓掌问波弟，"你想让我们进到直行兽的巢穴里面去？"

波弟不耐烦地抽动着尾巴："食物就在里面。我对这里很熟悉。我常来的。"

"这是浪费时间。"褐皮说道。黑莓掌觉得妹妹的声音里透着恐惧——她的爪子在坚硬的地面上焦躁不安地轻挠着。"我们不能进去。我们不是宠物猫。吃宠物猫的食物违背了武士守则。"

"哦，来吧，"暴毛温柔地用尾巴轻轻碰碰褐皮的耳朵，"进去一下也没什么坏处。我们的旅程很漫长，如果我们能轻松地弄到食物，这会节省我们的时间——我们就可以用这些时间做些别的事情。星族会理解的。"

午夜追踪

褐皮还是心存疑虑地摇摇头，但羽尾似乎被哥哥的分析说服了。于是，这两只河族猫小心翼翼地冒险进去了。

"这才对嘛。"波弟鼓励他们，"食物就在那儿，看见了吧，就在那些碗里面，全是为我们准备的。"

黑莓掌的肚子发出低鸣——他吃的那条鱼本来就不大，而且也已经过了那么久了。"好吧，"他硬着头皮说，"我觉得暴毛说得有理。我们一起去吧，但要快去快回。"

松鼠爪根本没等到他做出决定，早跳进去追赶波弟了。黑莓掌也跟着她走了进去，但鸦爪和褐皮仍待在外面。

"我们在这儿放哨！"褐皮冲他喊道。

暴毛和羽尾已经蹲在碗边，急切地大吃了起来。黑莓掌可疑地盯着那食物——硬邦邦的小圆球，像是兔子的粪便，但它散发出的味道让黑莓掌觉得，吃下去似乎不会有什么问题。

松鼠爪直接把口鼻杵到另一个碗里——等她再抬起脑袋的时候，嘴边上的皮毛已经被某种白色的东西黏成了小簇，她的绿眼睛闪闪发亮。"好喝！"她惊叹道，"波弟，这是什么东西？"

"牛奶，"波弟回答道，"有点像你从你妈妈身上吮吸到的乳汁。"

"宠物猫每天都喝这个？"松鼠爪甚是惊讶，"哇！天天能喝到这个，做宠物猫也值了。"她又把口鼻扎进碗里了。

黑莓掌蹲在她身边，舔了几滴白色液体。松鼠爪说得没错——真是太好喝了，味道香醇甜美又浓郁，几乎闻不到两脚兽

239

的臭味。他干脆坐下来痛快地喝起来。

他察觉到的第一抹危险来临的迹象是开门的声音，紧接着是两脚兽在他头顶发出的尖叫。黑莓掌跳起来，正好看见一只两脚兽幼崽从门口跑过来，把羽尾一把抱进了怀里。

猝不及防的羽尾发出惊恐的号叫，开始奋力挣扎，但那只小两脚兽把她死死扣在怀中。暴毛探着身子伸出前爪，想要拉住妹妹，但那只两脚兽幼崽根本没有注意到。黑莓掌惊慌失措地看着这一幕。羽尾！他四处找波弟，却只见这只老猫镇定地向站在门口的成年两脚兽走去，摇着尾巴表示欢迎。

这时，鸦爪从花园冲了过来，像一团黑色的旋风裹着怒瞪的蓝色双眼。"你看啊！"他朝黑莓掌嘶吼道，"都是你的错！是你让那个老痴痴毛带我们到这儿来的。"

黑莓掌面对他的指责哑口无言，但鸦爪并不等他回话。他旋身面向那只小两脚兽，嘴唇后咧，出声咆哮道："放开她，不然我把你撕成碎片！"

那只小两脚兽正一面高兴地抚摩着羽尾，一面尖声高叫，根本就没注意到鸦爪，更听不懂他的威胁。风族学徒正要跃起来，这时，松鼠爪滑步跑来挡在他前面："等等，你这鼠脑子！它只是只幼崽。像这样做。"

她轻轻走到小两脚兽跟前，仰起脸，绿眼睛里满是恳求的神色，嘴里发出咕噜声，贴着小两脚兽的腿蹭来蹭去。

"好主意！"暴毛惊呼道，也挤上前去，从另一边贴上两脚

兽幼崽，咕噜咕噜地叫着。

小两脚兽的眼睛一亮，欣喜地叫出声来，俯下身去抚摩松鼠爪——就在这时，它抱着羽尾的力量松开了，羽尾总算是挣脱开来，跳到了地上。

"快跑！"黑莓掌大喊一声。

几只森林猫蹿出门口，飞快地掠过小路，往栅栏口跑过去。黑莓掌从栅栏下往外钻的时候，听到小两脚兽大声叫着，但他没敢停下来细听。"这边走！"他大喊道，带头往一片灌木丛冲去。

冲进枝叶繁茂的矮灌木丛时，黑莓掌发现所有的同伴都在一起，这才松了口气。稍过片刻，喘气声和胡乱拍打抓挠的声音响作一片，波弟也挤进了他们中间。

"滚出去！"鸦爪冲着这只老公猫啐骂道，"是你把我们带到那儿，让我们被两脚兽抓住的。"他狠狠盯着黑莓掌，又说道："如果你听我的，就不会有这种事。"

波弟抽了抽一只耳朵，毫无离开的意思："我不明白你们有什么好担心的。它们都是正直的直行兽，才不会伤害任何一只猫。"

"只不过会把她关起来而已，"褐皮吼道，"那个小两脚兽显然是想把羽尾变成宠物猫。"

"其实我处境也不怎么危险的。"羽尾提出，"我自己也能逃出来，我只是不想挠那只小两脚兽罢了。"她感激地朝雷族学徒眨眨眼说道："不过，还是松鼠爪的办法最好。"

松鼠爪埋下头,显得有些不好意思。"回家以后,如果你们之中有任何猫敢对别的猫说我曾经对两脚兽咕噜过,"她龇着牙说,"我肯定会让他变成鸦食的,我说到做到。"

无论鸦爪如何抗议,几只猫还是带着作为向导的波弟继续行程了。这只老虎斑猫带着他们沿着两脚兽硬邦邦的道路走了一整天,走得他们的脚掌都灼灼地疼。他们只好一路紧贴着墙根的阴影前行,或者在怪物迫近的咆哮声中冲过雷鬼路。

这一天快结束的时候,黑莓掌已经筋疲力尽,想迈出脚掌都很困难了。同伴们也好不到哪儿去。松鼠爪一瘸一拐,而鸦爪耷拉着尾巴——黑莓掌这才想起,这位风族学徒到现在还没有吃过东西。不知道在这么深入两脚兽领地的地方,还能不能找到什么猎物。

"波弟!"黑莓掌喊了一声,勉强加快脚步赶上老猫,"有没有什么地方可以让我们安全过夜?得要能找到食物——宠物猫食不行。"他又补了一句:"我们得找个地方狩猎。"

波弟在两条雷鬼路交会的角落一屁股坐下来,抬起一只后掌挠挠耳朵。"哪儿有猎物不知道,"他声音粗哑地说道,"但前面有个地方可以过夜。"

"有多远?"褐皮吼道,"我的脚掌都快掉下来了。"

"不远了。"波弟说着再次撑起身子。黑莓掌不得不承认,在这仿佛没有尽头的旅程中,这只老猫显示出的耐力远远超出他

午夜追踪

的预期。

黑莓掌强撑着再次出发。这时，他看见一缕微弱的红光落在雷鬼路坚硬的路面上。他猛地回头，一下子惊呆了。地平线上的云层正在消散，而此刻，就在两个两脚兽巢穴之间，他看到了缓缓下落的太阳。太阳就在他们的后方。他们完全走错了方向！

"波弟！"他的号叫被强压在嗓子里，"你看！"

老猫冲天空中的一片红光眨了眨眼："明天天气不错，就是这样。"

"好天气！"鸦爪龇着牙恨恨地嘶叫，"他带着我们往错误的方向走了一整天。"

松鼠爪一下子坐在坚硬的路面上，脑袋垂到了脚掌上。

"我们应该朝日落的方向走，"黑莓掌不留情面地指出，"波弟，你真的知道怎么去太阳沉没之地吗？"

"我当然知道，"波弟为自己辩解道，他身上乱糟糟的皮毛渐渐地竖了起来，"这只不过是在……呃，穿过直行兽的地盘，你们乐意的话随时可以转身自己走啊。"

"他根本就不知道路。"褐皮断然说道。

"他当然不知道，"鸦爪嘲弄地说，"他连自己的尾巴在哪儿都找不到。我们别管他了，后头的路自己走好了。"

另一头怪物呼啸而过。暴毛站的地方离雷鬼路最近，那怪物扬起的尘土撒了他一身，吓得他赶紧向后跳了一步。

"听我说，"暴毛说道，"我也觉得波弟带我们走错了路。

但我们现在还不能自己走,不然我们永远也走不出两脚兽的地盘。"

羽尾闷闷不乐地点点头,走过去站到哥哥身边,舔掉他身上的尘土。

黑莓掌知道他们说得没错——他不得不迫使自己别去想他们浪费了多少时间,压抑下极度的沮丧。

"好吧,"他说道,"波弟,带我们去那个睡觉的地方。明天早晨,一切都会好起来的。"

他没有理会鸦爪不满的聒噪,再次迈步踩着老猫的足迹向前走去。

到达波弟说的睡觉的地方时,天已经全黑了,但两脚兽的光源就像一个个脏污的小太阳,沿路发出刺目的光。老猫带他们来到一片长着灌木和青草的狭长绿地,尖尖的篱笆环绕四周,篱笆栏之间有空隙,猫可以轻易进出。这里有栖身的地方,浅水洼里有水,甚至能闻到猎物的味道。

"就是这儿!"波弟满意地抽动着胡子说,"还不错,是不是?"

这地方确实不错,黑莓掌决定就是这儿了,虽然还是有些怀疑波弟是本来就要带他们到这儿来呢,还是说只是幸运地碰到了这个地方。虽然他们都已经很累了,但还是立刻展开了狩猎。尽管捉到的老鼠都骨瘦如柴,还带着两脚兽领地的臭味,但在饥肠

辘辘的森林猫嘴里,它们都跟最多汁的田鼠一样美味。

松鼠爪把她的那只吃了个精光,又没吃够地四下张望,一边叹息道:"要是有一碗宠物猫的牛奶,要我拿什么出来换我都愿意!只是玩笑啦。"看到鸦爪对她龇着牙,她就赶快补了一句:"开心一点,好不好?"

鸦爪转过身,他太疲惫了,完全没精力吵架。

没用多久,所有的同伴都安顿下来睡着了,黑莓掌总算松了口气。他在低矮的树枝下蜷起身子,在这里,他还能勉强假装着自己回到了以往的武士巢穴中。从树叶之间的缝隙望出去,抬眼能看到天空,但两脚兽刺眼的光源截断了银毛星带闪烁的光芒。星族似乎也只能遥遥观望他们了。

第二天,他们硬着头皮跟在波弟的身后。黑莓掌步履沉重,感觉走过的路漫长得像是长老的一生。他走在两脚兽的高墙下,那墙高耸陡峭,犹如太阳沉没之地的崖壁。现在他已经深信不疑,那只老虎斑猫根本是在随心散步,走哪儿算哪儿,根本不在乎方向正确与否。但几只森林猫也没办法自己找到离开两脚兽领地的路。阴云再次遮住了太阳,根本无法判断方向,天上时不时还落下冰凉的雨点。

"我们永远也走不出这鬼地方了。"他们排队准备再次穿过雷鬼路的时候,褐皮说出了黑莓掌的心声。

"你闭上那张抱怨的嘴吧。"暴毛反驳道,"我们又能有什

么办法。"

听见这位向来随和的河族武士嘴里冒出带着敌意的话,黑莓掌有些惊讶。尽管休息了一晚,但他们仍疲惫不堪。希望也像是水落到沙地上一般,一点一滴地流失着。褐皮怒视着暴毛,脖子上的毛都竖了起来。黑莓掌走过去站到她面前说:"冷静一点,你们两个都别冲动。"

他还没说完,暴毛就猛一转身蹿上雷鬼路,几乎正扑到了一头冲过来的怪物脚掌下。羽尾惊叫一声,飞奔了过去。

"不要冒不必要的险!"黑莓掌在他们俩身后喊道。

河族武士没有理会他。黑莓掌耸耸肩,转头看着松鼠爪。她挨着他蹲在雷鬼路边,正想找时机过去。"等到安全的时候,我会告诉你的。"他嘱咐道。

"我自己会看!"松鼠爪啐道,"别再像我父亲一样对我说话。"她跳上雷鬼路硬邦邦的路面,还好两边还看不到有怪物。

黑莓掌跟在她身后飞跑,在她到达路对面时赶上了她。黑莓掌低下头,鼻子对鼻子地盯着她,话音出口就是暴怒的嘶鸣。"你要是再敢有这么蠢的举动,我会让你希望在这里的就是你父亲!我会比他对你更粗暴。"

"我倒是现在就希望我父亲在这里!"她针锋相对地说,"火星一定知道我们该怎么走。"

黑莓掌无言以对。她说得对——英勇的雷族族长绝不会把这趟旅程弄得这样一团糟。星族为什么选中他?为什么?

午夜追踪
WUYEZHUIZONG

　　黑莓掌转身看那只老虎斑猫,他还在不慌不忙地横穿雷鬼路,好像他时间多得过不完似的。"波弟,到这片两脚兽领地边缘还有多远?"

　　"哦,不远了,一点也不远。"波弟发出顽皮的咕噜声,"你们这些小年轻也太没耐心了。"

　　模糊的咆哮声在鸦爪喉咙里隆隆作响,他朝着这位向导跨出一步。"至少我们还没有老糊涂,"他恶声恶气地说,"走快点!"

　　波弟朝他眨了眨眼。"别那么心急。"他停下来站了片刻,嗅了嗅空气,然后果断地转过身,沿着雷鬼路往前走,"这边走。"

　　"他根本就不知道该往哪儿走。"鸦爪大吼道,但仍然跟在后面。因为对这群森林猫来说,这已经不是关乎信念与勇气的问题了——而是他们完全没有别的选择。

　　这一天很漫长,拖拖拉拉得怎么都过不完似的。当天色再次暗下来的时候,他们正贴着一道高耸的两脚兽栅栏痛苦地跛行。走了这么久的石头地,黑莓掌觉得自己的掌垫肯定被磨破了,他无比希望脚掌下的是光滑清凉的植物。

　　他张开嘴,想要波弟再找一个地方让大家歇口气,却突然在空气中尝到一种刺鼻的陌生气息。他停下脚步,努力想辨识出来。这时,褐皮匆匆跑到他跟前。

　　"黑莓掌,你有没有闻到那股味道?很像垃圾场的味道,就是影族领地边缘那个。我们最好当心点,这里可能有家鼠。"

猫武士
MAOWUSHI

　　黑莓掌点点头。经过妹妹的提醒，他在两脚兽垃圾散发出的恶臭中清晰地分辨出了家鼠的气味。他回头看向来路，只见其他的同伴都零零散散地拖在后面。对现状的忧虑和对前程的不确定，再加上长途跋涉的辛劳，已经让他们全都筋疲力尽。

　　"快跟上来！"黑莓掌召集道，"大家靠拢一点！"

　　一阵刺耳的吱吱声打断了他的话。他转过身，看见三只硕大的家鼠从栅栏下面挤了出来，挡在路上，它们光秃秃的尾巴高高地反卷在后背上。那三张尖溜溜的脸上嵌着眼睛，恶毒的精光在眼里闪烁，黑莓掌一眼就瞧见它们锐利的门齿上反射出的白光。

　　就在一个心跳过后，打头的那只家鼠向他扑了过来。黑莓掌朝后跳开，感觉家鼠的牙齿差点就咬上自己的腿。他挥起一掌，爪锋顺着那家鼠的脑侧划了下去。家鼠吱哇乱叫着朝后倒下，但马上就有另一只家鼠接替了它的位置。更多家鼠从栅栏那边蜂拥而出，如同一条吱吱叫唤的凶险河流涌上路面。黑莓掌瞥见一只家鼠将利齿插进褐皮的肩膀，让她发出凶狠的啸吼。接着，又有两只家鼠朝黑莓掌扑上来，将他湮没在一片扭动乱钻的皮毛中。

　　一开始，他差点无法呼吸，家鼠身上恶心的气味充斥着他的鼻腔，令他窒息。他奋力蹬出后腿，只觉得爪子刺进皮毛血肉间。随着一只家鼠的尖叫，身上的重量顿时减轻了，让他得以撑起身来，将爪锋划向另一只就要在他耳朵上合拢利齿的恶畜。

　　就在黑莓掌身边，松鼠爪正在一只与她个头差不多大的家鼠身下挣扎。黑莓掌还没来得及上前帮忙，她就已经将那家鼠甩飞

出去，旋即双耳平贴，咧嘴怒吼着翻身猛扑而上。那只家鼠仓皇逃窜，松鼠爪也不再与它纠缠，扭身便将爪子挥向另一只紧紧攀住羽尾后背的家鼠。灿烂的红色液体顿时顺着松鼠爪尖利的爪子流淌下来。

黑莓掌回身再次加入战局。他身旁的鸦爪死咬着一只家鼠的腿不放，被拖得在地上滑行。黑莓掌一掌结果了那只家鼠，又跳上去迎接下一个攻击者。暴毛和羽尾正并肩在栅栏下作战。一侧肩膀血流不止的褐皮叼着一只家鼠的尾巴猛烈摇晃着，再将它扔在地上，往喉咙处狠咬一口。波弟也已经退了回来，左挥右打着一只有力的前掌冲进家鼠堆里，将家鼠们四下抛甩。

这场战斗开始得突然，结束得也快。侥幸逃脱的家鼠四散着从栅栏的破洞里跑了，最后一只家鼠的尾巴快消失的时候，鸦爪狠狠打了它一下。

黑莓掌累得上气不接下气，感觉尾巴和一条后腿刺痛无比，他盯着散落一地的家鼠，有几只还在微微扭动。新鲜猎物。他迟钝地想，但浑身提不起一丝力气去收拾这堆猎物，或者把它们吃掉。几个同伴挨着他挤作一团，瞪着眼睛彼此相望，共有的恐惧让他们全然忘记了之前的纷争。

"波弟，"黑莓掌疲惫不堪地说，"我们必须休息一下了。那边怎么样？"

他用尾巴指指一堵墙上的缺口，那堵墙在雷鬼路对面，和家鼠聚集的垃圾场隔着一段距离。墙后面更远的地方就只剩一片漆

黑了，让他无从观察。黑莓掌能闻到两脚兽的气息，但并不新鲜。

波弟眨着眼睛说："可以，那里挺好的。"

这一次，由黑莓掌领着大家横穿雷鬼路。每只猫都疲惫不堪，要是这时冲过来一头怪物，一定会把他们全都碾平。但多亏星族保佑，周围一点动静都没有。鸦爪、暴毛和羽尾拖着死家鼠通过雷鬼路，松鼠爪用肩膀支撑着褐皮。褐皮瘸得厉害，滴滴血珠在她身后留下了一道痕迹。

穿过墙上那个缺口，在一个废弃的两脚兽巢穴后面，有一片阴暗的封闭地带。粗糙的石块从地面上凸起来，个个被油污沾染的水洼散布在他们周围。鸦爪低下头喝了一口，马上厌恶地咕哝了句什么，但已经没力气大声抱怨了。

周围没有什么可以用来铺窝的东西。几只猫只好在一个角落里挤作一团，只有松鼠爪例外。她绕墙四处嗅着，回来时，一只脚掌上缠着蜘蛛丝。她把蛛丝压在褐皮的伤口上。

"我真希望自己能记得叶爪用来治疗家鼠咬伤的草药。"松鼠爪一边处理褐皮的伤口一边说。

"可这附近也找不到草药的。"褐皮轻轻瑟缩着小声说道，"谢谢你，松鼠爪，你真的帮上了大忙。"

"我们最好一直盯着点儿。"黑莓掌说道，"那些家鼠还有可能回来。我站第一班岗。"怕有猫反对，他又加了一句："你们先好好睡一觉，但如果身上有咬伤，记住先将伤口舔干净。"

所有的同伴都无声地服从，连鸦爪都没有发难。黑莓掌猜想

他们实在是惊魂未定，才会乐于听从其他猫的指示。

他走回墙边的缺口处，坐在阴影里向外看去，盯着雷鬼路对面家鼠出现的地方。四周一片安静，黑莓掌无所事事，烦恼无比，思索这趟旅程怎么会变得如此糟糕透顶。他尤其担忧褐皮。与家鼠的这一场恶斗后，他们多少都有些抓伤，但唯一伤口不浅的咬伤就落在了他的妹妹身上——伤口看上去很是糟糕，他也深知，在所有的咬伤之中，自己的族猫们最为害怕的正是家鼠咬伤。要是伤口感染了，他们要如何应对？如果褐皮腿部僵死，无法再继续前行了，他们又该如何呢？

轻微的动静在身旁响起，黑莓掌立刻跳了起来，却认出对方是松鼠爪。她一身暗姜黄色的皮毛仍旧支棱着，鼻头上的抓伤还在渗血，可她的双眼依然清澈明亮。黑莓掌本已做好接受她的指责或是尖酸挖苦的准备，不料松鼠爪却平静地告诉他："褐皮睡着了。"

"那就好，"黑莓掌说，"你……你今天非常勇猛。尘毛要是看到的话，也一定会为你感到骄傲的。"他长长地叹息一声，声音里透着疲倦和迷茫。

他没想到，松鼠爪竟将鼻头埋进他的皮毛里。"别担心了，"她安慰道，"我们都会没事的。星族看顾着我们呢。"

呼吸着她柔和温热的气息，黑莓掌无比希望自己也能对她的话如此笃定。

第二十一章

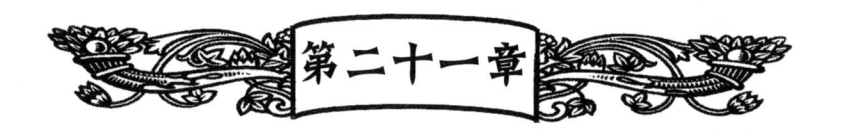

叶爪突然从炭毛巢穴外自己的窝穴里跳了起来。太阳刚刚升起,蕨叶和草边缘垂下微微颤动的露珠,折射出旭日的光芒。空气中透出的寒意提醒着叶爪,用不了多久,落叶季就得让位于秃叶季了。

一开始她并不确定是什么把自己从睡梦中惊醒的。周围只有风穿过树梢间发出的轻叹,还有远处空地上武士们渐渐苏醒的低语声,除此之外,只有万般寂静。炭毛没有召唤她,然而叶爪总感觉皮毛阵阵刺痛,好像她有什么事非得去做不可。

她被自己的脚掌带到了炭毛的巢穴前。她探头往岩缝里面张望,轻声呼唤:"炭毛,你醒了吗?"

"现在醒了。"巫医的声音还显得睡意蒙眬,"什么事啊?是影族发动袭击了,还是星族降临了?"

"不是,炭毛。"叶爪将脚掌划过地面,"我只是想确认一下,我们还有没有牛蒡根。"

"牛蒡根?"叶爪听见老师爬了起来,不过一个心跳的工夫,炭毛就把头探出了洞外,"你要那个做什么?不是吧,叶爪,你

清楚牛蒡根作用的吧?"

"用来治疗家鼠咬伤,炭毛。"叶爪说着,用尾巴盘着脚爪坐了下来。她的心怦怦直跳,就好像刚刚从四棵树一路跑回来。她努力让自己的心跳平复下来,说:"对感染了的那种伤口尤其有效。"

"没错。"炭毛走出洞穴,在空地上迅速巡视了一圈,用一只脚掌把每丛蕨叶都戳了一遍。"没有,我就说嘛。这儿没有家鼠啊。"她最后说道。

"我知道这儿没有家鼠,"叶爪无助地说道,"我只是想检查一下我们还有没有牛蒡根而已。"

炭毛的眼睛眯成了一条缝:"你做什么梦了吧?"

"没有,我……"叶爪停顿了一下,"其实是,我觉得,可能是做梦了吧,但我不懂那个梦的意思。我甚至都记不得梦到什么了。"

炭毛的蓝眼睛静静地看了她好一会儿,最后说道:"这可能是星族送来的信息。"

"那你能告诉我这是什么意思吗?"叶爪乞求道,"求你了!"

令她沮丧的是,炭毛摇了摇头。"这个信息——如果真的是信息的话——是发给你的,"她解释道,"你也知道,星族从来不会把它们的意思直接告诉我们。它们的信息总是以不起眼的方式传达给我们……皮毛感到刺痛也好,脚掌感觉被拖拉也好……"

"总之就是强烈感觉某件事情是对的——或者错的。"叶爪

插话道。

"完全正确。"炭毛点点头说,"作为一位巫医,学会用直觉解读这些信息正是职责之一……而我们都知道,这样为信仰冒险需要多大的勇气,而这就是你现在要做的事情。"

"我觉得自己不知道该如何去解读,"叶爪一只前掌在地面上抓挠着承认道,"要是我把意思理解错了怎么办?"

"你觉得我就不会犯错吗?"炭毛的眼神突然变得郑重起来,"你必须相信自己的判断。相信我,叶爪,总有一天,你会成为一位优秀的巫医——也许甚至会和斑叶一样优秀。"

叶爪顿时睁大了眼睛。她听说过很多关于斑叶的故事,知道她是位极具天赋的年轻巫医,在火星加入雷族后不久就被杀害了。叶爪做梦都没敢想过自己能跟她相提并论。"炭毛,你一定是在说笑!"

"我当然是认真的。"炭毛淡淡地说,"我讲这话又不是因为有多喜欢听自己的声音。至于牛蒡根,你去训练的沙坑边上找找吧,那里长着很多。你可以去挖一些回来,这样万一以后能派上用场时,我们就不缺了。"

叶爪一边往营地外面走,一边努力回想着梦境的内容。但脑子里只有阴暗的两脚兽巢穴,以及某条雷鬼路上炫目的光照,除此以外她什么也想不起来。她怀疑这个梦不是星族给她送来的信息,而是松鼠爪在试图告知她某些东西,只是遥远的距离削弱了她们之间的感应联系。叶爪在梦中没有见到妹妹和其他的旅行猫,

但不知为何,她总觉得松鼠爪被一只家鼠咬伤了。

要是我和她一起去该多好!她无助地想,他们需要巫医在的。噢,松鼠爪,你到底在哪儿啊?

沙坑里,鼠毛和刺掌正在训练学徒。叶爪停下来观看了一小会儿,但总也提不起多少兴趣。她感觉周身力气像是被阳光吸干了一般,几乎连脚掌都抬不起来了。

牛蒡高高的茎秆很容易发现。叶爪钻进气味呛鼻的叶片阴影下,开始刨土挖根。她把根茎上黏着的土块剥落下来,带着根茎回到炭毛的巢穴里,将之整齐地摆放在其他草药旁。

她记得今晚就是召开森林大会的日子。炭毛刚告诉她可以去参会的时候,她还很兴奋,尤其是想到又能见到蛾翅,就更高兴了。可是现在,她觉得自己都没有力气走到四棵树那儿。她情愿放弃从今往后所有参加森林大会的机会,直到自己步入星族为止,只要能让她确认自己的妹妹平安无恙。

雷族猫抵达会场的时候,叶爪已经感觉好多了。日高过后,她抽时间打了个盹儿,鼻子却总闻到粘在毛发上的牛蒡味儿。一觉醒来,她感觉自己的脚掌再次充满了力量。

她刚从灌木丛间钻出来,踏上四棵树的空地,就看到蛾翅从猫群中向她挤过来。

"嗨,"叶爪冲蛾翅打着招呼,"你最近好吗?"

蛾翅想了想,说道:"我觉得还好吧,但要学的东西太多了!

我有时还觉得,去了母亲嘴之后,自己好像也没有和星族更亲近一些。"

叶爪苦笑了一下:"我们都会有那种感觉啦。我想,森林里的每一位巫医都会时不时地这样觉得吧。"

蛾翅那琥珀色的大眼睛透着迷茫:"但我觉得,现在自己已经是一位巫医了,怎么说都应该比以前更睿智才是。我还以为自己会与星族亲密同行,对于所有事情的答案都了然于心呢。"

她看起来很失落,叶爪于是倾身抚慰地舔了一下她的耳朵。"说不定哪一天你就实现了呢。我们每天都在离星族越来越近啊。"但蛾翅看上去依然很不安,于是她又问了一句,"蛾翅,是不是有什么特别的事困扰着你啊?"

蛾翅欲言又止。"哦,没有,"她摇摇自己那宽阔的金色头颅说道,"没什么事情的,只是……"

叶爪没机会知道她要说什么了,巨岩上的高星提高音量,发出一声要求肃静的号叫,湮没了蛾翅的声音。豹星站在他的身边,而火星和影族族长黑星一起坐在稍微靠后的地方。

第一个讲话的是豹星。"高星,"她开口道,"自从上次森林大会以来,森林里已经下过好几场雨了。风族境内的河流应该都有水了吧?"

高星朝她微微点头致意:"是的,豹星。"

"那么,我收回对于你和你的族群可以进入河族领地饮水的许可。从现在开始,我的武士们将会驱逐任何胆敢跨过边界进入

河族境内的风族猫。"

至于风族猫在已经有水喝的情况下仍每日到河族境内来喝水的事,豹星只字未提,但她语调尖锐,叶爪能看出,豹星内心是十分不满的。

高星眼睛眨也不眨,直面河族族长,说道:"豹星,风族感谢你们的帮助,也绝不会辜负你们的信任。"

河族族长对他严肃地轻点了一下头,退到后面。空地中的猫群里突然一阵骚动,一只毛色光滑的宽肩虎斑猫站了起来。是蛾翅的哥哥,鹰霜。

"如果你允许的话,豹星,我有些话想说。"鹰霜说道。

叶爪有些惊讶——年轻武士要在森林大会上发言的情况可并不多见。

"你想说什么?"豹星问道。

鹰霜犹豫着,用一只脚掌划拉地面,显得有些怯场似的,但叶爪却留意到他那双冰蓝色的眼睛悄悄扫视过了全场,好像是在确保每只猫的目光都在自己身上。"我不确定这件事情该不该说,但……呃,风族来河边的时候,不只是喝水而已,我还看到他们偷猎了鱼。"

"什么?"高星猛地跳到巨岩边上,蹲伏下来,好像马上就要扑向那位河族武士,"你竟敢发此胡言!根本没有任何风族猫盗窃了猎物!"

叶爪知道那是谎言——她记得听松鼠爪说起过,有风族巡逻

队在雷族领地上偷猎田鼠被逮了个正着。

"还有别的猫看见吗？"豹星问鹰霜。

"应该没有吧。"鹰霜的语气听上去有些歉疚，"当时只有我一个。"

豹星目光锐利地扫视全场，但没有任何猫出声。叶爪不知道她是不是该站起来说句话，可她并没有亲眼看到偷猎行为，而目睹现场的松鼠爪和黑莓掌都已经离开很长时间了。至于尘毛，他倒是也在当场，可这次却没来参加森林大会。她决定保持沉默。

高星转向河族族长："我以星族的名义起誓，风族猫从河流里获得的只有水，除此之外再无其他。难道仅凭一位武士的一面之词，你就要来指责我们吗？"

豹星脖子上的毛支棱起来："你是想说我的武士在撒谎？"

"那你难道想说我的族群是窃贼？"高星卷起嘴唇，咧嘴咆哮，露出一口利齿，爪子也伸了出来。

空地上河族和风族两边都发出不满的号叫。叶爪看见双方的武士们相互对峙，啐骂着向彼此发起挑战。她感觉身上的毛竖了起来，突然恐慌于就要被打破的森林大会休战协定。

"难道鹰霜非得说出来吗？"她喃喃道，一半是在对自己讲话。

"那他该怎么做？"为了维护自己的兄弟，蛾翅的声音尖锐起来，"保持沉默，然后放纵风族偷猎了还能若无其事大摇大摆？每只河族猫都知道，只要一逮着老鼠尾巴那么大的机会，他们就

会连你背上的皮毛都给偷走。"她那琥珀色的眼睛灼灼发亮,跳起身来的时候,像是准备战斗一爆发她就要投身进去一样。

她的老师泥毛愤怒地嘶吼一声,提醒她巫医的职责是维护和平。蛾翅瞥了老师一眼,眼神里半是恼火,半是羞愧。

"停下!"一个声音划过整个山谷,响彻会场。叶爪看见火星迈步上前,来到巨岩的边上。"星族发怒了——抬头看看月亮!"

叶爪跟所有猫一样仰头看去。一轮圆月正高悬在树梢上空,不远处,一片阴云正在朝着月亮飘去。可空地上却连一丝风也感觉不到。叶爪战栗起来。如果星族的怒火足以让月亮被遮掩住,那森林大会就得被迫中止了。

武士们都伏下了身子,刚才还爪牙相向的敌意已经消减得只剩惊惧。

火星的声音再次响起:"豹星,高星,难道你们只因为一位武士的一句话,就要把自己的族群拖入战争之中吗?鹰霜,你有没有可能是看错了?"

鹰霜顿了一会儿,眯起眼睛盯着雷族族长。"我说的是实话,"他最终开口答道,"但我想,看错了也是有可能的吧。照在水面上的阳光或者其他什么,有可能让我看花眼了。"

"那就让河族与风族之间继续同享和平吧。"火星说,"高星已经承诺,不会再去往河边了。"

"我也会信守诺言,"高星啐道,"但是你应该教育教育你的年轻武士,好让他们知道要表现出尊重,豹星。"

"轮不到你告诉我该做什么。"豹星余怒未消,但叶爪看得出危机算是过去了。头顶上空,阴云从月亮旁飘开了,仿佛星族的怒火也消退了。

"想想眼下森林的生活是多么惬意,"火星劝导两位族长,"猎物充足,河里的水又涨起来了。为了迎接落叶季和枯叶季,我们都已经做好了准备。入侵他族领地完全是没有必要的行为。"他朝黑星望了一眼。黑星一直满脸了然地坐着,似乎在享受旁观其他族群间的纷争。"不过也并非意味着我们的边界护卫有任何松懈。"火星故意强调说。

"河族边界也是如此。"豹星嘶声道,却也同时后退了一步,貌似承认刚才的争执已经结束。

高星也退开了,只留下火星独自站在巨岩前部。叶爪知道接下来火星要说什么。她的父亲停顿了一下,才开始讲话。她猜得到,火星在小心地斟酌字句,他不想让其他族群认为他赶走了自己的族猫。

"四分之一月前,"他开口说道,"一位武士黑莓掌,与一位学徒松鼠爪一起离开了雷族。我们不知道他们去了哪里,但我们有理由相信,他们不是独自离开的。"他转向其他族长,问道,"你们有武士失踪吗?"

这一次,豹星主动开口了——叶爪猜,雾脚之前就把自己传出去的暴毛和羽尾失踪的消息告诉过豹星了。"有两位武士离开了河族——暴毛,还有羽尾——就在月半之前。起初,我们还猜

午夜追踪

想他们是越过河流,到你们的领地上过活去了,火星。毕竟他们和雷族有些关系。"她的语气冷冰冰的,仿佛对她的武士身上的混族血统很是不满,"我们可以猜测他们都是结伴一起离开的。"

一阵短暂的沉默之后,高星清清嗓子,接着平静地说道:"风族失踪了一位学徒鸦爪,好像也是在相同的时间。"他又补充了一句:"我还在想,会不会是狐狸或獾把他抓走了,但现在看来,他应该是跟你们的那几只猫在一起。"

空地上响起一片不安的议论声。有猫高声喊道:"你又怎么知道?说不定就是森林里有什么东西,会把我们一个接一个抓走。"

议论声越来越大,猫群外围的一只猫还发出恐惧的哭号声。叶爪看见众猫互相惊恐地看着彼此,要么就是跳起身来,仿佛随时准备逃离这片空地。

"会不会是野狗?"又一个声音叫道,"或许是那群野狗卷土重来了!"

火星走到高岩的边上俯视全场。有一个瞬间,他刚好对上了叶爪的眼神。叶爪颤抖起来——他该不会是要在大会上,公布她和松鼠爪之间的感应吧。

听见父亲开始讲话后,叶爪才放下心来。"我们也怀疑是否为捕食者,"火星说道,"但森林里没有任何相关的迹象——请大家相信我,万一那些恶狗回来了,雷族肯定会知道的。我们可以确认,这几只猫是自愿离开的。"

261

他镇定沉着的语调似乎说服了众猫——之前已经跳起身来的猫又坐了回去，不过他们大都仍旧满脸不安。

"影族呢？"火星转向黑星问道，"你们有没有失踪的猫？"

这位影族族长迟疑了片刻——隐藏消息像是这个族群的天性一样，就好像消息跟猎物一样珍贵似的。

"是褐皮，"他最终开口了，"我还以为她回了雷族，去和自己的哥哥一起生活了。"

空地上再次响起议论声，所有的猫都在交头接耳，想搞清楚自己刚才听到的消息究竟意味着什么。

"也就是每个族群至少都有一只猫离开了！"蛾翅惊叹道，"这到底意味着什么？"她又声音懊丧地补上一句："为什么星族不向我揭示这背后的谜团呢？"

叶爪很想把松鼠爪和黑莓掌离开之前跟她说的那些话告诉蛾翅。她不知道炭毛会不会提到自己在燃烧的蕨丛中看到的幻象，同时出现的火和老虎，不知怎的就与整片森林将面临的劫难联系到了一起。但当叶爪看向那位巫医时，却只见她挨着小云蜷伏高岩底部，埋着脑袋，一言不发。

"火星，依你之见，我们该怎么做？"高星问道。

"我们也没什么能做的。"没等火星回答，豹星就开口说道，"他们都已经走了。现在在哪儿也不知道。"

高星看起来很困惑："我不懂他们为什么非得要一起离开，但他们肯定是自己有什么想法。我敢保证，鸦爪一直对族群忠心

耿耿。"

火星点点头，说道："他们都是忠诚的猫。"叶爪知道，火星肯定是想起了自己在黑莓掌与松鼠爪离开前和他们发生的争执，还有他对那个预言的忧虑。

"我们总得有所行动，"高星坚持道，"我们不能假装他们从未存在过。"

"你对他们的关怀令我敬佩，高星。"火星说道，"但我同意豹星的话。我们什么都做不了，他们的命运现在都在星族的脚掌中了。愿星族保佑，让他们不久就能平安归来。"

之前一直没发表意见的黑星，这时却嘲讽地补了一句："希望当然容易啰，可惜希望又逮不住猎物。要我说，我们怕是再也看不到他们了。"

有猫在叶爪身后低声说道："他说得没错。外头有很多危险。"

叶爪只觉得一只巨大的鹰爪狠狠地摄住了自己的心脏。对松鼠爪的担心再次湮没了她。她想起了自己那个和家鼠咬伤有关的梦。松鼠爪，她喃喃自语道，一定能有什么方法可以让我帮上你的忙。

她发觉自己很难专心听黑星报告雷鬼路附近两脚兽活动增加的情况，当黑星说起好像有新的怪物聚集在一片众猫从不涉足的沼泽地周围时，她就更听不进去了。

这跟我们有什么关系？她心烦意乱地想，谁关心两脚兽在做什么啊？

聚会结束后,叶爪跟蛾翅说声再见,就急匆匆去找炭毛。她想到了一个主意,想赶紧回营地试一试。

回雷族营地的路上,她故意放慢脚步跟炭毛保持一致。直到最后,这两位巫医落在其他猫后面,得以单独交流。

"四大族群都有猫失踪,不是吗?"炭毛沉思着说,她稍微停下脚步,抬头凝望着已经沉到树梢下的满月,"叶爪,你很担心松鼠爪,是不是?她现在在哪里,你知不知道什么消息?"

炭毛问得这么直接,吓了叶爪一跳。一时间,她不知该怎么回答。

"少来了,叶爪,"炭毛眯起眼睛,"别想跟我说你一无所知。"

叶爪停下脚步,看着老师的脸,很庆幸有机会能说出真相。"我知道她还活着,也和其他离开了的猫待在一起。但我不知道他们去哪儿了,也不知道他们在做什么。他们走得很远,我想——比所有森林猫到过的地方都要远。"

炭毛点点头。叶爪忍不住怀疑,是不是星族已经给炭毛传递过跟旅程相关的信息。不过就算是,炭毛也什么都不会说的。

"你应该跟你父亲讲讲那些情况,"炭毛说道,"这样,他能安心一些。"

"好,我会跟他讲的。"

终于,她们到达了河谷。当叶爪跟着老师顺着金雀花通道进入营地时,只觉得脚掌疲惫不堪。

"炭毛,"叶爪说道,"我如果吃一些牛蒡根的话,会不会

有什么伤害？"

"如果吃得太多，可能会肚子疼。"炭毛回答道，"你为什么这么问？"

"这只是我想到的一个办法罢了。"如果我能察觉到松鼠爪在想什么，她对自己说道，那或许她也能从我这里感应到一些东西。要想隔着这么远和妹妹相感应，叶爪自己都觉得有些蠢，似乎很愚蠢，但她别无他法，只能一试。炭毛的眼睛里闪过暖意，她没追问自己的学徒，迫使她透露更多。在回到自己在蕨丛里的窝前，叶爪先到巫医巢穴里用力咬了一口贮藏的牛蒡根，然后带着嘴里的满口苦味睡下了。牛蒡根，牛蒡根，她低声喃喃着，松鼠爪，你听得到我说话吗？牛蒡根可以治疗家鼠咬伤。

第二十二章

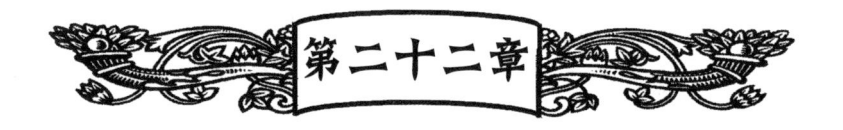

黑莓掌蜷缩在灌木丛里，望着满月悬挂在深蓝的夜空中。如果在四棵树，这时候正是四族碰面，召开森林大会的时刻。一想到空地上聚满了猫，大家交换各路小道消息，讲起种种故事，黑莓掌就越发感觉孤独。

又是似乎永无休止的一天。他们沿着雷鬼路前行，钻过一道道栅栏，翻过一堵堵围墙，在两脚兽的地盘里穿行着。唯一能让他们略感高兴的是，最糟糕的硬质路面已经走完了。现在行进的雷鬼路两侧都长满了草，两脚兽巢穴掩映在花园中。他们已经在一片灌木下找好了夜间栖身的地方，甚至还成功地捕到了猎物。然而焦虑仍像一副利齿啃噬着他，让他一刻不得安眠。

直到现在，他仍然不知道他们走的方向对不对。波弟自信地领着他们往前走，但当他在两脚兽巢穴之间穿来钻去时，却根本不管太阳的方向。黑莓掌觉得他们离太阳沉没之地越来越远了。

"我觉得我们越走越远了。"黑莓掌之前准备安顿下来入眠时，鸦爪责备的声音应和了他的心绪。

最令他担心的还是褐皮肩上的伤。虽然他的妹妹太过骄傲，

午夜追踪
WUYEZHUIZONG

从不愿承认自己的痛苦，但当他们停下来准备过夜的时候，她几乎走不动路了。虽然家鼠咬伤的地方已经不再流血，但她的肩膀肿了起来，被撕掉皮毛的地方裸露着又红又肿的肉。就算黑莓掌并非巫医，他也能看出这处咬伤已经完全感染了。褐皮睡得很轻，即使睡着了也在翻来覆去地折腾，松鼠爪和羽尾在她睡着时轮流为她舔伤，但每只猫都知道，要治愈褐皮，光是这些舔舐还远远不够。

听到近处的灌木里传来窸窸窣窣的声响，黑莓掌立刻跳了起来。当发现来者是暴毛后，他才放松下来。

暴毛来到他身边，蜷起身子。"我来值守一会儿吧，你歇歇。"这位深灰色武士说。

"谢谢。"黑莓掌拱起脊背，爪子戳进土里，伸了个懒腰，"不过我可能睡不太着吧。"

"尽量睡一会儿吧。"暴毛建议道，"你得留些体力明天赶路啊。"

"我知道。"黑莓掌又看了一眼月亮，说道，"如果我们现在是平平安安地在四棵树该多好啊。"

令他有些意外的是，暴毛居然同情地冲他眨眨眼睛说道："我们很快就能回去的。别太担心。不管我们是在外面，还是在森林大会上与族猫相伴，星族都会看佑我们的。"

黑莓掌叹了口气。不知何故，他实在很难想象，身在错综复杂的两脚兽领地里的他们，也会受到繁星武士们赐予的庇佑。他

猫武士

最后看了一眼月亮，然后蜷身闭上眼睛，终于沉沉睡去。

一阵狗吠惊醒了他。他立刻紧张地颤抖着跳了起来，却欣慰地意识到那声音离他们很远，没有什么威胁。附近也闻不到狗的气味。一道灰暗的光线从灌木间透过来，一阵带着寒意的微风吹搅叶片，裹着丝丝潮意，看样子很快就要下雨了。

黑莓掌的同伴们还在他周围安睡，只有暴毛不在。黑莓掌打起精神，准备叫醒大家继续上路。这时，鸦爪抬起头来，他撑起身子抖掉了身上的落叶。

"黑莓掌，听我说，"鸦爪的语气听起来不像平时那么尖刻，"我们今天必须走出这个地方。如果能找到一片森林，哪怕是农田也好，情况都会好一些。我们应该停下来让褐皮休养，在周围都是两脚兽出没的地方，我们没办法做到这一点。"

这只年轻猫说得有理有据，黑莓掌简直掩饰不住他的惊讶，尤其没想到鸦爪会这样为褐皮着想。"你说得对，"他表示同意，"但我没把握。我们没有别的选择，只能信任波弟，让他带我们走出这个地方。"

"我们就不该让他和我们一起走。"鸦爪低吼道。这时，波弟睡得正香，一身凌乱的虎斑皮毛随着鼻鼾声一起一伏。鸦爪走到波弟身边，伸出一只脚掌用力戳他的肋部："醒一醒！"

"嘿！你干吗？"波弟眨眨眼睛，喘着粗气坐了起来，"什么事这么急？"

午夜追踪

"我们得继续赶路了,"鸦爪又恢复了他那粗鲁的语气,"怎么,你忘了?"

随便鸦爪跟波弟讲什么道理吧。黑莓掌实在太累也太焦虑,根本不想去管他们的争吵。他一个个叫醒同伴,最后来到褐皮身边,低下头嗅嗅褐皮的伤口,仔细地检查着。

"伤情一点也没有好转,"羽尾在他肩头低声说道,"我估计她今天走不了多远。"

正说着,褐皮睁开了眼睛:"黑莓掌?到出发时间了吗?"她挣扎着坐起来。黑莓掌看得出来,她的腿几乎撑不住她的身体。

"你继续躺一会儿吧,"羽尾对她说道,"我再给你舔舔伤口。"

羽尾蹲伏下来,用舌头有节奏地轻舔那块肿胀的地方。褐皮再次垂下头,枕在自己的脚掌上。黑莓掌正看着她,暴毛就嘴里叼着一只老鼠走了过来,把老鼠放在褐皮嘴边。

"给你,"暴毛说道,"新鲜猎物。"

褐皮眨着眼抬起头来看他:"哦,暴毛……谢谢你!但我本应该自己去捉的。"

黑莓掌心疼得肚子都抽紧了:她现在根本就没有力气去捉猎物。

暴毛只是用鼻子轻轻碰了碰她的耳朵。"先把这只吃了,"他低声说道,"你需要恢复体力,我晚些时候可以再去捉。"

褐皮感激地点点头,开始吃了起来。波弟和鸦爪仍吵得不可

开交，黑莓掌懒得理他们，他走向松鼠爪，想看看她在做什么。

这位暗姜黄色的学徒正坐在她头天晚上用树叶铺好的窝里，嘴里喃喃低语着，还不时地用舌头舔嘴唇，好像尝到了什么恶心的东西。

"你怎么了？"黑莓掌问道，又开玩笑地补上一句，"在吃自己的毛吗？"

一开始，松鼠爪并没有对他做出反应。"不是，"她一边不住地舔着嘴唇，一边回答道，"只是有种莫名其妙的味道。我总觉得自己应该记得是什么。"

"不会是盐吧？"黑莓掌轻微地暗示她。他并不觉得自己会怀念松鼠爪那副伶牙俐齿，不过她现在这样的严肃令他有些担忧。

"不是……是别的味道。让我好好想想，我依稀有点印象。我有感觉，这个东西非常重要。"

波弟带领着他们再一次出发了。昨天晚上睡了一觉，褐皮似乎好点了，她打起精神，一瘸一拐地向前走着，努力跟上波弟缓慢的脚步。黑莓掌一直关注着妹妹，准备随时在她撑不住的时候要求休息。

虎斑老猫带领他们穿过了更多的两脚兽花园，最终钻出来以后，到了一条窄窄的雷鬼路上。路的一边是木头栅栏，另一边则是一堵高墙。两三头怪物蹲在路边，硕大的眼睛里闪着光。跟同伴们一起经过时，黑莓掌一直警惕地盯着它们，随时准备着在它

们怒吼着活过来时拔腿就跑。

雷鬼路向一边转了个急弯。波弟拐过弯继续往前走，黑莓掌看到羽尾停下脚步，难以置信地看着前方。

"别走了！"她带着与平日大相径庭的暴怒，张口啐道，"够了！我们不能走那条路，你这毛球！"

仿佛为了回应她这句话，高墙的另一边传来了狗叫声。黑莓掌警觉地四下张望，却没看到狗能绕到他们这边来的路。他焦急地跳上前去，到了羽尾跟前，这才明白她为何恼怒了：前方离他们不过几狐狸身长的地方，雷鬼路被一堵高墙猛然截断，砌成墙面的暗红色石头正是已经将他们连续几日围困其间的那种。沿着这条路根本没办法再往前走了。一想到他们必须得走回头路，黑莓掌简直觉得身体的每一块肌肉都在尖叫着表示抗议。

波弟已经停了下来。他回头看着他们，一副受伤的表情："干什么嘛，没必要这样吧！"

"你其实根本就不知道我们在哪儿，是不是？"羽尾质问道。她压低身子，平贴着硬邦邦的路面。黑莓掌一时不知她是想藏起身来，还是准备攻击那个无可救药的向导。如果她真要这么做，他应该制止她吗？"我们已经有一只猫受伤了，我们没工夫瞎晃荡，整天跟在你后面钻进钻出这个……讨厌的地方！"

"冷静点。"鸦爪赶上来，低身向着羽尾的耳朵粗声粗气地说道，"别再理会那个老蠢货了。我们能想办法自己走出去的。"

羽尾朝他龇出了牙齿。"我们自己怎么走？我们甚至都连自

己在哪儿都不知道。"

墙后的狗叫得越来越疯，发出阵阵狂乱的尖声吠叫。黑莓掌全身都紧张起来了，打算一看到狗从花园里冲出来，就赶紧逃命。他身后的暴毛正在拐弯处跳来跳去，四处察看着，发现那条狗一时半会儿构不成威胁时，才向妹妹走去。片刻之后，松鼠爪和褐皮也赶到了。

"什么情况？"雷族学徒问道，"波弟去哪儿了？"

黑莓掌这才发现那只老猫不见了。一时间，他都不知道自己是该庆幸还是该生气。

"可算是甩掉了。"鸦爪低吼道。

他话音未落，就见波弟的脑袋从墙边的一道缝里露了出来，黑莓掌之前根本就没注意到那里。"喂！"老猫喊道，"你们到底走不走啊？"

他的头又缩了回去。黑莓掌走向那处破损的墙缝，从缺口往外张望。他原以为会看到更多两脚兽的巢穴，没想到一看之下却惊呆了。越过一条尘土覆盖的窄路，前方是一片青草覆盖的斜坡，簇簇金雀花点缀其上，再过去一点——是树！一望无际的树林，视线里一个两脚兽的巢穴也没有。

"你看到什么了？"松鼠爪在他身后不耐烦地问道。

"一片森林！"黑莓掌像一只幼崽一样尖叫着，"终于又看到像样的森林了。快点，大家都快来。"

黑莓掌从那处破损的墙缝钻出来，站在波弟身边。老虎斑猫

看着他,得意地眨了眨眼睛。"现在满意了吧?"他咕噜着说道,"你们一直想走出来,我可是就把你们带出来了哟。"

"呃……是的,谢谢你,波弟,太好了。"

"现在我没那么'蠢毛球'了是不是,嗯?"波弟意味深长地看了一眼鸦爪,这位风族学徒正从那个破口钻过来。

黑莓掌和鸦爪交换了一个眼神。黑莓掌心里很怀疑,发现找到了离开两脚兽领地的路,波弟说不准和他们一样惊讶,只是老猫绝对不会承认罢了。反正现在都没关系了。两脚兽领地已经被他们抛在了身后,他们总算可以再度开始寻找通往太阳沉没之地的道路了。

穿过那条小路,他们开始爬坡。脚踩在新鲜的草地上,微风吹来森林的气息,这一切都让黑莓掌沉浸其中,感到无比开心。当他们总算是站到了树下时,感觉简直就像回家了一样。

"这才像样嘛!"暴毛环顾着周围丛丛蕨叶和清凉的深草丛说,"我提议,我们就在这里待到明天出发吧。褐皮可以好好睡一觉,我们几个去狩猎。"

黑莓掌本想反对——随着时间不断流失,他想尽快赶到太阳沉没之地的愿望就越发强烈。但他也知道,停下来休息,恢复体力,会让他们更有可能早些到达目的地。

其他猫都一致同意停下来歇一歇,只有褐皮有异议:"你们不必为了我而停下。"

"停下来可不仅仅是为了你,鼠脑子。"松鼠爪亲密地把鼻

子埋入这只影族猫的皮毛里，"我们都需要好好休息一下，填饱肚子。"

几只猫慢慢向树林深处走去，他们聚拢在一起，一面保持警惕，一面寻找着适合休息的好地方。黑莓掌每走几步就停下来嗅嗅空气，没有发现狐狸、獾或者其他猫的气味，看来他们不会遇上什么麻烦了。但空气中充满了猎物的气味，一想到能吃上肥硕的老鼠，甚至是味道更好的兔子，他不由得口水直流。

没多久，他们就找到了一个好地方：一片浓密的山楂树丛下，涓涓细流破开土地，默默流淌着。

"这里简直再好不过了，"鸦爪说道，"既有水喝又有藏身的地方，就算周围有掠食者，想偷袭我们也不容易。"

褐皮跛得更厉害了，她连滚带爬地从山坡上下来，强撑着爬进两段扭曲树根之间的苔藓垫里。她那双绿眼睛里满是痛苦，似乎已经筋疲力尽了。羽尾坐到她身边，又开始舔她的伤口。波弟在褐皮的另一边躺下，马上就缩成一团睡着了。

"好了，你们三个就待在这儿，"鸦爪说道，"我们几个负责狩猎。"

黑莓掌张开嘴，刚想质问他有什么资格发号施令，但又觉得为这事争论很不值得。更何况，偶尔有其他猫替他做决定也挺好的。于是他向松鼠爪走过去。"你想跟我一起去狩猎吗？"他问道。

松鼠爪敷衍地点点头，显得有些心不在焉。她跟着黑莓掌朝小溪上游走去。临时营地就要消失在视野里的时候，黑莓掌看到

午夜追踪

水边的草丛里有一只老鼠在跑。他动作流畅地蹲伏下身子，进入狩猎状态，然后看准时机一跃而起，闪电般一掌拍死了老鼠。当他转身想向松鼠爪展示自己的狩猎成果时，却见她仰头站着，正张大嘴嗅闻森林的气味。

"松鼠爪，你没事吧？"

这个学徒一下子跳了起来。"什么？哦，没事，我很好，谢谢。只不过是有些东西我不太……"她的声音越来越小，又开始舔自己的嘴唇。

黑莓掌猜自己是没办法弄懂她在想什么了，于是刨了些土盖住刚刚逮到的猎物，好过一会儿来拿。然后，他继续往树林深处走去。这里到处都是猎物，而且它们好像都不知道什么是掠食者。这简直是黑莓掌有生以来最容易的狩猎经历之一。

松鼠爪也在帮忙，但她的心思显然在别处。平时捕猎她最拿手，但今天她却犹豫太久，让一只黑鸟逃脱了；有一只忙着啃坚果的松鼠离她不过一狐狸身长的距离，而她居然错失了良机。

接着，当黑莓掌正在悄悄接近一只兔子时，松鼠爪竟然叫出声来："就是它！在那边！"

那兔子立刻飞快地蹿进草丛里，一个心跳过后，黑莓掌就只能看着它逃窜时一上一下的白尾巴了。

"嘿！"黑莓掌愤慨地喊道，"你在干什么！"

松鼠爪根本没有在听。她急匆匆地往水边冲去，那里有很多长着暗绿色叶子的高大植物。黑莓掌一头雾水地盯着她，松鼠爪

却开始在植物根部用力挖掘起来。

"松鼠爪，你在干什么呢？"他问道。

这位学徒停下来回头看了他一眼，绿眼睛里满是胜利的兴奋。"牛蒡！"她喘着气说道，转头又继续往下挖，"褐皮的家鼠咬伤得用这个治疗。过来帮我把根挖出来。"

"你怎么知道的？"黑莓掌赶过来，一边帮着挖一边问。

"还记得我跟你说过的那个味道吗？我今天想了一早上。叶爪给我们送别时肯定提到过这个。"

黑莓掌停下来看着她。叶爪确实跟他们说了几种路上可能会用到的草药，但他不记得有牛蒡根。他随后耸耸肩，挖得更卖力了。肯定是叶爪说过吧，要不松鼠爪怎么想到用牛蒡根呢？

他们一次挖了三四条牛蒡根，松鼠爪把它们放到水里洗去泥土，然后叼回了营地。黑莓掌则收集了尽可能多的猎物后，再慢慢跟在后面带了回去。

等他到了他们休息的地方，发现松鼠爪已经把一些牛蒡根嚼烂了，轻轻抹在褐皮受伤的肩膀上。这位影族武士静静地躺着看，却在根茎的汁液渗进伤口时不禁放松下来，发出一声长长的叹息。

"好受多了，"褐皮说道，"伤口有点发麻。我现在感觉不到疼了。"

"太棒了。"黑莓掌说。

"我觉得你一定是位深藏不露的巫医，"褐皮舒服地趴在苔藓上，对松鼠爪说道，"也许你也带有一些你姐姐身上的天赋。"

午夜追踪

她困乏地眨眨眼睛，渐渐陷入睡梦之中。

松鼠爪双眼闪亮地看着褐皮，黑莓掌感到浑身皮毛刺痛。难道叶爪在森林里跟他们告别时，真的提到过牛蒡根？或者她们姐妹之间另有什么神秘的联系？

黑莓掌返回树林里去收集剩余的猎物。回来的时候，暴毛和鸦爪也都带回了丰盛的猎物。这么多天以来，他们第一次得以想吃多少吃多少。波弟醒来后，也狼吞虎咽地大吃起来，仿佛觉得这些猎物的美味远胜过他长时间以来食用的宠物猫食。

他们都好好地睡了一场。当黑莓掌一觉醒来时，天上的乌云已经散去，阳光从树林间斜斜地照进来，整座森林都笼罩在一片红色光晕里。他跳起身来，尽可能爬到最高处，让整条溪流尽收眼底。他找到了树梢间的一处空隙，于是通过那里张望着，想找出太阳落山的方向。

"我们得走那条路。"暴毛也爬到了坡顶，站在黑莓掌身边说道。暴毛的声音沉着果断，如同自己也亲临了星族送来的幻象。"到了那里，我们就能知道午夜会传达什么信息给我们了。"

黑莓掌脚掌发痒，恨不得现在就朝着落日飞奔而去，好像他确信蓝星就在那儿等着，并要告诉他究竟怎样做才能拯救森林。但他也知道，更明智的做法是按原计划行事，在树林里歇上一夜。仔细记下了他们要走的方位后，他回到溪水边的同伴们中间。

褐皮正撕扯着一只野兔大快朵颐，看见黑莓掌便停下来跟他点头打招呼。"我简直饿坏了，"她坦然地说，"感觉今天肩膀

好多了。松鼠爪，你之前说你涂在我伤口上的是什么来着？"

"牛蒡根。"黑莓掌留意到松鼠爪并没有想解释，自己是怎么知道牛蒡根可以治疗伤口的感染的，也许她自己也搞不清楚。

松鼠爪又开始咀嚼另外一根。等褐皮吃完以后，松鼠爪就往她伤口上又抹了不少药糊。黑莓掌发现肿胀已经消下去了，可怖的红色也淡了不少。他默默感谢星族——还有叶爪——让他的妹妹得以康复。

第二天早上出发时，他们又饱餐了一顿。褐皮看起来和以前没什么两样了，她的腿脚几乎不再跛了，眼神也恢复了明亮。

离日高还早，他们便已经走到了森林边缘。放眼望去，前方尽是开阔的荒野。地势起起伏伏，形成一道道和缓的坡地。这里的野草短而富有弹性，微风吹过，荡起阵阵涟漪。草地上点缀着蔓生的车轴草和野生的百里香。前方的路看起来很好走，空气里也弥漫着清新的气息。

"和老家真像啊！"鸦爪喃喃自语，显然是想起了风族开阔的荒原。

跟这位风族学徒不一样，黑莓掌并不愿意离开树林。树冠的遮盖总让他分外安心。但食物和休憩给他们注入了新的能量，他希望到了这里，旅程的终点就离他们不远了。

意外的是，波弟在接近树林边缘的地方跟他们提出了告别。"脑袋上顶着开阔的天空总让我很不得劲。"波弟直言不讳地说道，这句话引起了黑莓掌内心的共鸣。"我猜可能是因为被太多直行

兽追过吧。我更喜欢能藏身的地方。再说了，你们现在也用不着我了。那个星族，不管它们是什么，在午夜时分等的也不是我。"波弟说着眼睛闪了闪。

"虽然如此，"黑莓掌说道，"还是感谢你为我们所做的一切。我们会想念你的。"他惊讶地发现自己这些话是发自内心的，他已经对这只恼人的老猫有了一些感情："如果你哪天到我们的森林里来，欢迎你到雷族来做客。"

黑莓掌话音刚落，就听见鸦爪低声对褐皮说道："也许你哥哥会想念他吧，反正我可不会！"

黑莓掌卷起嘴唇，向那只风族猫发出警告，好在波弟并没听清那学徒的小声嘀咕。"我会在这儿等你们两三天，"他承诺道，"免得你们找路回去的时候还需要我。"

黑莓掌望向鸦爪，正好看到他冲羽尾翻了个白眼，而羽尾则耸了耸肩。

"我觉得你们肯定能回得来。"波弟说着，高高扬起尾巴走开了，"你们都能在离太阳沉没之地那么近的地方遇上我了，想来也就不会都淹死在里头咯。"

"那倒是，"松鼠爪在黑莓掌耳边说道，"总得要满怀希望嘛！"

但是到了那一天快过完的时候，甚至连黑莓掌都快失去希望了。太阳晒了一天，干热难耐，他的精力全给吸没了。起伏的丘陵上根本就找不到水，黑莓掌感觉自己口干得就像训练沙坑的地面一样。同伴们也好不到哪儿去，一个个耷拉着脑袋，步履沉重地拖着尾巴。褐皮又开始瘸了，但她不愿意让任何猫检查她的伤口。黑莓掌看到她受伤的肩膀又肿了起来，开始担心她还能坚持多久。而这里根本就找不到牛蒡根。

就在他们正前方，太阳在猩红的光耀中慢慢落下，焰舌铺展开来，跨过了半个天空。

"至少我们走的方向没错。"羽尾轻声说道。

"是的。但我们还得走多远啊？"黑莓掌本不想将自己的担忧表现出来，但心中的焦虑已经让他无力忍受了，"要走到太阳沉没之地，可能还得花上好几天。"

"我早说过这是个鼠脑子的主意。"鸦爪插嘴评论了一句，只是他太疲惫，无力得语气都没那么刺耳了。

"那我们还准备走多远？"暴毛问道。几只猫全都转过脸看着他，他又说道："如果找不到那个地方，迟早我们得做出决定，是放弃呢，还是继续走下去？"

黑莓掌知道他说得没错。从某种意义上说，他们可能已经不得不承认自己的失败了。但是如果违背星族的旨意，带着未竟的旅程往回走，这样的行为对他们的族群又意味着什么下场呢？

这时，一直迎风嗅闻的松鼠爪突然跳转身来看着同伴，眼里闪烁着兴奋的火花。

"黑莓掌！"她惊喜地说道，"我闻到咸味了！"

第二十三章

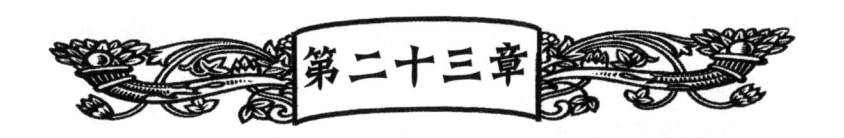

黑莓掌盯着这位学徒愣了片刻，然后张大嘴仔细嗅闻起来。松鼠爪说得没错。空气里那股咸味不会错的。这腥咸的味道将他带回了之前的梦境之中，咸水的苦涩一浪一浪地涌上来，将他包围。

"真的是咸味！"他说道，"我们一定很接近了。大家都跟上！"

黑莓掌冲进风里，落日的余晖恍惚了他的视野。他往后一瞥，只见同伴们都跟了上来，就连褐皮也加快了跟跟跄跄的步伐。黑莓掌突然觉得有一股新的力量注入四肢，仿佛自己可以一直这么跑下去，直到如同在头顶盘旋飞鸣的白鸟一样，猛冲入烈焰般的天穹。

只是他没有飞上天，反而惊险地在一道巨大的悬崖边缘刹住了脚步。在距他前掌不过一老鼠身长的地方，陡峭的沙质坡面直直坠下，形成一道绝壁。悬崖底部，滚滚波涛被拍成碎末，在他的正前方，一蓝绿色水面浪涛翻涌，无边无际地延伸出去。地平线上，太阳正缓缓沉入其中，放射出的烈焰如此炫目，逼得黑莓

掌眯起眼睛。橙色的火焰直跨过水面，烧出一条如殷红血水般的道路，几乎延伸到了悬崖底下。

几只猫看得目瞪口呆，怔了半天。最后，黑莓掌抖了抖身子。"我们得赶快了，"他说道，"一定要赶在天黑之前找到那个长着獠牙的岩洞。"

"然后静候午夜的降临。"羽尾加了一句。

黑莓掌左右张望着，却看不出应该走哪条路。他随便定了个方向，便带领大伙沿着悬崖顶部往前走。他们不时停下来，将头探出悬崖边缘，察看下方是否有岩洞。每一次察看时，黑莓掌都紧紧抓住地上坚韧的野草——一不小心，后果可想而知：滑出悬崖，跌落，不断下坠，最后被汹涌的波涛吞噬。

走着走着，地势开始缓缓下降，直到最后距离下方的水面只有一棵树的高度。这里的悬崖顶部向外凸出，让他们无法察看下面的情况。近乎垂直的峭壁表面布满了雨水日积月累冲刷出的沟壑。等坡度渐趋平缓时，他们才敢往下爬一小段距离，往水边慢慢靠近，有时甚至会被咸涩的浪花打到。岩石上布满了雨水长期侵蚀留下的一道道裂缝，有的裂缝很宽，群猫不得不纵身一跃才过得去。有的凹坑无法长草，只有一些低矮的灌木从那贫瘠的岩缝里歪歪扭扭地长出来。

"如果今晚我们找不到那岩洞，这里倒是有很多可以栖身的地方。"暴毛说。

黑莓掌也在想，他们应该找一个地方歇歇脚了。太阳已经完

午夜追踪

全沉到水面以下，不过明亮的橙焰仍在天空中划开道道斑斓。微风吹来，明显带着寒意。至少要让褐皮躺下来歇一歇，他想，其他的猫则可以继续搜索。

他的妹妹已经落在他们后面，拉开一段距离了。黑莓掌转身沿着裂缝边缘向她跳过去，却脚下一滑，无助地掉进裂缝里。他拼命想抓住岩缝间的泥土，但松散的泥土从他的爪间不断滑落，泥土洒了他一身。他不断往下滑去——滑向下方望不到底的阴影间，他惊恐地大叫起来。

"黑莓掌！"暴毛跃入裂缝，落在黑莓掌身边，伸长爪子想去抓住黑莓掌的肩膀，黑莓掌却发觉土越掉越多，他们两个都在往下掉，下滑的速度还比之前更快了。碎土扑到黑莓掌脸上，刺痛了他的眼睛，呛进他的喉咙里。上方传来震耳欲聋的高喊声，接着松鼠爪也跳了下来，差点就砸在他头上。

"不要下来——退回去！"话音未落他就被灌了一嘴的泥土给噎住了。

突然间，滑动的泥土一下子都没了，脚下空空，他哀号着摔了下去，魂飞魄散的刹那后，他着地了，重重地落在一堆潮湿的鹅卵石上。

有一阵子，他躺在那里动弹不得，只听见耳边传来隆隆的回声，感觉天旋地转。等到他睁开了眼睛，却骇然发现那獠牙毕露的巨大洞口就耸立在他眼前，背后映衬着傍晚绯红的天空。他正想爬起来，一阵水浪突然涌了过来，漫过他的脚掌。他惊恐的喊叫被灌入口中的水流猛然截断，梦中可怖的咸味再度将他包围。

　　黑莓掌拼命踢打四肢，但波涛还是将他无情地推向那排獠牙处，然后又抛回来。他不知道自己在哪儿，也不知道自己该往哪个方向游。咸水灌进了他的眼睛和耳朵，在他身边不停怒吼着。他竭力想喘口气，却吞下了更多的咸水。

　　他快没力气了，绝望的挣扎越来越疲弱了，令他窒息的冰冷波涛眼看着就要淹没他的头了。突然，他的肩膀猛地一阵剧痛，皮毛上的沉坠感消失了，他得以再度呼吸。他使劲儿咳出喝下的水，一扭头便看到松鼠爪正盯着他，牙齿紧紧地咬住了他的皮毛。

　　"不要！"他喘着粗气说，"你别……你会淹死的……"

　　松鼠爪一张口黑莓掌就得又沉下去，于是她没有回答，只是四肢奋力划水。黑莓掌感觉脚掌下又触到了光溜溜的鹅卵石，波浪却又一次将他们朝着背后的獠牙卷过去。

　　黑莓掌攒足最后一丝力气与水流抗争，竭力让自己和松鼠爪远离那些锐利的岩石。咸水又涌了过来，波浪把他们推得更高了。他突然瞥见身旁出现了一个湿漉漉的深灰色身影——是暴毛！紧接着，波浪就把他们全拍打在坚硬的地面上。

　　黑莓掌胸口里的空气都被砸了出去，他在光滑滚动的鹅卵石之间扒拉着四肢。一波波的浅水花冲上来，似乎想把他再拖回去。一直咬着他肩膀的松鼠爪把他拽了起来，另一只猫在身后使劲推他。最后，他像一摊烂泥般躺在了坚硬的岩石上，一动不动，任由世界在他眼前慢慢消失。

午夜追踪
WUYEZHUIZONG

有只脚掌在戳他的侧腹,让他一下子醒了过来。

"黑莓掌?"是松鼠爪,她的声音急切而绝望,"黑莓掌,你还好吗?"

黑莓掌张开嘴,发出一声呻吟。他浑身的毛湿透了,感觉自己冻得像冰。他感觉筋疲力尽,根本就动弹不了,身上的每一块肌肉都在疼。他之前被灌了一肚子水,现在腹胀得厉害,但至少他还活着。

他费力地抬起头,声音粗哑地说:"我没事。"

"哦,黑莓掌,我还以为你死了!"

等他的视线慢慢变得清晰了,才发现松鼠爪弯腰看着他。黑莓掌从没见过松鼠爪如此懊丧的样子,哪怕是之前在森林里被她父亲责骂,她也没有这样过。她眼中强烈的不安令黑莓掌强撑着坐起来,却一下子吐出几口咸水。

"我没死。"他咳嗽着说道,"多亏了你。松鼠爪,你太棒了。"

"她冒着生命危险去救你。"身边传来了暴毛的声音。黑莓掌看见这位深灰色武士正站在自己旁边,毛紧贴在身体上,个头看起来比平常小很多。他的语气里透着不赞同,但看向松鼠爪的眼睛却发着亮光:"但她真是做了件非常勇敢的事。"

"也是非常愚蠢的行为。"黑莓掌吓了一跳,才意识到褐皮也在这儿。褐皮就站在水边,浪花一波一波地舔着她的脚掌。她的眼睛带着怒意,眯成了一条线:"如果你们两个都淹死了怎么办?"

"可我们没有啊。"松鼠爪呛声回去。

"我本来应该帮忙的。"褐皮遗憾地说道。

"带着那个感染了的伤口帮忙吗?"暴毛用鼻子轻触褐皮的侧腹,"只有星族才知道,你到底是怎么下到这里来的。"

"摔下来的,跟你们一样。"褐皮揶揄道。当她再看向松鼠爪时,稍微放松了一些。"对不起。"她说道,"你的确非常勇敢。我只是有点……我受了伤,帮不上忙,心里很不好受。我和你一样……以为我们会失去黑莓掌。"

直到这时,黑莓掌才觉得好点了。他环顾四周,认出了梦中的洞穴。而他就在其中。前面就是生着一圈獠牙,咧着大嘴的洞口。潮水在獠牙间以一种奇怪的节奏冲刷不休,一会儿咆哮着冲进来,一会儿又嘶鸣着退回去,地上的鹅卵石也随之滚动。洞内的岩壁是光滑的弧形。地面朝着岩洞内部缓缓上升,最后消失在黑暗中。光线只能通过洞口和洞顶的一方小孔照进来,此刻,羽尾和鸦爪正透过孔洞焦急地往下看。

"你们没事吧?"羽尾高声喊道。

"我很好!"黑莓掌踉跄着站起身说道,"我觉得我们已经找到地方了。"

"你们等一会儿,我们马上下来。"鸦爪说道。

黑莓掌差点就喊出声,命令他们待在原地——可是鸦爪根本不会听他的。但当黑莓掌靠近洞壁仔细察看的时候,他发现石壁上有道道石棱与岩缝,安全地爬下来再爬出去应该没有问题。羽

午夜追踪

尾和鸦爪小心翼翼地往下爬，最后踏到洞底，站直身子四处张望着，眼睛兴奋得放光。

"我们非得在这儿待到午夜吗？"松鼠爪本来一直在舔胸口湿透了的毛，这时仰起头问道。她说话的声音在岩壁间诡异地回响着。

"我想……"黑莓掌刚一开口，突然又停住了嘴，他全身的肌肉突然绷紧了。

岩洞深处的黑影里传来了某种有力的摩擦声。一股浓烈的臭味钻进他的鼻子。一个影子动了起来，并不全黑，还夹杂着道道白色。影子笨拙地移动到微弱的光线下，现出一个令他们毛骨悚然的熟悉身影：森林猫最为致命的敌人之一——

獾！

第二十四章

　　黑莓掌惊慌地回头看向身后，但除了跳进水里，根本无路可逃。要小心爬回洞顶的小孔处更是来不及了。罪恶感像冰冷的波涛一样袭来，简直要将他压垮。他那所有的幻象，他那所有的笃定，把他的同伴们引到了这处绝境。他们在这里没有得到真相，没有受到来自星族的任何指引，只迎来了一场毫无意义的可怕死亡。此时此刻，他们就像瓮中之鳖，忠诚和勇气又有何用？

　　鸦爪压低身子，龇牙咆哮着慢慢向前移动。暴毛绕着獾不住地移动身子，准备从侧面袭击。黑莓掌绝望地意识到他们两个只是白白去送死。他们被长途旅行耗尽了力气，又刚从水里挣扎求生，现在虚弱而饥饿，即使是他们六只猫一起上，也毫无打败一只獾的希望。他们现在的境况和被波涛淹没窒息没什么区别了，要不了多久，粗钝的爪子和有力的牙齿就会让他们接连殒命。

　　獾在岩洞内侧的阴影边缘处站住了。它隆起强壮的肩膀，爪子在岩石上划过。它来回摆动头颅，身上的白纹隐隐发光，好像在思考应该先向哪只猫下手。

　　接着，它开口说话了。

午夜追踪

"午夜到了。"

黑莓掌目瞪口呆,一时感觉脚下又踏空了。这只獾会说话,说的是他能听懂的话,而且字字清晰……他难以置信地呆站着,心脏怦怦狂跳。

"我就是午夜。"这只獾的声音低沉刺耳,就像鹅卵石在波浪中翻滚的声音,"对你们,我有话要说。"

"老鼠屎!"鸦爪呸道,这位风族学徒仍蹲伏着,随时就要扑上去,"你要是敢动一下,我就把爪子抠到你眼睛里去。"

"别,鸦爪,等一等……"

獾低哑的笑声打断了黑莓掌:"他可真凶,是不是?星族的确没有看走眼。但今天,谁都无须动手。我们只说话,不打架。"

黑莓掌和几个同伴面面相觑,摸不准这话是真是假,一个个尾巴上的毛都竖了起来。鸦爪说出了大家心里的疑惑:"我们要相信它吗?"

"我们还有其他选择吗?"羽尾眨着眼睛说道。

黑莓掌再次打量眼前的这只獾。它的体形比他在蛇岩附近见到的那只稍小一点——可能是只母獾——但威胁性也绝不逊色。要是相信它说的话,等于推翻他从小到大学过的所有知识。但到现在为止,这只獾没有任何攻击他们的举动——他甚至还觉得能在它眼里看到闪过幽默的光。

黑莓掌回头看向同伴们。鸦爪、暴毛和羽尾或许还有气力作战,但他和松鼠爪刚从几近溺毙的情况下脱险,而褐皮早已神志

不清地倒在地上,受伤的那侧肩膀怪异地伸在一旁。

"来吧,"那只獾粗哑着嗓子说道,"我们总不能在这儿耗上一夜。"

黑莓掌非常确信,这不是一只普通的獾。他以前从未听说过獾能讲猫听得懂的话——更何况它刚刚提到星族时,仿佛比任何一只猫都更清楚他们追寻的目的。

"羽尾说得对,"黑莓掌低声说道,"我们还有什么选择吗?它要是想杀我们,现在就可以把我们都撕成鸦食。在我的梦里,蓝星告诉我要聆听午夜的信息,这一定就是了。她的意思根本就不是指时刻。"他转向獾,大声问道:"你就是午夜吗?你是不是有星族的消息要带给我们?"

那只獾点点头,说:"它们叫我午夜。我被告知在这儿会见到你们……但那低语声说的是四只猫,而不是六只。"

"那么我们就会聆听你传达给我们的信息。"黑莓掌对它说道,"你说得没错,只有四只被选中,但我们来了六只,每一只都有资格站在这里。"

"你要敢轻举妄动……"鸦爪威胁道。

"哦,闭嘴,你这鼠脑子!"松鼠爪吼道,"难道你还看不出,这就是我们千辛万苦到这里的目的吗?'聆听午夜的信息'。这就是午夜。"

身处一片漆黑中的鸦爪瞪着它,但没有吱声。

午夜转过身,只简单地说了一句:"跟上。"然后就向岩洞

午夜追踪

深处走去。黑莓掌只能辨认出一条暗道漆黑的入口。他深吸一口气，说道："好吧，我们走。"

暴毛打头，鸦爪紧跟在他后面。黑莓掌希望这个学徒能消停点，别总寻衅滋事，至少能先听这只獾把话说完。羽尾轻轻扶起褐皮，让她靠着自己的肩膀，一瘸一拐地踏入这条通道。黑莓掌和松鼠爪对视了一眼，讶异地看到全身湿透、精疲力竭的松鼠爪仍旧双眼闪亮，满是激动。

"等我们回去后，讲给他们的故事可就精彩了！"松鼠爪站起身，跟在羽尾身后小跑着进入了那条通道。

黑莓掌在最后压阵，他往身后看了最后一眼，看着洞口边缘的尖石獠牙，以及依旧涨涨落落的波浪。落日的余晖仍在天空中染出一片红色。恍惚间，黑莓掌似乎看到一道无边无际的血河正从他头上瓢泼而下，耳朵里充斥着众猫濒死前的尖叫。

"黑莓掌？"松鼠爪的声音打断了他脑海里的恐怖声响，"你来不来啊？"

眼前的幻象消失了，黑莓掌发现自己仍然在涛声回响的岩洞内。天上的红光迅速隐去了，一位闪着光的星族武士祖灵俯视着他。黑莓掌打了一个冷战，于是赶紧向同伴和午夜追去。

通道缓缓抬升。一片黑暗中，黑莓掌什么都看不见，但他感觉得出脚掌下的是沙地，不再是鹅卵石或岩石。他不仅能闻得到朋友们散发出的谨慎气息，也能嗅到獾的强烈臭味。

很快，黑莓掌就进入了另一个岩洞。新鲜的空气吹动他的皮

毛，远端有一个洞口可以通到外面。一道微弱的银光从那孔中照了进来，告诉黑莓掌，月亮已经在岩洞外升上了天空。借着月光，他看到这个岩洞是从土里挖出来的，洞顶长满盘根错节的树根，洞底铺着一层厚厚的蕨叶。羽尾已经帮褐皮在蕨叶上铺了一个柔软的窝，然后坐在她身边，又开始为她舔伤口。

"你受伤了？"午夜问这位影族武士，"怎么受伤的？"

"被家鼠咬的。"褐皮咬紧了牙关回答道。

那只獾发出呸的一声。"真糟糕。你等着。"它消失在岩洞另一边的阴影里，片刻后，它回来了，嘴里衔着一段根。

"牛蒡根！"松鼠爪大叫起来，得意地瞥了一眼黑莓掌，问道，"你也用它治伤？"

"治疗咬伤，治疗感染的脚掌，治疗各类疼痛。"这只獾说着大口嚼着牛蒡根，把嚼烂的牛蒡根敷在褐皮的伤口上，跟松鼠爪之前在森林里做的简直如出一辙。"现在，"它敷完以后，才继续说道，"我们可以谈一谈了。"

它等着众猫都在蕨叶上坐好。黑莓掌开始兴奋起来了，他这才慢慢觉得，他们的这趟旅程真的已经到达了终点。他们找到了星族要他们去的地方，而现在，他们就要听到午夜带来的信息了。

"你为什么会说跟我们一样的话？"黑莓掌好奇地问。

"我到过许多地方，学过许多语言。"午夜告诉他。"学过其他猫的语言，和你们的不尽相同。学过兔子的，也学过狐狸的。"午夜咕哝道，"它们说的话没什么意思。狐狸的交谈净是

杀戮。兔子脑袋里塞满了蓟花的毛。"

松鼠爪忍不住笑出声来。黑莓掌看到她身上的毛又平顺下来，还支棱起了耳朵。"那你想告诉我们的是什么呢？"松鼠爪问道。

"很多，需要点时间。"獾答道，"但首先，先和我讲讲你们的旅程吧。你们是怎么离开各自的部落的？"

暴毛不解地问道："部落？"

午夜急忙摇摇脑袋说："我脑子里也塞蓟花毛了。忘了面前是哪一种猫。你们叫族群，是不是？"

"是的。"黑莓掌说。他努力抛开那种不安的想法——竟然还有别的和他们相似的猫，并不独居，却住在被称作部落的族群里。他们在一路上并没有遇上过这些猫——也许他们住在一个截然不同的遥远之地吧。

在其他伙伴的协助下，黑莓掌开始讲述他们的这趟旅程。他从四只猫共同梦到的第一个梦境开始讲起，又讲到他自己关于太阳沉没之地的梦境，接下来是离开森林的决定。午夜专心地听着。当听到他们被波弟带着绕来绕去以及碰到各种倒霉事时，它忍不住低声窃笑起来。他们描述各自是怎么最终都收到了咸水信号时，它也理解地点了点头。

"于是，我们就来到了这里。"黑莓掌终于说完了，"我们准备好了，要聆听星族传达给我们的信息。"

"还有为什么非要派我们到这儿来寻求答案，"鸦爪插了一句，"星族为什么不直接在森林里就告诉我们该怎么做？"

他的语气仍充满敌意,仿佛他还不能接受午夜不是大家的威胁这一事实。但午夜似乎并没在意。羽尾轻弹尾巴示意他冷静,风族学徒这才放松了一些。

"想一想,小武士。"午夜回答着鸦爪的问题,"一开始,你们是四个。有朋友坚持同行,变成了六个。而现在,你们是一个整体了。"它的声音越来越低沉,在黑莓掌听来,充满了不祥之兆。午夜继续说道:"不久以后,所有族群必须合而为一。否则,劫难便将你们摧毁。"

黑莓掌顿时感觉像是有冰凉的爪子沿着他的脊椎划下去一样。但这阵寒意却和他湿透的皮毛毫无干系。"到底是什么样的劫难?"他低声问道。

午夜犹豫起来,幽暗的目光在他们身上一一停顿。"你们必须离开森林,"它最后大声说道,"所有猫都得走。"

"什么?"暴毛立刻跳了起来,"这话太鼠脑子了!森林里一直都有猫的啊。"

獾长叹一声说:"很快就不再有了。"

"但为什么呢?"羽尾问道,脚掌紧张地不住揉搓着蕨叶铺垫。

"两脚兽。"午夜又叹了口气,"总是因为两脚兽。它们很快就会到来,还带着机器……你们叫怪物对吧?将树木拔起,把岩石击碎,把土地翻开,没有留给猫的地方。你们留下来,怪物就杀死你们,或者你们因为没有猎物而饿死。"

午夜追踪

月光下的岩洞陷入沉默。黑莓掌忍不住想象那只獾描述的可怕前景。他想象着两脚兽的怪物——那些闪闪发亮、色彩奇诡的庞然大物从他深爱的营地内呼啸而过的场景。他仿佛又听到了在长满獠牙的岩洞里听到的尖叫,只是这一次,变成了自己族猫逃亡时惊惧的哭号。他内心不愿意相信听到的这一切,但他不能告诉午夜自己不相信它。它说的每一句话都是事实。

"你是怎么知道这些的?"暴毛静静地问道,语气里没有挑衅,只是急于得到一个解释。

"我的家园也遭遇过,很多个季节之前。我目睹了当时的一切——我也能看到你们的将来。繁星与你们交谈,也与我交谈。你们需要知道的一切,我都已经说完了。只要你们了解了,就一点也不难懂了。"

"那以后也没有太阳石了吗?"松鼠爪小声问道——她的声音很是惊恐,像是一只与母亲走失的幼崽一般,"沙坑训练场也没有了?四棵树也都没有了?"

午夜摇摇头,黑暗中,它的眼睛就像发亮的小浆果。

"但两脚兽为什么要那么做?"黑莓掌质疑道,"我们对它们造成任何伤害了吗?"

"不是伤害,"午夜答道,"两脚兽都不知道你们的存在。它们这样做,好修建新的雷鬼路——通往此处,去到彼方,更加快捷。"

"这种事情不会发生的,"鸦爪站了起来,眼睛里满是愤怒

的火焰,仿佛准备用一只脚掌干翻所有两脚兽,"星族不会坐视不管的。"

"星族阻止不了。"

鸦爪张嘴又想反驳,却什么也没说出来。他完全不知所措,想象不出一场连星族的力量都无法阻止的灾难。

"那星族为什么还要指引我们到这儿来?"一个微弱的声音响起,是褐皮。她从蕨叶窝里抬起头,紧紧地看着午夜,"难道我们就这样回家,眼睁睁看着我们的族群被毁掉?"

"不是,当然不是,受伤的武士。"獾的声音突然变得轻柔起来,"你们来获得希望。你们把希望带回去。你们必须带领你们的族群离开森林,寻找新的家园。"

"就这样?"鸦爪轻蔑地哼了一声,"我得回去跑到族长跟前说:'对不起,高星,我们都得离开这里'?要是高星听了没笑死的话,他肯定会把我两只耳朵给撕下来。"

午夜低沉的声音隆隆回响着:"等你们回到家,就会发现连你们的族长也会听从。"

恐惧慑住了黑莓掌。这只獾在群星之中还看到了什么?等他们回到森林时,难道会发现劫难已然来临?

他跳起身来说:"我们必须现在就走!"

"不行,不行。"午夜用力摇着头,"今晚用来休息。在月光中狩猎,吃好,让受伤的朋友睡觉。明天更适合上路。"

黑莓掌看看同伴,才勉强点点头说:"有道理。"

午夜追踪
WUYEZHUIZONG

"但你还没告诉我们,我们该去哪儿寻找新的安身之所。"羽尾说到了问题的关键,蓝色的眼睛里充满了担忧,"我们到哪儿再找一座能让所有族群和平共处的森林呢?"

"不用怕。你们会找到远离两脚兽的领地,那里非常安宁。连绵的山丘,栖身的橡树,流淌的溪流。"

"但怎么才能找到?"黑莓掌追问道,"你会跟着我们,把那个地方指给我们吗?"

"不。"午夜声音粗哑着说,"我走过的地方太多了,不想再走了。这个岩洞够了,波浪涛声,风吹草地。但你们不会没有向导。回去后,银毛星带高挂空中时,站在巨岩上。武士垂死,指引前路。"

黑莓掌的心里越发恐惧了。午夜的话听起来不像承诺,倒像是威胁。"你是说,我们当中有一只猫要死吗?"他低声问道。

"我没说。照做,你们会看到。"

显然,这只獾就算真的知道更多内情,它也不打算再多说什么了。黑莓掌并不怀疑它的智慧,只是突然意识到并非万事万物都在它面前揭开了谜团。他忍不住呼吸颤抖,却是因为自己略微知晓了这世上还有更强过星族的力量——这股力量说不定强大到连整条银毛星带的光芒,都只能算是水中明月的一点光影而已。

"好吧,"他长吁一口气说道,"谢谢你,午夜。我们就照你说的做。"

"我们最好现在就去狩猎。"暴毛补充道。

暴毛低下头，向那只獾表示敬意，然后从獾的身边走过，沿着那条通道走入夜色之中。鸦爪和羽尾也赶紧跟了上去。

"松鼠爪，你陪着褐皮。"黑莓掌说，"好好休息一下，把身上的毛晾干。"

出乎黑莓掌的意料，松鼠爪二话没说就同意了，还迅速舔了一下黑莓掌的耳朵才挨着褐皮坐在了蕨叶上。黑莓掌看了她们好一会儿，意识到她们对他来说有多么重要——甚至包括这位他起初觉得十分讨厌，极力想甩掉的暗姜黄色学徒。还有暴毛和羽尾，他们都是真正的朋友，甚至连鸦爪也变成了一位他愿意与之并肩作战的伙伴。

"你说得很对，"黑莓掌深有感触地对午夜说，"我们现在是一个整体。"

獾郑重地点点头。"未来的日子里，你们需要彼此。"它发出的话音，犹如带着星族预言的力量，"你们的旅行并未在此终结，小武士，这才刚刚开始。"

尾声

雷鬼路旁的高草丛往两侧分开，火星蹑足走入空地，落叶季减弱的阳光洒落在他火焰色的皮毛上。站在他身旁的灰条疑惑地嗅闻着空气。

"伟大的星族，今天怎么闻起来这么臭啊！"他高声说道。

云尾和沙风走过来跟他们会合，走在巡逻队最后面的叶爪则从她正在检查的一丛金盏花边转过身来。云尾厌恶地喷了个响鼻。"每次到这儿来，皮毛上的臭味都得花上一整天才散得掉。"他抱怨道。

沙风翻了个白眼，但没有说话。

"你们有没有感觉到，今天有点奇怪，"火星上下打量着雷鬼路说，"虽然看不到一头怪物，但气味却比以前更大。"

"我听到什么动静了。"叶爪竖起耳朵插话道。

一阵风裹挟着低沉的咆哮声朝这群猫吹了过来，因为距离太远，声音很微弱，但正在变得越来越大。

云尾转头看着族长，蓝眼睛里满是疑惑。"那是什么声音？

我以前从没听过……"他声音越来越小,张着嘴愣在了那儿。

雷鬼路远端的坡道上,缓缓出现了一头这些猫所见过最为庞大的怪物。阳光照在它亮闪闪的身体上,发出炫目的光芒。雷鬼路上热气蒸腾,扭曲了这头庞然大物的身形。它低沉的咆哮声越来越大,直大到像是要传遍整片森林。

它速度很慢,但后面跟着另一头,又一头。两脚兽像虱子一样攀爬在怪物身上,相互叫嚷着,但声音全都湮没在怪物的咆哮声中。

打头的那个怪物来到了正在观望的五只猫跟前,接着,不可思议的事情发生了。怪物没有像往常那样直行经过,却碾压过雷鬼路旁狭窄的草地,直直朝他们扑来。

"这是怎么回事?"灰条喘着粗气问道。而火星大吼一声:"快散开!"

他一头钻进旁边蕨丛中以求庇护,他的副族长则往森林里逃去,扎进一丛荆棘里才回身向外张望。云尾迅速蹿上最近的一棵树,蹲在两枝分权的地方向下看。沙风则冲进一条下头还有水流的窄沟里,爬上对面以后,才敢停下来回头看,惊怒之下,她浑身的皮毛都炸开了。叶爪紧紧跟在沙风的身后,身体平贴在深草丛里。

那怪物高速向前,巨大的黑色脚掌横扫挡路的一切,将之通通夷为平地。五只猫都目瞪口呆地看着,震惊得动弹不得,却见它拱起肩膀,猛撞在一棵白蜡树上。白蜡树在重击之下不断晃动

着，然后，伴随着森林里所有猎物临死前发出的尖叫声，树根从土地里撕裂而出。

树干应声砸在地上，怪物继续向前行进。

摧毁森林的浩劫开始了。

精彩内容抢先看

下集预告

聆听了午夜的信息后,黑莓掌和同伴踏上了返回森林老家的旅程。这一次,他们沿着午夜特意给他们指的那条新路往回赶。

孰料,穿越群山的新路非常难走,不仅山路险峻陡峭,他们还受到山鹰的猛烈袭击。更糟糕的是,突然暴发的山洪把他们冲下了瀑布……在这里,他们遇到了神秘的山猫部落——急水部落。山猫部落表面上对他们很友善,但族群猫发现,部落猫似乎暗地里监视着他们。原来,急水部落的尖石巫师得到了一个预言:有一只银色的猫会把他们从尖牙兽的魔爪下解救出来。他们认定,暴毛就是预言中的那只应诺之猫。所以,他们强行留下了暴毛,把其他几只族群猫押送出境。但其他的族群猫并没有真的离开。他们在夜色的掩护下,偷偷溜回部落猫所在的山洞。趁着尖牙兽对部落猫发动攻击造成的混乱,他们顺利救出了暴毛。

但逃离后的暴毛内心十分不安,非常牵挂部落猫的安危。这时,他出生时便离世的母亲出现在暴毛的幻象中,让他解救部落猫。暴毛决定返回山猫部落。但面对整个急水部落都无法打败的尖牙兽,暴毛能成功吗?……